BERG, FEST, MORD

Oberpfalz Krimi

emons:

Bibliografische Information der Deutschen Nationalbibliothek
Die Deutsche Nationalbibliothek verzeichnet diese Publikation
in der Deutschen Nationalbibliografie; detaillierte bibliografische
Daten sind im Internet über http://dnb.d-nb.de abrufbar.

© Emons Verlag GmbH
Alle Rechte vorbehalten
Umschlagmotiv: istockphoto.com/hohl
Umschlaggestaltung: Nina Schäfer, nach einem Konzept
von Leonardo Magrelli und Nina Schäfer
Umsetzung: Tobias Doetsch
Gestaltung Innenteil: César Satz & Grafik GmbH, Köln
Druck und Bindung: booksfactory.de, Szczecin
Printed in Poland 2022
ISBN 978-3-7408-0410-7
Oberpfalz Krimi
Originalausgabe

Unser Newsletter informiert Sie
regelmäßig über Neues von emons:
Kostenlos bestellen unter
www.emons-verlag.de

Dieser Roman wurde vermittelt durch die
Verlagsagentur Lianne Kolf, München.

Diesen Kriminalroman widme ich meinem Sohn Ludwig,
der mich immer voller Freude begrüßte,
wenn ich es tatsächlich mal schaffte, mein Büro zu verlassen.

1

In einem Bierzelt hätte die Blaskapelle in diesem Augenblick bestimmt einen Tusch gespielt, und alle Gäste hätten in das berühmte und bei Nicht-Bayern so beliebte »Prosit der Gemütlichkeit« eingestimmt. Dabei wäre mit Sicherheit auch der Rülpser untergegangen, der der Kehle des kahlköpfigen Mannes am Biertisch entfleuchte.

Doch auf dem Amberger Bergfest spielte keine Musik. Es gab keine Bühne. Es gab auch keine Karussells, keine Achterbahnen oder Schießbuden, von denen trötende Sirenen oder dumpf-verzerrte Sprecherstimmen zu den Biertischen herüberschallen hätten können. Es gab nur Gäste, die sich unterhielten. In moderater Lautstärke produzierten sie lediglich ein konstantes und gemütliches Grundbrummen.

Der Rülpser vor ihm klang wie der Motor einer alten Vespa. Die Gäste an den Nebentischen sahen peinlich berührt auf. Eine ältere Dame, die jeden Tag auf dem Bergfest ihre zwei Mass trank, schüttelte angewidert den Kopf. »Saubär!« Ein Familienvater versuchte, seine Kinder abzulenken, die wohl als Einzige den Rülpser lustig fanden. Wobei, auch Gerhard Leitner schmunzelte angesichts des Soundeffekts ein wenig in sich hinein. Er war es von dessen Verursacher nicht anders gewohnt.

Leitner kannte Alfred Ingelstetter seit Kindesbeinen. Sie waren in Wirkendorf zusammen im Kindergarten gewesen, und bereits damals hatte Leitner ihn nicht recht leiden können. Nicht Alfreds lautes Geschrei, welches in Leitners Ohren immer in der Tonart A-Dur vibrierte, und auch nicht, wie Alfred die anderen Kinder durch die Gegend schubste. Er hatte ihn in der Schulzeit nicht gemocht, wo er durch besonders stupide Zwischenbemerkungen aufgefallen war, und er mochte ihn jetzt, zwanzig Jahre später, genauso wenig. Demzufolge passte es Leitner überhaupt nicht, dass seine Kollegin Agathe

Viersen seit einigen Monaten in einer Beziehung mit Alfred war. Er betrachtete Agathe, die ihm gegenüber auf der Bierbank saß, genau und bemerkte, dass auch sie von der mangelnden Körperkontrolle ihres Freundes wenig angetan war. Das amüsierte Leitner nun doch.

»Auf die Gesundheit!«, sagte er und hob seinen Steinkrug zum Anstoßen.

Nach einem kräftigen Schluck knallte Alfred seinen Keferloher wieder auf den Tisch und klopfte sich auf die Brust.

Bevor er abermals aufstoßen konnte, sagte Agathe: »Willst du uns noch mehr von daheim erzählen?«

Belustigt sah Leitner zu Alfred, der meinte: »Warum? Gesundheit geht vor Anstand!« Börps! Der nächste.

Agathe war sauer. Um sich zu beruhigen, wandte sie sich von den beiden Männern ab und blickte sich auf dem Festplatz um. Das Wetter hatte ihnen in den vergangenen ersten Julitagen wunderbare laue Nächte beschert. Es war der erste Sommer seit Langem, der diesen Namen auch verdiente. Die Besucher auf dem Bergfest trugen allesamt T-Shirts und kurze Hosen. Auch das eine oder andere Dirndl war zu entdecken, jedoch fiel Agathe auf, dass im Vergleich zur Dult in Regensburg oder zu anderen Volksfesten in der Region hier weit weniger moderne Trachten zu sehen waren. Überhaupt erschien Agathe das Amberger Bergfest auf angenehme Weise weniger hektisch als viele andere dieser Art von Veranstaltungen, zu denen sie ihr Kollege Gerhard Leitner schon mitgeschleppt hatte. Als gebürtige Lübeckerin sträubte sich Agathe noch immer vor zu viel bajuwarischer Volkstümelei, allerdings fühlte sich Leitner durch seinen früheren Beruf als Musiker den Festen, Kirwan und Dulten der Oberpfalz eng verbunden. So ließ Agathe ihn zwar zunächst immer ein bisschen betteln, begleitete ihn am Schluss aber meistens doch. Außerdem kam es ihrem gemeinsamen Beruf – Agathe und Gerhard waren Versicherungsdetektive – sehr entgegen, wenn sie sich in der Region ein wenig auskannte.

Plötzlich verspürte Agathe ein merkwürdiges Gefühl. Hier saß sie nun auf dem Mariahilfberg und überblickte hangabwärts die Ausschanke. Es mochten acht oder neun sein, schätzte sie. Die Besucher standen in langen Schlangen vor den Würstchenbuden, an welchen ausschließlich über Kiefernzapfen die legendären Bratwürste gegrillt wurden. Obwohl auch an den Käse- und Bäckereiständen jede Menge Leute ihrer Verköstigung harrten, waberte über dem Platz vor der erhabenen Marienkirche ein wohliger Hauch der Gemütlichkeit, dem sich selbst Agathe als Nordlicht nicht widersetzen konnte. Sie hätte sich hier wohlfühlen können, hätte sich ihr Begleiter nicht nach einer knappen Stunde schon ins Aus geschossen. Während Agathe und Leitner gerade genüsslich an ihrer zweiten Mass mit fester Schaumkrone nippten, ging Alfred Ingelstetters vierte bereits zur Neige.

»Säuft sich wunderbar!«, rief er und sah sich nach der Bedienung um, damit es ja zu keinem Engpass in der Bierversorgung käme.

»Eigentlich geht man ja nicht zum Saufen auf den Berg«, sagte Leitner, dem nicht entgangen war, dass Alfred nur noch unter Mühen dazu in der Lage war, aufrecht zu sitzen.

»Schmarrn! Warum denn sonst? Glaubst du, wir marschieren am Donnerstag kilometerweit, bloß, dass wir dann Wasser trinken?«

Leitner wusste, dass bei der Soldaten-Wallfahrt, die traditionell am Donnerstag der Bergfestwoche stattfand, im Anschluss an den Feldgottesdienst freilich einiges an Bier gebechert wurde. Alfred, stationiert in der Schweppermann-Kaserne in Amberg, machte da bestimmt keine Ausnahme. Leitner versuchte nochmals sein Glück. »Schon, aber heute bist du doch sozusagen in Zivil da.«

»Eben! Der Bürger in Uniform ohne seine Uniform. Da kann man wenigstens schlucken wie alle anderen auch. Prost!«, schrie Alfred und leerte den Keferloher. »Resi! Noch eine Mass!«, brüllte er dann, weil er dies wohl für den üblichen Namen einer Bedienung hielt, obwohl die für seinen Tisch zuständige Kerstin hieß. Als er seinen Krug wieder auf den Tisch knallte, fiel durch die Erschütterung eine Gabel vom leer ge-

gessenen Bratwürstelteller zu Boden. »Hoppala«, lallte Alfred und wollte der Gabel hinterher, verlor dabei aber das Gleichgewicht und fiel mit dem Kopf in den Schoß eines Mannes am Nachbartisch, der gerade in ein intensives Gespräch mit seinem Banknachbarn vertieft gewesen war.

»Ja, sag einmal!«, entfuhr es diesem.

Agathe und Leitner sprangen auf und zerrten an Alfreds Armen, um ihm wieder aufzuhelfen.

»Lassts mich in Ruh!«, schrie dieser. »Ich komm schon allein wieder hoch!«

Agathe ließ von ihm ab, stemmte eine Hand in die Hüfte und hielt sich den Rücken der anderen aus Scham vor den Mund. Dabei fiel ihr Blick auf den Mann am Nachbartisch, ein Mittvierziger mit grau durchzogenem lockig-halblangem Haar.

»Na, du hast es heute anscheinend recht eilig, hm?«, sagte er in Alfreds Richtung, und Agathe fiel ein Stein vom Herzen, dass der Mann den Zwischenfall offenbar mit Humor nahm. Er griff Alfred unter die Arme und half ihm beim Aufstehen.

»Ist dir was passiert?«, fragte Alfred den Mann.

Der lachte laut auf und sagte: »Das müsste ich wohl eher dich fragen. Du bist doch abgeschmiert, nicht ich.«

»Ich mein ja bloß. Aber wenn alles passt, können wir quasi in Ruhe noch eine Mass trinken, oder?«

»Nein, Alfred!«, flüsterte Agathe.

»Auweh ...«, brummte Leitner leise.

Aber der Mann am anderen Tisch sagte schon: »Na freilich, du verträgst schon noch eine oder zwei!«

»Siehst du, der hat ein Hirn!« Alfred nickte übertrieben zustimmend in Richtung seines Nachbarn und ließ sich wieder auf die Bank sacken. Die Gabel hatte er vergessen.

Auch Agathe und Leitner nahmen wieder Platz. Leitner beschloss, sich heute über nichts mehr zu wundern, und trank genüsslich einen großen Schluck Bier.

Agathe wandte sich an Alfred, obwohl sie dessen Antwort schon voraussahnte. »Und das hältst du wirklich für eine gute Idee?«

»Logisch, Spatzerl. Schau, ein gestandenes Mannsbild verträgt schon seine sechs Mass!«

»*Wenn* er's denn verträgt«, kommentierte Leitner.

»Haben die dir das bei der Bundeswehr so beigebracht? Im ›Seminar für bayerische Männlichkeit‹?«, fragte Agathe, die ihren Schreck nun auch überwunden und beschlossen hatte, Alfreds Zustand für den Rest des Tages einfach zu akzeptieren.

»Rrrrresi!« Alfred fuchtelte Kerstin an den Tisch.

»Darf's noch eine sein?«, schlug sie ermunternd vor.

»Ich bitte förmlich darum!«

Kerstin ging mit einer Handvoll leerer Krüge zum Ausschank und kicherte vergnügt, weil sie aus Erfahrung wusste, dass bei Typen in Alfreds Zustand meist das Trinkgeld recht locker saß.

Agathe nahm ebenfalls noch einen Schluck, lehnte sich zurück und betrachtete Alfred und Leitner, die auf der gegenüberliegenden Bank hockten. »Da hab ich mir ja was Schönes eingebrockt mit euch bayerischen Männern …«, stöhnte sie.

Leitner winkte ab. »Mich brauchst du nicht anzuschauen. Da«, er deutete mit dem Daumen auf Alfred, »hockt deiner.«

»Und der ist nicht einfach nur ein Bayer«, referierte Alfred mit verletztem Stolz, »sondern ein Oberpfälzer! Das ist ein Riesenunterschied!«

Agathe nickte, um die offensichtlich für Alfred so immense Bedeutung seiner Oberpfälzer Herkunft nicht zu schmälern, während ihr Blick heimlich zu dem dritten Oberpfälzer in ihrer Nähe glitt, dem Mann am Nebentisch. Er trug sandfarbene Leinenhosen, die nicht preiswert aussahen, und über seinem weißen Poloshirt lässig einen hellgrünen Pullover, dessen Ärmel locker zusammengeknotet waren. Seine Haare standen in ungezähmten, kreativ anmutenden Büscheln vom Kopf ab. Sein dunkler Teint gefiel Agathe. Der Mann hätte locker als Italiener durchgehen können, wenn er nicht Oberpfälzisch gesprochen hätte – was er jedoch bei Weitem nicht in der lauten, bellenden Art tat wie so viele andere Bewohner der Region, die Agathe in ihrer Zeit hier bereits gehört hatte. Überhaupt umgab den

Fremden eine Ausstrahlung, die Agathe faszinierte. Er versprühte Stilsicherheit und Souveränität, und Agathe wusste genau, dass seine anziehende Aura nicht nur dem offensichtlichen Kontrast zu Alfred geschuldet war. Alfred Ingelstetters Kopf war kahl geschoren, auch wenn er selbst nichts mit rechten Dumpfbacken am Hut hatte. Er betrachtete diese Frisur schlichtweg als die für ihn beste. Er hatte trainierte starke Arme, die Tribals zierten, und eine animalische Anziehung, der sich Agathe selbst jetzt, in seinem Vollsuff, nicht wirklich entziehen konnte. Sie fand beide Männer auf ihre Art attraktiv.

Zufällig sah der Mann am Nebentisch nun zu ihr herüber, und ihre Blicke hingen länger aneinander als der Situation angemessen. Als sein Nachbar ihn scharf antippte, wandte er sich ihm wieder zu, und beide nahmen ihre recht lebhafte Unterhaltung erneut auf.

Da Agathe nicht genau hören konnte, worum es ging, widmete sie sich stattdessen wieder den beiden Herren an ihrem Tisch. Der eine versuchte gerade, eine Portion Bärlauchfrischkäse mit einem kleinen Holzspatel gleichmäßig auf einem Stück Roggenkipferl zu verstreichen, der andere, Leitner, hatte seinen Blick Richtung Wolken gerichtet, so als würde er scharf über etwas nachdenken.

»Wenn ich mich richtig erinnere, müssen wir morgen eigentlich nur zu der Autowerkstatt«, wandte er sich an Agathe.

»Glaube schon«, sagte sie und erhob sich halb von der Bank, um ihr Smartphone aus ihrer engen Jeans zu ziehen.

Leitners Augen folgten den Kurven ihres Körpers. Bei Agathe stimmte das sogenannte A:T-Verhältnis, also die Proportionen zwischen Gesäß- und Brustbereich, wobei Leitner immer der Ansicht war, dass die obere Partie besonders stark ausgeprägt war. Dies bestätigte sich ihm auch in diesem Moment, da sich die Dinge sozusagen auf Augenhöhe abspielten.

Agathe nahm wieder Platz, wischte mit dem Finger über das Display und tippte dann darauf herum. »Wir sollten um neun Uhr dreißig beim Autohaus sein. Ich denke, damit ist der Fall Sanic dann auch erledigt.« Wie zufällig fing sie wieder den Blick des Herrn am Nachbartisch auf. Es kam ihr fast so vor, als hätte er sie schon seit geraumer Zeit beobachtet. Sein Lächeln war schlichtweg so überwältigend, dass Agathe den Blickkontakt abbrach und wieder zu ihrem Kollegen sah.

Leitner nickte, trank einen Schluck Bier und ging den Fall Sanic nochmals in Gedanken durch. Es handelte sich bei der Firma Auto Sanic GmbH um eine der zahlreichen Firmen, die alte Autos kauften. Jene, deren Visitenkarten immer an den Wagenscheiben oder unter dem Scheibenwischer steckten, wenn man aus dem Supermarkt vom Einkaufen zurückkam. Viele dieser Betriebe agierten weitgehend im Rahmen des geltenden Rechts, wenngleich sie natürlich auch den Standstreifen links und rechts neben dem Gesetzbuch ausnutzten. Doch die juristischen Einzelheiten interessierten Leitner und Agathe nicht. Ihr Arbeitgeber, die Jacortia-Versicherung München, wollte stets nur wissen, ob er bezahlen musste. Im Fall Sanic war die Jacortia aufmerksam geworden, weil schon zum zweiten Mal ein neuer Anspruchsteller den gleichen Wohnsitz angegeben hatte wie ein anderer. Es ging jeweils um nicht mehr ganz neue Autos, deren Verkäufe – so der Verdacht – durch einen kleinen Versicherungsbetrug für beide Seiten finanziell etwas lukrativer gestaltet werden sollten. Leitner und Agathe hatten sich also im Industriegebiet von Burglengenfeld auf die Lauer gelegt, wo die von Muamar Sanic geführte Firma ansässig war. Das regelmäßige Kommen und Gehen auf dem Hof hatten sie durch Fotos dokumentiert und waren bald auf Personen gestoßen, die auffallend häufig auftauchten. Damit hatten Leitner und Agathe genügend Verdachtsmomente beisammen, um die Rechtmäßigkeit der Zahlung der angeforderten Summen anzuzweifeln. Um die Dinge abschließend zu klären, mussten sie morgen nochmals zu Herrn Sanic. Konfrontationen dieser Art gehörten in Agathes und Leitners Beruf nun mal dazu. Leitner beschloss, sich an diesem Abend nicht mehr mit der Arbeit zu beschäftigen.

Er arbeitete in seinem neuen Beruf erst seit letztem Herbst, davor war er hauptberuflich Musiker gewesen und hatte einen

Verleih von Bühnentechnik gehabt. Auf der Wirkendorfer Kirwa hatte er Agathe Viersen kennengelernt, die von der Versicherung nach Wirkendorf geschickt worden war, um im Fall einer verschwundenen CNC-Maschine zu ermitteln. Keine Versicherung zahlte knapp einhunderttausend Euro, ohne nicht gründlich nachgeforscht zu haben, ob sie dazu vertraglich verpflichtet war. Statt der Maschine fand Agathe zusammen mit Leitner zuerst einmal eine ziemlich übel aussehende Leiche in einem Gülletank, und kaum, dass die beiden sich's versahen, steckten sie auch schon mitten in einer privaten Mordermittlung. Als der Fall aufgeklärt war, zeigte sich die Jacortia so begeistert von Leitners Leistungen, dass sie ihm einen Job als Versicherungsdetektiv anbot. Agathe und er waren der Filiale in Regensburg zugewiesen worden und kümmerten sich fortan um alle Angelegenheiten in der Region Oberpfalz. Agathe war zunächst wenig begeistert gewesen, in die Provinz versetzt zu werden. Schon der Schritt vor fünf Jahren von Norddeutschland nach München war für sie ein immens großer gewesen. Allerdings hatte sie durch Leitner mittlerweile auch die angenehmen Seiten des »Lebens auf dem Lande«, wie es immer hieß, kennengelernt. Es verlief nicht so hektisch wie in den Großstädten, und die Menschen wirkten zwar anfangs immer ein wenig ruppig, meinten es aber wenigstens auch so. Als ehemalige Polizistin in Hamburg, die weder auf den Mund gefallen noch schüchtern war, kam Agathe gut mit ihnen aus.

»Das wird noch schön laut heute«, sagte Leitner mit einem Blick auf Alfred.

Agathe sah ihren Freund ebenfalls an und ahnte, was Leitner meinte. Sie und ihr Kollege hatten sich eine gemeinsame Wohnung in der Innenstadt von Schwandorf genommen. Sie mussten irgendwo ortsnah in der Oberpfalz wohnen, und da sich die Regensburger Mietpreise mit dem Salär zweier Versicherungsdetektive nicht unbedingt in Einklang bringen ließen, hatte Leitner auf die nördlichere Oberpfalz gedrängt. Das Resultat war ebenjene recht geräumige Wohnung in Schwandorf, die ihnen ein Musikerkollege von Leitner vermittelt hatte. Ihre gemeinsame Nutzung durch die beiden Singles hatte das letzte halbe Jahr im Prinzip recht gut geklappt. Nur wenn einer der beiden seinen Partner mit nach Hause nahm, wurde es problematisch. Dick waren die Wände in der Wohnung in der Klosterstraße nämlich nicht.

»Ich glaube, du brauchst heute keine Ohrenstöpsel. Heute ist zwar mein Tag, aber ich zweifle daran, dass es später noch stürmisch wird.« Agathe lächelte Leitner schief an. Nachdem zurzeit beide in einer festen Beziehung waren, hatten sie sich darauf geeinigt, wer wann die komplette Wohnung nutzen durfte. Die »Mein Tag – dein Tag«-Regel hatte ihre Tücken, war aber im Großen und Ganzen praktikabel.

»Stürmisch«, flüsterte Leitner, sodass es Alfred nicht hören konnte, »glaube ich auch nicht.« Rülpser von Alfred. »Aber so, wie der heute beieinander ist, sägt der den Oberpfälzer Wald kurz und klein.«

»Dann fahr später halt noch zu ... Wie heißt dein Dummchen doch gleich wieder?«

»Nadine«, sagte Leitner, und seine Gesichtszüge wurden ernst.

»Ach, genau. Nadine. Die wird sich bestimmt freuen, wenn sie Besuch von dir bekommt.«

»Die hat heute Gymnastik, und danach geht sie immer noch mit ihren Damen weg.«

»Wie schade. Ich befürchte, dann musst du da wohl einfach durch«, retournierte Agathe schnippisch und wollte sich mit einem Blick zu ihrem Banknachbarn aufheitern, doch dort saß niemand mehr.

»Ich ... ich komm gleich wieder. Ich muss schiffen wie ein Brauereigaul«, hickste Alfred und erhob sich umständlich vom Tisch.

»Oder du«, schnitt sich Leitner eine kleine Retourkutsche für Agathe zurecht. Und rief, um seinen Standpunkt zu untermauern, Alfred hinterher: »Du gehst in die falsche Richtung, Alfred! Das Klohäuschen ist da hinten!«

»Ich brauch kein Klohäuschen!«

»Aber der Wald ist auch da hinten!«

»Ich brauche beim Bieseln Aussicht!« Mit großer Geste zur »Aussicht« torkelte Alfred in Richtung Marienkirche, hinter der man einen grandiosen Blick über das sommernächtliche Amberg hatte.

Leitner sah beeindruckt zu Agathe. »Der Herr ist ein Genießer. Pinkeln nie ohne Panorama. Respekt!« Er grinste sie an.

Sie grinste zurück.

»Au!«, schrie Leitner auf und rieb sich sein Schienbein, gegen das ihn Agathe getreten hatte.

»Entschuldige. Da war wohl dein Bein im Weg.« Sie sah ihn mit unschuldigem Blick an.

»Macht ja nichts, macht ja nichts«, brummte Leitner. »Ist doch der beste Beweis dafür, dass ich recht habe. Der Alfred ist schon ein grober Lackel. Das muss man mögen, aber bei den Preißen kommt so was meistens gut an.«

Nun gefror Agathes Lächeln, und sie flötete: »Soso, seinen Gymnastikkurs hat dein Blondchen also heute. Ebenso Respekt! Ist bestimmt schrecklich kompliziert, da muss man sich doch mindestens zwei Dinge auf einmal merken. Erst rechter Fuß, dann der – wie hieß der noch? –, ach ja, der linke Fuß. Eine echte Herausforderung für Nadumm.«

»Nadine!«

»Meine ich doch.«

Leitner streckte seinen Rücken durch. »Weißt du, ehrlich gesagt mache ich mir da auch keine großen Illusionen. Nadine und ich wollen ja nicht heiraten. Aber wir sind beide Single, und das kann man doch ein wenig genießen.«

»Stimmt. Und bei dem Wesentlichen, was eure Beziehung ausmacht, muss sie sich ja auch nicht auf das rechte oder linke Bein konzentrieren, sondern bloß auf das, was dazwischenliegt. Das sollte selbst sie hinkriegen.« Agathe trank siegessicher einen Schluck Bier.

Leitner nickte versonnen. »Tut sie auch. Und zwar in jeder nur vorstellbaren Hinsicht.«

»Dann hat sich ihr Gymnastikkurs für dich ja gelohnt.«

Abermals sah Agathe zum Nachbartisch hinüber, aber die beiden Männer von vorhin waren nicht wieder aufgetaucht.

»Der hat's dir aber angetan, was?«

»Wen meinst du?«

»Den Italo-Typen, auf den dein Verehrer draufgesegelt ist.«

»Blödsinn.«

»Hallo! Das ist doch nichts Schlimmes. Schauen darf man immer.«

»Aber ich *habe* nicht nach dem Typen geschaut. Ich habe mir erstens nur Gedanken gemacht, wie ich den Alfred jetzt dann nach Hause bekomme, und zweitens«, Agathe holte tief Luft, »ist der Typ doch jetzt sowieso schon nach Hause gegangen.«

Ihre Ehrlichkeit entlockte Leitner ein sattes Grinsen. Er hob den Masskrug. »Du bist mir schon auch a Matz …«

Nachdem sie angestoßen hatten, erspähte Agathe im Hintergrund ihren Freund. Seltsamerweise schien er es sehr eilig zu haben. Mit flotten, aber unsicheren Schritten lief er auf das Zelt zu, in dem Agathe und Leitner saßen. »Er kann heute wohl wirklich nicht schnell genug zurück zu seinem Bier kommen«, seufzte Agathe kopfschüttelnd.

Leitner sah über seine Schulter und beobachtete, wie Alfred im letzten Moment einen Sturz vermied. »Nun ja, er hat gemeint, dass er mindestens sechs Mass trinken will, und hat erst knapp fünf intus.«

»Scheiße!«, brüllte Alfred. »Dahinten … da …« Er übersah den Bordstein, der auf der sonst als Parkplatz genutzten Fläche die Parkzonen abteilte, und schlug hin. Seine Schulter kollidierte als Erstes mit dem Asphalt. Diesmal war es ihm unmöglich, den Sturz abzufangen.

»Aua, das hat jetzt wehgetan.« Agathe verzog vor mit erlittenem Schmerz das Gesicht, erhob sich und lief zu Alfred. »Ist schon okay, das ist mein Freund«, sagte sie zu einem Ehepaar, das Alfred gerade zu Hilfe kommen wollte. »Der hat heute leider schon zu viel gebechert.« Das Paar nickte verständnisvoll und ging seines Weges, während Agathe Alfred aufhalf, der jedoch immer wieder zu Boden sackte.

»Dahinten ... da hängt einer ...«, keuchte er.

Leitner hatte Agathes Schwierigkeiten bemerkt, war ebenfalls aufgesprungen und packte Alfred nun an der Seite. Gemeinsam stellten sie ihn wieder auf seine eigenen zwei Beine.

»Bitte, was hängt wo?«, fragte Agathe barsch, weil sie die Faxen nun wirklich dicke hatte.

Alfred schnaufte schwer. »Ich ... ich bin beim Bieseln ...«

»Wir wissen, dass du beim Pieseln warst!«

»Ja, aber ich geh dahinter und mach grad mein Hosentürl auf ...«

»Gibst du uns jetzt eine Gebrauchsanleitung?«, scherzte Leitner.

»Arschloch! Jetzt hör halt zu! Also, ich schau grad, dass ich mich gescheit hinstelle, und auf einmal seh ich neben mir einen am Zaun hängen! Der ... der ist tot!«

Leitner und Agathe nickten sich zu wie zwei Wärter in der Irrenanstalt, denen ein Insasse eben erzählt hatte, dass er wisse, wo Adolf Hitler sein Privatvermögen vergraben hatte.

»Jetzt schauts nicht so blöd! Der ist hin!«

»Hinter der Kirche?«, fragte Leitner und wollte die Situation beruhigen.

»Ja, dahinten am Zaun!«

»Und du meinst nicht, dass dem einfach nur schlecht war vor zu viel Bier?«

»Ich hau dir gleich eine in die Fresse!«, schrie Alfred und wollte auf Leitner lospreschen.

Agathe ging dazwischen und hielt ihn ab. »Ruhig, Brauner.«

Doch Alfred beruhigte sich keineswegs. »Dahinten ... Ihr müssts dahinten schauen!«

Agathe nahm erst jetzt wahr, dass Alfred im Gesicht blutete. Er schien sich beim Sturz verletzt zu haben. »Gar nichts müssen wir. Jetzt gehen wir erst mal zu den Sanitätern, lassen dich anschauen, und dann bringe ich dich nach Hause.«

»Ihr seids ja wahnsinnig! Da, hinter der Kirche ...«

»Ich schaue gleich nach, versprochen«, sagte Leitner mit

fester Stimme. Und fügte, als Alfred verwirrt schwieg, hinzu: »Aber die Agathe hat recht. Zuerst lassen wir dich verarzten.«

Alfred, der sich nicht mehr wehren konnte, wurde von den beiden untergehakt, und gemeinsam bahnten sie sich als Dreiergespann durch die vielen Menschen hindurch langsam einen Weg zum Zelt der Sanis. Davor rauchten zwei junge Männer in leuchtend roten Jacken, ein etwas älterer saß auf einem Campingstuhl und trank Kaffee aus einer Thermoskanne. Die jungen traten rasch ihre Kippen aus, als sie die drei sahen.

»Was haben wir denn da angestellt?«, wollte der ältere wissen.

»Er ist gestürzt«, sagte Agathe.

»Das haben wir gleich«, murmelte einer der jungen und bereitete Desinfektionsmittel sowie ein Wundpflaster vor.

Alfred war inzwischen recht bleich geworden und richtete seinen Blick flehend zu Leitner. »Du wolltest doch …«

Leitner nickte und machte sich auf den Weg zurück den Berg hinauf. Ohne Alfred konnte er sich viel schneller durch die Besucher des Bergfestes hindurchschlängeln. Nein, er mochte ihn auch heute noch nicht.

Leitner schaute in die Zelte und winkte hin und wieder einem Bekannten zu, von denen er als ehemaliger Musiker natürlich viele besaß. Wo, hatte Alfred gesagt? Ach ja, hinter der Kirche. Beim Panoramabieselplatz. Am oberen Ende des Festplatzes ging Leitner nach links und passierte den Hintereingang der Marienkirche. Eine Sekunde lang ergötzte er sich am wunderbaren Ausblick und sah sich dann um. *Am Zaun hängt einer. Und der ist tot.*

Der Zaun verlief parallel zur Kirchenmauer und sollte Besucher und Wanderer davor schützen, den Abhang hinunterzustürzen, der dahinter begann. Leitner blickte am Zaun entlang. Nicht ein einziger Mensch war zu sehen. Tot oder lebendig. Kunststück, dachte er. Wozu soll sich hier hinten jemand herumtreiben, wenn er vorne das schönste Fest der Welt haben kann? Aber da Leitner sein Versprechen gegeben hatte, sich genau umzusehen, ging er den ganzen Zaun ab. Nirgends war etwas Auffälliges zu sehen. Er lief wieder zurück und hielt immer noch die Augen offen. Nichts. Auf dem Rasenfleck vor dem Hintereingang der Kirche bemerkte er lediglich vier Masskrüge, wovon einer zerbrochen war. Wahrscheinlich hatten sich Jugendliche hierher verzogen, um zu rauchen, zu schmusen oder sonst irgendwelche Dinge zu tun, von denen sie glaubten, dass die Erwachsenen sie besser nicht mitkriegen sollten. Außer der Turmuhr, die gerade lautstark sechs Uhr schlug, war alles ruhig und friedlich. »Depp, besoffener!«, stieß Leitner zwischen den Zähnen hervor, dann ging er wieder zum Festplatz.

Von Weitem sah er, wie Kerstin, die Bedienung, gerade seinen Krug abräumen wollte. »He, lass mir den noch stehen!«, rief er.

Sie sah ihn überrascht an. »Ich habe gedacht, ihr kommts nicht mehr, nachdem es euren Freund hingehauen hat.«

»Ich glaube auch nicht, dass der noch mal kommt. Aber ich trink noch in Frieden aus.«

»Passt. Dann lass ich's stehen.«

»Ich bin gleich wieder da.« Leitner kämpfte sich wieder ans untere Ende des Platzes durch.

Dort war Alfred inzwischen versorgt worden. Ungeduldig fuhr er Leitner an: »Jetzt red halt! Hast du ihn gesehen?«

Auch Agathe war neugierig, aber Leitner winkte ab. »Da hinten war keine Menschenseele. Weit und breit nix und niemand.«

»Ich hab dir doch gesagt, dass der am Zaun hängt!«

»Und ich hab alles abgesucht. Da ist keiner gehängt, gestanden, gelehnt oder gelegen. Das hast du dir wahrscheinlich eingebildet.«

»Wunder wär's keins«, bemerkte der ältere Sanitäter trocken. »Wie man sich den Kragen nur so volllaufen lassen kann.«

»Aber … aber wir müssen den finden!«, beschwor Alfred die Umstehenden.

»Sie dürfen heute schon froh sein, wenn Sie Ihr Bett finden«, meinte der Sani.

»Dabei helfe ich ihm schon«, erwiderte Agathe, »und zwar jetzt gleich.«

»Nein, wir müssen doch –«
»Nach Hause fahren.«
Leitner blickte auf seine Armbanduhr. »Wenn ihr euch ein Taxi nehmt, kriegt ihr noch den nächsten Zug nach Schwandorf.«
»Wird wohl das Beste sein«, sagte Agathe.
Doch Alfred war entschlossen. Er setzte nochmals an: »Aber ... da war doch diese Leiche am Zaun ... die war tot!«
»Das haben Leichen so an sich, dass sie tot sind«, brummte der ältere Sani, stand auf und ging einen Schritt auf Alfred zu. »Seien S' gescheit. Hören S' auf Ihre Frau und gehen S' heim.«
»Aber –«
»Und seien S' froh! Nicht eine jede ist so freundlich, wenn ihr Mann einen Rausch hat.«
»Dahinten stehen gleich die Taxis«, flüsterte Leitner Agathe zu und deutete in die entsprechende Richtung.
Aller Protest half Alfred nichts. Er wurde von Agathe und Leitner ins Taxi gehievt, welches sodann Fahrt Richtung Amberger Bahnhof aufnahm.
Leitner sah ihm hinterher und schnaufte erleichtert aus. Dann kehrte er zu seinem Platz zurück, wo er tatsächlich noch seinen Masskrug und seinen freien Platz vorfand. Er setzte den Krug schon an die Lippen, da klang es vom Nachbartisch herüber: »Wirklich ein schöner Abend heute, nicht wahr? Wo haben Sie denn Ihren angeheiterten Freund gelassen?«
Leitner blickte auf und in das Gesicht des Mannes von vorhin. »Der ist heim. Ich glaube, dem hat es heute gelangt.«
»Mei, so einen Tag hat jeder mal.«
»Stimmt schon ...«, murmelte Leitner.
»Vielleicht hat er nur für Sulzbach-Rosenberg in vierzehn Tagen geübt.«
Leitner musste lächeln. Der Hinweis auf das nächste Bergfest verriet ihm, dass der Mann so wie er selbst ein fleißiger Besucher aller vier Bergfeste sein musste. Das nächste Fest auf dem Annaberg begann turnusmäßig zwei Wochen nach Ende des Amberger Bergfests. »Hoffen wir's!«, sagte er und machte

sich, nachdem er seinen Bierkrug geleert hatte, ebenfalls auf den Weg zum Bahnhof, allerdings zu Fuß.

Der Spaziergang war nach »dem Berg«, wie man das Fest verkürzt nannte, eine willkommene Abwechslung, bei der der Kreislauf wieder angekurbelt wurde. Am unteren Festplatz bemerkte Leitner einen großen Auflauf von Menschen. Am Haupteingang der Marienkirche, auf den Stufen der Ehrfurcht gebietenden Haupttreppe, scharten sich die Leute. Seltsam, so ein Ansturm herrscht ja nicht einmal, wenn dort Gottesdienst ist, dachte Leitner und lenkte seine Schritte in Richtung Portal. Er ging seitlich an den Menschen vorbei und sah von unten, wie Sanitäter und Polizisten die Treppe hinaufliefen. Jemand sagte: »Der ist hin!« Eine andere Stimme rief: »Da oben hängt er!«

Leitner drängelte sich weiter bis in die Kirche und sah zum Altar. Nichts. Er blickte sich um. Die Augen aller in der Kirche waren nicht nach vorne, sondern nach hinten gerichtet, auf die Kirchenorgel. Langsam drehte sich Leitner um.

Ein schwarzes Bündel hing unterhalb der Orgelpfeifen am Balkon, aus dem zwei Gliedmaßen in unnatürlicher Haltung hervorragten. Es war tatsächlich ein Mensch. Ein toter Mensch. Leitner öffnete fassungslos den Mund. »Ich glaub, ich spinn.«

2

Am darauffolgenden Freitagmorgen saß Leitner um halb acht am Küchenfenster seiner mit Agathe geteilten Wohnung und blies behutsam in die Crema seines Kaffees. Er überflog die Tageszeitung, fand jedoch im sich ankündigenden Sommerloch keine Neuigkeiten in der Weltpolitik, die ihn interessiert hätten. Auch im Lokalteil las er nichts Spannenderes als Artikel über das Sommernachtsfest des Obst- und Gartenbauvereins sowie das Bambini-Turnier der Tennisabteilung. Er sah hinab auf die Klosterstraße, auf der sich vor dem Zeitungs- und Tabakgeschäft der morgendliche Verkehr staute, weil es dort hervorragenden Kaffee to go zu kaufen gab. Die Sonne stieg gerade hinter dem gegenüberliegenden Haus empor, und Leitner musste geblendet blinzeln. Er hob die Tasse und genoss einen Schluck seines starken Kaffees.

Das war schon der Hammer gestern!

Das blöde besoffene Gequatsche über einen Toten am Zaun von Alfred Ingelstetter, dessen Schnarchen im Übrigen noch immer aus Agathes Zimmer drang, hätte man ja wirklich noch wegstecken können. Aber dass in der Kirche tatsächlich eine Leiche gehangen hatte, das war schon ein starkes Stück.

Leitner hörte, wie sich die Badtür öffnete. Agathe würde also gleich in der Küche auftauchen.

Als sie im Türrahmen stand, roch sie nach fruchtigem Pfirsich-Duschbad und hatte sich angesichts ihres gemeinsamen Termins beim Autohaus in Jeans und eine strenge weiße Bluse geworfen. Das wirkte respektvoller als ein sommerliches Outfit mit lockerem Shirt und kurzen Chinos. Ihr erster Weg führte – wie jeden Tag – zum Vollautomaten, der nach einem Knopfdruck mit aggressivem Dröhnen die Arabica-Bohnen zermalmte.

»Na, sägt er noch?«, fragte Leitner mit schelmischem Blick.

Agathe sah ihn eisig an. »Danke, gut! Und selber?«

Leitner schnaubte ein genüssliches »Hmmm« und nahm einen Schluck Kaffee. »War noch ganz spannend gestern.«
»Schon klar.«
»Nein, tatsächlich. Ist noch einiges passiert.«
»Das kenne ich. Nach drei Mass Bier trifft man irgendjemanden, quatscht über alte Zeiten, schlägt sich vor lauter Bierseligkeit gegenseitig auf die Schultern und beteuert schließlich, wie toll doch die Vergangenheit war und dass man sich unbedingt öfter sehen sollte.«
»Ja, so was gibt es freilich«, gab Leitner zu. »Aber –«
»Ich tippe mal auf jemanden aus deiner Regensburger Zeit, richtig?«
»Nein, Agathe, es –«
»Warte, ich rate! Dann ein Mitmusiker von früher. Korrekt?«
»Sie liegen immer noch so was von falsch, meine sehr verehrte Frau Kollegin.«
Agathe musterte ihn genau. »Wahrscheinlich hast du nur dein Bier ausgetrunken und bist dann heim.«
»Auch nicht richtig. Ich war schon noch eine ganze Zeit lang auf dem Berg.«
»Also hast du dich doch mit irgendwem verquatscht.«
»Ich war spät zu Hause, das stimmt, aber nicht wegen dem Verquatschen, sondern wegen der Leiche.«
Agathe stellte ihre Tasse neben Leitners und ging zum Kühlschrank. Da sie vermutete, dass er sie in der nächsten Zeit noch ein paarmal wegen der Szene ihres Freundes am Vortag aufziehen würde, trat sie die Verteidigung durch Ehrlichkeit an. »Sag bloß nichts! Die ganze Heimfahrt habe ich mir das noch anhören dürfen. Ob dem Schaffner oder den Mitreisenden im Zug – allen hat Alfred von seiner nicht existenten Leiche vorgelallt.«
Leitner konnte sich ein kleines Grinsen nicht verkneifen. »Wann hat er denn die Segel gestrichen? Noch im Zug?«
»Aber erst kurz vor Schwandorf. Dann musste ich ihn leider wieder aufwecken und irgendwie herbringen.«

»Nun, das ist ja nicht sooo weit.«

»Nüchtern nicht. Aber ›betreutes Heimbringen‹ dauert nun mal ein bisschen länger.«

Leitner schmunzelte. Er fand Agathes nordisches »'n büschen« einfach niedlich.

»Wo ist die Butter?«, fragte sie.

»Steht schon hier.«

Agathe schmierte sich ein Toastbrot und kleckste Erdbeermarmelade darauf. »Und dann hat Alfred noch vorm Bahnhof in die Rabatte gekotzt.«

»Der Alfred hatte doch nur Bier gestern, oder? Verträgt, scheint's, auch nix mehr.«

»Auf jeden Fall war ich froh, als ich ihn endlich seiner Schuhe und Hose entledigt hatte. Von daher reichen mir meine eigenen Erlebnisse gestern Abend.«

Leitner zuckte gespielt gleichgültig mit den Schultern.

Als Agathe bemerkte, dass er ihr eigentlich etwas für ihn Wichtiges hatte erzählen wollen, fragte sie versöhnlich: »Wen hast du also gestern noch getroffen?«

»Getroffen kann man nicht sagen ...«

Plötzlich stand Alfred – oder was von ihm nach dem vergangenen Abend noch übrig war – im Türrahmen und kratzte sich den linken Oberschenkel.

Leitner sagte: »Guten Morgen, junger Mann!«

Alfred brummte nur zur Antwort.

»Café au Lait und ein Croissant au beurre, wie immer?«, mimte Leitner den Hotelangestellten.

»Am Arsch kannst du mich lecken!«

»Das hebe ich mir fürs zweite Frühstück auf«, feixte Leitner.

Agathe ging zur Kaffeemaschine. »Ich lass dir mal 'nen starken Espresso raus, mein Held.«

Alfred ließ sich stöhnend auf Agathes freien Stuhl sinken und rieb sich mit den Zeigefingern seine Schläfen.

Während Agathe den Mokka vor ihn hinstellte, fragte sie Leitner: »Wen hast du denn auf dem Bergfest also nicht getroffen?«

Leitner machte eine bedeutungsschwangere Pause und meinte dann: »Eine Leiche!«

Alfred blinzelte ihn an und ersparte sich und den anderen eine schlaue Bemerkung.

»Es ist ja nun irgendwann mal gut, Gerhard!«, wurde Agathe lauter. »Über den Scherz hab ich gestern schon häufig genug gelacht. Das wird nun langsam ein bisschen dünn!«

'n büschen.

»Aber das ist mein Ernst.«

Alfred hob den Kopf. »Ich habe es schon gestern kapiert, dass ihr mir das nicht glaubt«, raunte er feindselig. »Und wenn ihr hundertmal sagt, dass ich besoffen war – ich habe einen Toten am Zaun hängen sehen, wie ich beim Bieseln war!«

»Ich habe auch einen Toten hängen sehen«, sagte Leitner. Agathe wollte eben entnervt einhaken, doch Leitner ließ sie nicht zu Wort kommen: »Allerdings habe ich gar nicht gewusst, dass du das Wort ›Kirchenschiff‹ so wörtlich nimmst und tatsächlich *in* der Kirche schiffen warst.«

Alfred konnte ihm nicht folgen.

»Wenn du die Leiche beim Pinkeln gesehen hast, musst du es in der Kirche erledigt haben. Dort hat man nämlich einen toten Mann gefunden. Der Örtlichkeit geschuldet hing er nicht am Zaun, sondern unter den Pfeifen der Kirchenorgel.«

»An der Kirchenorgel?«, fragte Alfred entgeistert.

»Gerhard, es reicht!«, herrschte Agathe ihren Mitbewohner an.

»Mir reicht's auch!«, brummte Alfred, der sich wieder berappelt hatte. »Verarschen kann ich mich allein.«

»Aber ich verarsche dich nicht. Auf dem Amberger Bergfest wurde ein Toter an der Orgel der Marienkirche gefunden. Das wird dir auch die Polizei nachher bestätigen.«

»Wieso?«

»Weil du später mit uns auf die Wache musst. Ich habe den Beamten natürlich von deinem Leichenfund erzählt, und sie wollen, dass du den Toten identifizierst.«

»Aber ich habe doch keine Ahnung, wer da am Zaun hing!«

»An der Orgel, nicht am Zaun. Und du sollst ja auch nur sagen, ob der arme Kerl, den sie da runtergeschnitten haben, der ist, den du davor gesehen hast.«

Agathe fragte sich mittlerweile, wer am Tag zuvor mehr getrunken hatte – ihr Freund oder ihr Arbeitskollege. »Sagt mal, kann es sein, dass ihr beide spinnt?«

»Ich habe den Cops schon erklärt, dass du heute Morgen ein bisschen länger brauchen wirst, um in die Gänge zu kommen, Alfred. Von daher werden Agathe und ich erst mal unseren Termin beim Autohaus wahrnehmen und hinterher, gegen Mittag, raus zur Inspektion fahren.«

Alfred gab es auf, etwas Schlaues zu erwidern, und kramte schweigend in seiner vernebelten Erinnerung des letzten Abends herum.

Leitner schnappte sich seine Windjacke und wandte sich an Agathe. »Kommst du?«

Da sie ebenfalls gemerkt hatte, dass sie den Fall der »wandernden Leiche« im Augenblick nicht lösen konnte, beschloss sie – ganz Profi – ihrer anstehenden Aufgabe nachzugehen, und erhob sich.

Als sie die Wohnung verließen, flüsterte Leitner: »Ich habe dir doch gesagt, dass es gestern noch interessant war.« Dann schlug die Tür zu.

Alfreds Augen fixierten noch eine gute Minute lang einen Punkt auf dem Küchentisch. Dann schnaufte er tief durch und seufzte: »Es war wohl doch eine Mass zu viel.«

3

Auf der Amberger Kriminalpolizeiinspektion scrollte Hauptkommissar Deckert die Bilder auf seinem Monitor langsam nach oben. Der Bildschirm war von ihm weggedreht und zur anderen Seite des Schreibtisches ausgerichtet.

Alfred besah sich die Fotos des Leichnams schweigend. Es wirkte so, als kämpfte er gegen ein Gefühl des Ekels an, was sowohl Agathe als auch Leitner verwunderte, die ebenfalls anwesend waren. Sonst war Alfred bei derlei Dingen nämlich nicht so zimperlich. Er seufzte tief und ließ die Luft geräuschvoll entweichen, bevor er den Kopf schüttelte. »Ich hab's Ihnen doch schon gesagt: Das ist er nicht.«

Hauptkommissar Deckert suchte Blickkontakt mit Agathe und Leitner. Die drei schienen sich zu verstehen: Alfred hatte einen solchen Rausch gehabt, dass man seine Fähigkeit, die Identität des Toten zuverlässig zu bestätigen, zu Recht anzweifeln konnte. »Schauen Sie doch noch mal genau hin«, ermunterte ihn der Kriminalbeamte.

Alfred bedachte ihn mit einem Blick, der von Genervtheit durchtränkt war; betrachtete die Bilder dann aber ein weiteres Mal.

»Du hast doch gestern steif und fest behauptet, du hättest eine Leiche auf dem Bergfest gesehen«, meinte Leitner.

»Hab ich ja auch. Aber nicht die. Also, ich meine, nicht den da!«

»Ah ja«, ließ Deckert sich enttäuscht vernehmen.

»Nix ›Ah ja‹! Das war ganz bestimmt nicht der Kerl, der mir vor der Nase gehangen hat!«

Agathe riss ungeduldig die Arme nach oben und ließ die Hände lautstark auf ihre Oberschenkel zurückpatschen. »Mann, was glaubst du denn, wie viele Leichen es da oben gegeben hat?«

Alfred fuhr wütend auf seinem Stuhl herum. »Der da war

es jedenfalls nicht! Der hat rote Haare, meine Leiche hatte braune.«

»Rot, braun ... Im Halbdunkel sind Nuancen doch schwer zu unterscheiden«, probierte Leitner, eine Brücke zu bauen.

»Kruzifix noch einmal! Warum wollt ihr mir eigentlich nicht glauben? Außerdem war mein Toter viel jünger als der da. Der ist doch mindestens schon sechzig.«

Hauptkommissar Deckert blätterte in einem Aktenordner. »Genau ... dreiundsechzig Jahre war er.«

»Bitte schön! Den, wo ich gesehen habe, war um die vierzig. Höchstens«, murrte Alfred bockig.

Der Kommissar gab es auf und drehte den Monitor wieder zu sich. »Ja, dann ...«

Agathe ging näher an den Schreibtisch heran und fragte, einer alten Gewohnheit folgend: »Wer ist der Tote eigentlich? Weiß man schon etwas?«

Deckert nickte und suchte in der Akte nach den Personalien. »Heinrich Merz, wohnhaft in Pittersberg, Beruf –«

»Pfarrer«, ergänzte Leitner.

»Stimmt. Haben Sie ihn gekannt?«

Leitner winkte ab. »Freilich, das war doch so eine Art Wanderprediger.«

»Wanderprediger?«, fragte Agathe.

»Nicht so, wie du denkst. Aber bei uns gibt es viele Gemeinden, die keinen Pfarrer mehr haben.«

»Nachwuchsprobleme?«, fragte Agathe keck. Sie gehörte seit ihrer Zeit als Polizistin in Hamburg keiner Konfession mehr an und zog die in der Oberpfalz noch vorherrschende Gottesfurcht gern ein wenig ins Lächerliche.

Leitner ließ die Parade an sich vorübermarschieren und sagte: »Ja, auch wenn man gelegentlich anderes hört. Auf jeden Fall gibt es solche Priester, wie der Merz einer war, die an bestimmten Tagen in den einzelnen Gemeinden in den kleinen Kirchen die Dorfgottesdienste abhalten.«

Hauptkommissar Deckert nickte zustimmend. »Richtig. War Merz denn beliebt bei den Leuten?«

Leitner überlegte kurz. »Nun ja, ich glaube, die Alten haben ihn schon gemocht.«

»Und die Jungen?«

»Die Jungen gehen ja nicht mehr häufig in die Kirche«, wich Leitner aus.

»Na kommen Sie schon, sagen Sie mir, was Sie wirklich denken.«

»Mei, ich habe ihn nicht sehr gut gekannt. Bei ein paar Hochzeiten und Beerdigungen, auf denen wir mit der Kapelle gespielt haben, hab ich ihn gesehen. Mir persönlich war er immer ein bisschen zu … glatt.«

»Glatt?«

»Seine Sprüche halt. ›Ich künde die Botschaft des Herrn. Und der Herr vergibt, so steht es geschrieben.‹ War mir immer ein bisserl zu viel Butter aufs Brot. Aber wie gesagt, den Alten hat's gefallen. Für die war er noch ein Pfarrer vom alten Schlag. Darum haben sie ihn durchgefüttert. Und gesoffen hat er auch wie ein Loch.«

Agathe trat von einem Fuß auf den anderen. »Woran ist er denn gestorben?«

»Das wissen wir noch nicht, weil die Leiche heute erst nach Erlangen gebracht wurde. Aber es gab keinerlei Spuren von Gewalteinwirkung oder sonstige Verletzungen. Zumindest nicht auf den ersten Blick. Die Ergebnisse bekommen wir erst noch.«

Agathe dachte immer noch angestrengt nach. »Und wo wurde Merz gefunden?«

»Er hing mit dem Oberkörper über der Brüstung vor der Orgel. Wie er da raufgekommen ist, wissen wir noch nicht. Vielleicht wollte er sich die Kirche von der Empore aus anschauen.«

»Aber warum? In seinem Job hat er doch bestimmt schon Tausende Kirchen gesehen«, meinte Agathe skeptisch.

»Die Marienkirche ist sehr prächtig und prunkvoll, Frau Viersen. Die lohnt immer einen Blick.«

Agathe zuckte mit den Schultern.

»Ist ja bisher auch nur eine Vermutung«, fuhr Deckert fort. »Er könnte da oben auch einen Schwächeanfall erlitten haben und dann einfach unglücklich gestürzt sein.«

Alle im Büro ließen sich die Möglichkeit durch den Kopf gehen. Dann sagte Alfred: »Eine brunzdumme Art zu sterben.«

4

Nadine Berger rümpfte die Nase, als ihr der Kellner der großen Pizzeria Rossini auf dem Schwandorfer Marktplatz ihren Teller servierte. Darauf lag eine halbe Pizza, deren andere Hälfte Gerhard Leitner kredenzt wurde. Nadine schaute ihren Freund angewidert an. »Was sind das da für Würmer?«

Leitner wickelte sein Besteck aus der Serviette und begann mit großem Appetit, sein Pizzastück in drei Dreiecke zu schneiden. »Das sind Scampi. Schmecken hervorragend.«

Nadine stocherte mit ihrer Gabel in den rosa gegarten Krustentieren herum. »Fisch oder was?«

Leitner sah verstohlen zu Agathe, die zusammen mit Alfred ebenfalls am Tisch saß. Ihr Blick sprach Bände. »Das sind Krabben. Probier einfach mal.«

Nadine biss in ein Pizzastück und sagte, nachdem sie gekaut und geschluckt hatte, ohne jede Begeisterung: »Schmecken irgendwie total leer.«

Leitner fixierte mit einem Auge immer noch Agathe, die sich nicht lange bitten ließ. »Nun, solange nur der *Geschmack* ein bisschen leer ist, ist ja alles in schönster Ordnung, nicht wahr?«

Leitner schoss retour: »Und wie ist das Bier, Alfred? Geht schon wieder was?«

Der Angesprochene probierte halbherzig ein wenig von seiner Halben und schüttelte sich. »Das bringe ich heute noch nicht runter. Ich glaub, ich bestell mir ein Spezi.«

»Freilich«, sagte Leitner kumpelhaft. »Man muss ja nicht immer den Helden spielen, gell?«

Nun war es an Agathe, Leitner durchdringend zu mustern.

Dieser wusste wohl, dass seine Kollegin nicht viel mit Nadine anfangen konnte. Aber da er diese nicht als Lebensgefährtin sah, sondern nur gelegentlich ein paar schöne Stunden mit ihr verbrachte, trafen Agathes Spitzen ihn nicht besonders. Eine Zeit lang aßen die vier in stillschweigendem Frieden.

»Aber komisch ist die Sache«, sagte Leitner dann. »Da muss einer schon saublöd fallen, dass er so über dem Balkon der Orgel hängen bleibt.«

Alfred reagierte als Einziger, indem er verächtlich schnaubte.

»Schwächeanfall mit dreiundsechzig … auch ein bisserl früh«, fuhr Leitner fort.

»Er war ja nicht eben gertenschlank«, wandte Agathe ein. »Wenn er wirklich gern und viel getrunken hat, dann kann das schon auf den Kreislauf gehen.«

Nadine lehnte sich in ihrem Korbstuhl zurück. »So ein Pech«, sagte sie vergnügt, »da findet ihr gleich zwei Tote auf dem Bergfest, und ich bin nicht dabei, hihi!«

Leitner versuchte mit einer Hand auf ihrem Oberschenkel, ihre freudige Erregung zu dämpfen. »Es war bloß ein Toter, Herzerl.«

Doch Nadine ließ sich nicht beirren. »Und wie ist der dann vom Zaun rauf zur Orgel gekommen?«

Alfred ließ unter lautem Klirren seine Gabel auf den Teller fallen, sodass die umsitzenden Gäste aufsahen. »Der oben an der Orgel, der Pfarrer Merz, war nicht der, den ich gesehen habe!«

»Also waren es doch zwei«, triumphierte Nadine. »Und ich hab keinen von beiden gesehen, wie schade.«

»Es gibt ja auch Vergnüglicheres als tote Menschen«, sagte Agathe scharf.

»Wieso? So eine Leiche ist doch cool!«, grinste Nadine breit und nahm einen Schluck Rotwein.

»Cool?«, sagte Alfred aufreizend. »Da hättest du mal bei dem Unfall letztes Jahr in Grafenwöhr die drei Toten im Unimog sehen müssen. Die hat's zerbatzt.«

»Wow!«, sagte Nadine anerkennend, und Alfred freute sich, dass er endlich einmal nicht das Objekt mitleidigen Spotts in der Runde war.

»Also, ich glaube immer noch nicht, dass es zwei Leichen waren«, sagte Agathe. »Eine ist ja schon genug.«

»Mir ist das langsam wurscht, was du glaubst«, brummte Alfred und wandte sich wieder seiner Pizza zu.

Eine halbe Stunde später orderte Leitner die Rechnung.

»Heute sind wir bei mir, oder?«, fragte Alfred, nachdem alle bezahlt hatten.

Agathe nickte und erhob sich. Zu Leitner sagte sie so, dass die anderen beiden sie nicht hören konnten: »Und vielleicht könnte die Madame morgen früh ihre blonden Haare aus dem Duschabfluss entfernen.«

Leitner blickte verständnislos zu Nadine. »Aber sie ist doch brünett.«

»Nein, darunter ist sie blond. Warte, ich beweise es dir.« Damit wandte sie sich an Nadine. »Meine Süße, weißt du eigentlich, warum dort oben am Kirchturm zwei Uhren angebracht sind?«

Nadine sah auf die beiden Ziffernblätter der Kirche St. Jakob. »Nein, warum?«

»Damit zwei Menschen gleichzeitig darauf schauen können.«

Nadine nickte erstaunt. »Das ist ja toll.«

Agathe lächelte sie übertrieben freundlich an. »Gell? Dann euch viel Spaß heute Abend.«

Leitner bedachte Agathe, die sich schon zu Alfred drehte, mit einem eisigen Blick und empfand eine gewisse Genugtuung, als er Alfred im Weggehen sagen hörte: »Aber das ist doch eigentlich ein Schmarrn. Weil wenn s' bloß eine Uhr hätten, könnten doch auch zwei Leute gleichzeitig …« Leitner schmunzelte.

»Warum ist die Agathe eigentlich immer so komisch?«, fragte Nadine kurz darauf, nachdem sie ihre Korrespondenz via WhatsApp erledigt hatte.

»Na ja, sie mag es eben, im eigenen Bett zu schlafen.«

»Das kann sie doch.«

»Theoretisch schon. Aber wir haben uns halt darauf geeinigt, dass wir an besonderen Tagen die Wohnung einem allein überlassen.«

»Wie lange wohnt ihr eigentlich schon zusammen?«

»Wir *wohnen* nicht zusammen, wir *teilen* uns nur eine große Wohnung. Das ist ein Unterschied.«

Nadine steckte ihr Handy in ihre kleine Handtasche. »Mir wäre das zu blöd.«

Leitner verzichtete darauf, ihr die ganze Geschichte zu erzählen. Sie würde sie bestimmt nicht interessieren. Als sie sich näher kennenlernten, hatten Leitner und Agathe nicht recht gewusst, ob sie sich mit dem anderen in eine feste Beziehung begeben hatten oder nicht. Sie fühlten sich zwar heftig zueinander hingezogen, aber niemand von beiden nahm das Ruder in die Hand, sodass nichts daraus entstanden war. Jetzt teilten sie sich sowohl die Wohnung als auch einen Teil ihres Privatlebens, auch wenn beide stets behaupteten, dass Letzteres eben nicht der Fall war. Auf Außenstehende, wie zum Beispiel Leitners Musikerkollegen, wirkte das Arrangement äußerst merkwürdig.

Nadine beschäftigte sich immer noch mit dem Problem des eigenen Bettes. »Agathe kann doch daheimbleiben. Mich stört das nicht.«

»Dich vielleicht nicht. Aber sie.«

»Und warum?«

Leitner beugte sich mit einem herrenhaften Blick zu ihr hinunter. »Wenn wir jetzt heimkommen, werden wir nicht fernsehen, nicht wahr?«

Nadine grinste breit und entblößte ihre makellosen weißen Zähne. »Logisch nicht, da fällt uns was Besseres ein.«

»Richtig. Und du weißt auch, wenn du dich zum Beispiel auf den Bauch drehst, dann bist du nicht gerade leise.«

»Mei. Das tut mir halt gut.«

»So soll es sein. Wo gehobelt wird, da fallen auch Späne, aber die Agathe muss ja nicht unbedingt zuhören, wie laut die fallen, verstehst du?«

»Solange du mir gleich deinen Hobel zeigst.«

Leitner feixte in sich hinein. Es waren Nadines kleine geschmacklose Derbheiten, die er so erregend fand. Und die seiner Mitbewohnerin unendlich auf die Nerven gingen.

5

Drei Wochen später stapfte Agathe Viersen neben Gerhard Leitner den steilen Anstieg vom Annaberg hinauf. Sie waren mit dem Auto nach Sulzbach-Rosenberg gefahren und hatten den Wagen am Fuß der Erhebung geparkt. Wie bei allen Festen, die rund um die erhöht gelegenen Wallfahrtskirchen stattfanden, musste man sich auch hier seine Belohnung in Form der guten Brotzeit und einer schönen Mass Bier redlich verdienen.

Agathe betrachtete die in regelmäßigen Abständen stehenden gemauerten Säulen, die die Stationen des Kreuzweges Jesu Christi darstellten. Obwohl aus Überzeugung aus der Kirche ausgetreten, kam sie nicht umhin, bei dem Anblick eine gewisse Bewunderung zu verspüren. Bewunderung für den konsequenten Pomp, mit der die katholische Kirche ihre Botschaften anpries. Und Bewunderung für die gläubige Haltung, die sie bei so vielen Menschen in der Oberpfalz noch wahrnahm. In manchen Situationen hatte sie sich insgeheim schon gewünscht, in ihren Ansichten so gefestigt wie viele Einheimische zu sein. Jetzt, etwas oberhalb des Parkplatzes, konnte Agathe noch nicht erkennen, warum Leitner ihr von diesem Fest als ein ganz besonderes vorgeschwärmt hatte. »Die Landschaft ist ja toll, aber sonst?« Leise keuchend versuchte sie, ihren Atemrhythmus beizubehalten.

»Wart halt ab, bis wir oben sind.«

Sie gingen weiter, und als sie den Gipfel mit den beiden sich gabelnden Verkaufsstraßen erreicht hatten, stieg ihnen warmer, würziger Duft von Gegrilltem in die Nase.

»Ein paar Bratwürste, da hab ich jetzt voll Bock drauf.« Leitner zeigte auf die linke Straße, die sich über den Bergrücken hinweg erstreckte. »An dem Stand da hinten gibt's gute.«

Agathe blickte an Leitners Zeigefinger entlang. »Soll mir recht sein. Wo wollen wir uns hinsetzen?« Agathe suchte die

Schuppen und überdachten Sitzplätze auf der rechten Seite ab, an deren Tischen schon reges Treiben herrschte.

»Nein, nein.« Leitner schmunzelte. Er war bereits auf Agathes Reaktion darauf gespannt, was er ihr jetzt zeigen würde. Sie gingen den Weg weiter und kamen bald an eine weitläufige Wiese. Auch hier waren Biergarnituren aufgestellt, aber auch hier drängte Leitner Agathe zum Weitergehen. Sie kamen an ein Holzgeländer, und Agathe sog die weite Aussicht in sich auf. In weiter Ferne erkannte sie den Amberger Mariahilfberg, auf welchem sie vor drei Wochen erst gesessen hatten. Agathe sah Leitner an und konnte an seinem Gesichtsausdruck ablesen, dass sie noch nicht am Ende des Spaziergangs waren. Sie kehrten um und promenierten abermals über die Straße mit den Ständen. »Gerhard, es ist wirklich sehr schön hier, aber ich würde mich jetzt wirklich erst mal gern setzen«, meinte Agathe endlich. »Finden wir jetzt irgendwo einen Platz?«

Leitner schmunzelte und sagte: »Dreh dich mal um. Dort setzen wir uns hin!«

Agathe sah nach links und war baff. Unverbaut breitete sich vor ihr ein herrliches Panorama auf. Direkt vor sich sah sie den grünen Hang hinunter bis ins Tal, hinter dem sich weitere Hügel erhoben. Aber am meisten beeindruckte Agathe die Anordnung der grob geschlagenen Holzbänke und -tische, die sich direkt vor ihr den Abhang hinunter erstreckten. Einen solch exotischen Biergarten hatte sie noch nie gesehen.

»Das ist mal ein Anblick, was?«, fragte Leitner.

Sie nickte begeistert. »So was hätte ich hier oben wirklich nicht vermutet. Da sitzt man ja ganz schön bergab.«

»Hier haben sich schon die schönsten Szenen abgespielt, wenn jemand sich ein bisschen viel Bier zugemutet hat und dann den steilen Hang hinaufstolpern wollte.«

»Das glaube ich gern. Lass uns einen Platz suchen!«

Leitner zog etwas aus seiner Tasche. »Gern. Und schließlich müssen die hier auch weg.« Er wedelte mit den Freibiermarken, die er per Post von der Jacortia-Versicherung erhalten hatte. Die Organisatoren des Annabergfestes schickten alljährlich eine bestimmte Anzahl davon an die Firmen, mit denen sie kooperierten, und da sich die geschäftigen Herren der oberen Etage meist nicht die Mühe machten, extra aus München – und seit Kurzem aus Regensburg – nach Sulzbach-Rosenberg zu fahren, wurden diese gern an die Mitarbeiter vor Ort weitergegeben.

»Dass da von unseren Chefs keiner herkommt, finde ich allerdings schon blöd«, sagte Agathe. »Die bringen sich doch nicht nur um jede Menge Spaß, sondern auch um diese Aussicht!«

»Nun, umso besser für uns. Möchtest du gleich etwas essen?«

»Wenn ich ehrlich bin, habe ich im Augenblick eher Durst.«

»Auch kein Thema. Hauen wir uns erst mal auf ein Erstversorgungsbier hin und sehen dann weiter.«

Den Worten folgten Taten, und so stiegen Agathe und Leitner vorsichtig den steilen Hang hinunter. Die oberen Plätze, zu denen man nicht so weit kraxeln musste, waren naturgemäß als Erste belegt. Agathe und Leitner ließen sich einige Reihen weiter unten nebeneinander auf einer Bank nieder, um das Panorama genießen zu können. Sie bestellten zwei dunkle Biere, welche sie nach deren Eintreffen mit großem Durst antranken.

Agathe stützte die Ellbogen auf den Tisch und ließ ihr Kinn auf ihren Händen ruhen. »Man hätte es wirklich schlimmer treffen können als hier bei euch«, sagte sie nach einer Weile. »Wenn ich an die Stadt zurückdenke ...«

»Meinst du Lübeck, Hamburg oder München?«, fragte Leitner, der nicht wusste, ob sie von ihrem Geburtsort, ihrer alten Heimat oder ihrem letzten Arbeitsort in Bayern sprach.

»Ganz egal. Der Taktschlag ist hier einfach um so vieles langsamer. Noch vor Kurzem hätte ich nicht gedacht, dass ich das einmal schön finden könnte.«

Leitner ließ ihre Worte wirken und meinte dann: »Du bist ja heute richtig positiv.«

Agathe nahm verschmitzt einen Schluck. »Kann sein. Ich fühle mich auch sauwohl.«

Leitner war sich nicht sicher, ob er die nächste Frage stellen sollte, entschied sich aber, es zu tun. »Klingt vielleicht blöd, aber ... liegt das vielleicht daran, dass der Alfred heute nicht dabei ist?«

Agathe hob nur leicht die Schultern. »Schon möglich.«

»Hat er heute keine Zeit gehabt?«

»Das weiß ich nicht. Und es geht mich auch nichts mehr an, Gerhard.«

Oho!, dachte der. Hörte sich das nach Trennung an? Nach einer Pause, die er für angemessen lang hielt, fragte er: »Das heißt, ihr habt euch getrennt?«

Agathes Kopf wackelte hin und her, bevor sie nickte. »Vor zwei Tagen.«

»Das tut mir leid«, meinte Leitner pietätvoll. »Und wieso ...? Ich meine, warum ...?«

Agathe lachte laut. »Du kriegst es einfach nicht gebacken, Kerl, oder?«

Er sah sie verunsichert an.

»Du warst doch oft genug dabei und weißt haargenau, dass es im Grunde zwischen mir und Alfred von Anfang an nicht gepasst hat. Bitte streu jetzt nicht noch grobkörniges Salz in meine offene Wunden!«

Leitner hätte sich am liebsten in den Hintern gebissen, weil er die fast schon intime Stimmung von gerade eben durch eine dumme Floskel zerstört hatte. Natürlich wusste er, dass Agathe und Alfred ein zu ungleiches Paar gewesen waren. Und freilich hatte er die Momente mitbekommen, in denen sie von ihm enttäuscht gewesen war, weil er sich wieder einmal komplett danebenbenommen hatte. Und schließlich war er selbst, Leitner, ja auch nie müde geworden, auf Alfreds und damit indirekt auch immer auf Agathes Kosten in den entsprechenden Situationen Witze zu reißen. In seinem Magen breitete sich ein mulmiges Gefühl aus, weil er Agathe damit nie wirklich hatte verletzen wollen.

Die aber schien seine unausgesprochene Reue zu bemerken und sagte heiter: »Nun guck nicht so blöd und besorg uns lieber was Vernünftiges zu essen. Ich habe da oben irgendwas von gegrilltem Fisch gelesen.«

Leitner stieg den kleinen Trampelpfad bergauf und hielt sich links. Er musste sich regelrecht durch die Menschenmenge drängeln. Jetzt, nach Feierabend, nahm die Besucherzahl auf dem Berg sprunghaft zu. Die langen Schlangen der Wartenden vor den Essensständen erfüllten ihn nicht gerade mit Hoffnung, schnell in Besitz einer Mahlzeit zu kommen. Auch an der Grillbude mit den Fischen warteten etwa zwanzig Leute darauf, bedient zu werden. Nach einer knappen halben Stunde hatte Leitner eine Makrele ergattert und musste nun für sich ebenfalls etwas zu essen kaufen. Sein Blick fiel auf den Käsestand, an dem vergleichsweise wenig los war. So begnügte er sich mit einer doppelten Portion Bergkäse und einer latschigen Breze, die wohl noch vom Vortag stammte, und kämpfte sich zurück zu den Rängen am Hang. Als er näher kam, sah er, wie sich Agathe angeregt mit einem Mann unterhielt, der vorher noch nicht am Tisch gesessen hatte. Es war derselbe, den sie Wochen zuvor auf dem Amberger Bergfest am Nachbartisch getroffen hatten! Leitner stellte den Teller mit der Makrele ab.

»Servus! So sieht man sich wieder«, begrüßte der Lockenkopf Leitner freundlich.

»Habe die Ehre«, erwiderte Leitner und setzte sich.

Der Lockenkopf hielt seine Nase über den gegrillten Fisch und sog genüsslich das Aroma ein. »Hervorragend, so ein Steckerlfisch. Ich glaube, so einen ess ich jetzt dann auch.«

»Da müssen Sie aber ein bisschen Zeit mitbringen.«

»Das glaube ich gern, dass da viel los ist. Aber in einer Stunde haben die auch noch Fische. Dann vertreiben wir uns die Zeit bis dahin halt mit einem Schluck.« Der Vorschlag wurde befolgt.

»Das ist wirklich ein Zufall, dass wir uns hier wiedersehen«, sagte Agathe.

Der Mann wischte sich mit dem Handrücken den Bierschaum vom Mund. »Eigentlich nicht. Wenn Sie öfter die Bergfeste im Amberger Raum besuchen, werden Sie immer wieder die gleichen Leute treffen. Das ist ja das Schöne daran.« In Leitners Ohren klang die Stimme des Mannes nach einer ausgewogenen Mischung aus Präsenz und Weichheit in verspieltem F-Dur. Seine Kollegin ergriff die Initiative.

»Lass das ›Sie‹ weg. Ich heiße Agathe.«

»Ich bin der Berthold. Berthold Irrgang.«

»Und ich der Leitner Gerhard«, schloss Leitner die Vorstellungsrunde. »Und Sie ... äh, du hast dich also zufällig hierhergesetzt?« Er schob sich eine zusammengerollte Käsescheibe in den Mund.

»Na ja, ich habe mich halt ein bisschen umgesehen und dabei die Agathe erspäht. Da habe ich gefragt, ob hier noch frei ist. Wir haben uns ja schon vor ein paar Wochen so gut unterhalten.«

Agathe verdrehte die Augen. »Daran erinnere ich mich gar nicht.«

»Hast du deinen Mann noch sicher heimgebracht?«

»Das war nicht mein Mann«, sagte Agathe.

Irrgang verlagerte sein Gewicht von der einen auf die andere Seite. »Ach so, dein Freund dann oder – wie sagt man? – Lebensabschnittsgefährte.«

»Auch nicht, wir sind nicht zusammen.«

»So?« Irrgang zog überrascht die Augenbrauen hoch.

Leitner kam es so vor, als schwänge Freude über diese Nachricht in dem einen kleinen Wort mit. Mit Nachdruck sagte er: »Nicht *mehr*!«

Wären Agathes Blicke Dolche gewesen, hätten sie Leitner auf der Stelle filetiert.

»Nun, alles hat seine Zeit, nicht wahr?«, sagte Irrgang gut gelaunt. »Und dieser Abend ist zu schön, als dass wir uns in trüben Erinnerungen ergehen sollten. Genießen wir lieber die Aussicht!«

Eine Minute lang hing jeder seinen Gedanken nach, bis Leitner fragte: »Kommst du aus dem Raum Amberg, Berthold?«

»Ja, ich bin sogar genau hier geboren und aufgewachsen. In Sulzbach.«

»Ich dachte, das Nest heißt Sulzbach-Rosenberg?«, wandte Agathe ein.

Irrgang musste schmunzeln. »So heißt es wohl, aber erst seit 1934. Davor waren Sulzbach und Rosenberg zwei getrennte Gemeinden.«

»Ihr nehmt es aber genau.«

Irrgang bedachte sie mit einem leicht vorwurfsvollen Blick. »Du brauchst nicht zu glauben, dass nur die Älteren das auf die leichte Schulter nehmen! Auch unter den Jungen wird unterschieden und übereinander geschimpft.«

»Merkwürdig«, murmelte Agathe und wiegte den Kopf hin und her.

»Wieso?«

»Ich wollte damit eigentlich nur sagen, dass ich mich wundere, wie man so sesshaft sein kann. Das kenne ich nicht. Hamburg ist wie ein großer Schmelztiegel. Die meisten sind nicht von dort, viele noch nicht mal aus Deutschland.«

»Du stammst aus Hamburg?«

»Lübeck. Aber ich habe da beruflich mehrere Jahre verbracht, bevor ich nach Bayern gekommen bin.«

»Da hast du schon mehr von Deutschland kennengelernt als ich«, meinte Irrgang anerkennend.

»Bei uns gibt es das kaum mehr, dass man von Geburt an nur an einem Ort lebt. Und dann noch –«

»In der Oberpfalz«, vollendete Leitner den Satz. »Agathe hat am Anfang geglaubt, dass Bayern aus München, Nürnberg und ansonsten nur aus Bauernhöfen besteht.«

Irrgang lachte auf. »Es ist noch nicht so lange her, da wärst du gar nicht so falsch mit dieser Einschätzung gelegen. Aber in den letzten Jahren hat sich auch bei uns in der Gegend einiges getan. Wenn man bedenkt, dass wir in der Oberpfalz nun schon seit Jahren die geringste Arbeitslosigkeit in ganz Bayern haben, ist das eine schöne Erfolgsstory.«

»Dass ihr euch hier nicht mehr mit Buschtrommeln verständigt, habe auch ich schon mitbekommen, du Vollhonk!«, schoss Agathe in Richtung Leitner. Zu Irrgang meinte sie etwas netter:

»Es wäre für mich trotzdem unvorstellbar gewesen, bis an mein Lebensende in Lübeck zu bleiben.«

»Trotz des feinen Marzipans?«, fragte Irrgang mit gewinnendem Lächeln.

»Ja, trotz des feinen Marzipans«, musste Agathe sein Lächeln unwillkürlich erwidern. Sie konnte sich Irrgangs Charme einfach nicht entziehen.

Ihr neuer Bekannter blickte Richtung Sulzbach. »Außerdem ist es ja nicht so, als hätte ich nur hier gelebt. Ich war auch schon mal ein bisschen weiter weg.«

»Wo denn?«, wollte sie wissen.

Leitner wurde das Getue zwischen Irrgang und Agathe langsam zu viel. »Wahrscheinlich zum Studieren in Weiden«, sagte er barsch. »Die Weltstadt mit Herz.«

Irrgang parierte die Spitze gekonnt. »Studium stimmt. Aber nicht in Weiden, sondern in Boston am MIT.«

»Wo?« Agathe war beeindruckt.

»Am Massachusetts Institute of Technology. Keine schlechte Adresse. Du siehst also, ich habe auch schon mal mein Nest verlassen.«

Leitner war nun verstimmt darüber, dass der Kerl offensichtlich immun gegen seine Störfeuer war. »Soso, Amerika also. Ein tolles Land, sieht man ja an seinem aktuellen Präsidenten.«

Irrgang ließ ihn abermals ins Leere laufen. »Na ja, es gibt schon auch vernünftige Menschen da drüben, und für Informatiker wie mich gehört Boston zu den ersten Adressen weltweit.«

»Irgendwo müssen die Computernerds ja großgezogen werden.«

»Die und die Maschinenbauingenieure.«

»Du bist Ingenieur?«, fragte Agathe, und Leitner ärgerte sich, dass der Schmalzlocken-Papagallo jedes Mal, wenn er ihn vorführen wollte, ein Ass aus dem Ärmel zog.

»Ingenieur und Informatiker. Man kann auch IT-Spezialist dazu sagen.«

»Da schau her, schrauben kann er also auch«, brummte Leitner in seinen Bierkrug hinein.

»Es tut gut zu sehen, dass in der Oberpfalz nicht nur einfache, einfältige Menschen leben«, erwiderte Agathe eisig, »sondern auch welche mit Geist und Hirn!«

Irrgang nahm ebenfalls einen Schluck Bier und lockerte souverän die gespannte Stimmung auf. »Mein Gott, ich sage immer, die Mischung macht's. So ein schönes Fest wie hier auf dem Annaberg gibt's nirgendwo in den USA. Nachher kommt dann auch der Anstich, den solltet ihr euch anschauen.«

Leitner gab sich betont cool. »Es gibt keinen Bieranstich auf dem Annabergfest. Nix ›Ozapft is‹!«

»Nicht so wie auf der Wiesn, nein. Aber oben, am Ausschank von der Grabinger-Bräu, da sticht der Brauereibesitzer jeden Abend ein Fass an und begrüßt die Gäste. Ist kein offizieller Akt, aber meistens sehr lustig. Dabei trifft man häufig Bekannte, kann ein bisschen ratschen, und der Chef gibt auch noch eine Runde aus.«

Leitner zog skeptisch die Brauen hoch. Die Brauerei Grabinger war bei der Jacortia versichert. Von ihr stammten auch die Freimarken, die er und Agathe erhalten hatten. »Eine Runde Freibier? Aber das geht doch ins Geld bei den vielen Plätzen.«

»Keine Lokalrunde. Bloß für den engeren Kreis. Die Grabinger-Brauerei ist ein kleiner, aber feiner Betrieb, und ihr Bier ist sehr beliebt. Darum suchen sie auch ständig neue Aushilfen und Mitarbeiter.«

»Habe ich noch nie gehört«, brummte Leitner.

»Dass es Dinge in der Oberpfalz gibt, die du noch nicht kennst, Gerhard, das wundert mich jetzt aber«, flötete Agathe zuckersüß.

Leitner lenkte von seiner Niederlage ab. »Und wann geht der Spaß los?«

»Wenn der Hauptansturm vorbei ist. Meistens gegen einundzwanzig Uhr.«

Agathe sah auf ihr Handy. »Das wäre in etwa eineinhalb Stunden.«

Leitner seufzte hörbar. »Ich weiß nicht recht …« Dass er keine Lust hatte, auf Irrgangs Vorschlag einzugehen, war unübersehbar. Andererseits war da die Neugierde. Wenn es stimmte, was er gesagt hatte, dann konnte man bei diesem Minianzapfen vielleicht wirklich ein paar interessante Leute treffen und sich im gleichen Atemzug bei einem guten Kunden der Versicherung vorstellen.

»Ach komm, Gerhard. Das ziehen wir jetzt durch!«, befahl Agathe.

Gegen neun Uhr abends erhoben sich Agathe und Leitner schließlich von ihren Sitzplätzen und machten sich auf den Weg zum Bierzelt der Grabinger-Brauerei. Berthold Irrgang hatte sich schon einige Minuten vorher verabschiedet, weil er einen Freund treffen wollte.

»Du gibst ja mächtig Gas«, frotzelte Leitner, während sie den Stand mit der Spansau passierten.

»Warum? Ist doch angenehm, wenn man intelligente und witzige Menschen kennenlernt.«

»Na ja, witzig.« Leitner zuckte abfällig mit den Schultern. »Ich hätte nicht gedacht, dass dieser Südländer-Charme bei dir so zieht. Machen das die grauen Locken oder das Golfer-Outfit?« Er spielte auf Irrgangs sehr gepflegtes Ensemble aus grünem Poloshirt und weißer Leinenhose an. Eine Kleidung, die die meisten Besucher des Annabergfestes wegen der vielen Möglichkeiten, aus Versehen mit einer schmutzigen oder klebrigen Bierbank in Berührung zu kommen oder in eine Dreckpfütze zu stolpern, nicht gewählt hatten. »Ich glaube, das gehört zu den Dingen, die du nie begreifen wirst, Gerhard. Das ist sein Stil.«

»Stil … Stihl heißt bei uns, dass jemand eine vernünftige Motorsäge hat.«

»Jetzt stell dein Licht halt nicht so unter den Scheffel. Du bist doch ein – wie sagt man bei euch? –, ach ja, ein gestandenes Männerbild.«

Leitner sah sie verwundert an. »Mannsbild.«

»Mein ich doch. Du hast doch selbst so einiges zu bieten, du hast es doch nicht nötig, andere Männer zu attackieren.«

»Ich habe doch gar nicht ...«

»Dann is ja gut«, meinte Agathe vergnügt. »Wie weit müssen wir noch gehen?«

Ein paar Schritte weiter erblickten sie eine kleine Traube aus vielleicht zwanzig Menschen, die im Halbkreis um den Ausschank standen.

Agathe drängelte sich ein wenig nach vorne, damit sie etwas sehen konnte. Ein wuchtiger Mann mit graublonden Haaren und enormem Doppelkinn walzte gerade an den Zapfhahn, in seiner Hand fünf Glaskrüge. Sein weißes Hemd sah feucht aus. Mit der anderen Hand nahm er den Zipfel seiner Brauereischürze und wischte sich den Schweiß vom Gesicht. »Sehr verehrte Gäste!«, brüllte er in die Menge. »Es freut mich, dass Sie uns an unserem Stand besuchen und unser gutes Grabinger-Bier kosten wollen. Das sorgt immer für gute Laune, und dass es Freibier ist, hat mit Ihrer Anwesenheit natürlich nichts zu tun!«

Die Menge lachte. Agathe sah halb rechts Berthold Irrgang stehen, der ebenfalls amüsiert lächelte.

Der Brauereichef fuhr fort: »Es freut mich gleichzeitig, so viele alte Gesichter zu sehen.«

Die Besucher hoben an, gespielt beleidigt zu brummeln.

»Ich meine natürlich, alt*bekannte* Gesichter, gell, Anton?«

Agathe folgte dem Blick des Redners zu einem Mann mit Strickweste im Publikum.

»Anton Forster. Stadtrat seit ewigen Zeiten in Amberg«, flüsterte Gerhard ihr ins Ohr.

»Und weil es der Herrgott oder genauer gesagt der Petrus heute so gut mit uns meint, sollten wir nicht lange zögern und einen gesunden Schluck vom Grabinger-Bier zu uns nehmen.« Damit knallte der Brauereichef die Krüge auf die Abstellfläche des Ausschanks, nahm demonstrativ einen wieder hoch und streckte ihn ins Licht der Neonröhre über ihm. »Passt!«, schrie er, machte einen Schritt nach links zum Zapfhahn, hielt den

Krug darunter und öffnete mit der anderen Hand den Hebel. Doch nichts tat sich. Grabinger ruckelte am Zapfhahn, aber kein Tropfen Bier floss aus der Öffnung.

Die ersten Rufe aus der Menschenmenge wurden laut: »Auwei, jetzt hat der Chef das Bierzapfen verlernt!«, »Hast wohl ein leeres Fass Freibier mitgebracht?« und »Wart, wir holen ein Fass von der Gams-Bräu!«.

Verzweifelt ruckelte Grabinger weiterhin am Zapfhahn hin und her. Sein Gesicht war verzerrt.

»Der will's aber wissen«, meinte Agathe zu Leitner.

»Da stimmt was nicht«, erwiderte der ernst.

Agathe blickte zu dem Brauereibesitzer und wusste, was Leitner meinte. Nicht Ärger oder Wut über die Blamage standen in dessen Gesicht geschrieben. Grabingers Muskeln waren angespannt, seine Lippen zu einem grotesken Lächeln nach hinten gezogen. Seine Haut wurde rot, und die Knöchel der Hand, die den Zapfhahn krampfhaft umklammerte, waren schneeweiß. Seine Atmung schien stillzustehen.

Auch die Umstehenden bemerkten das, und jemand schrie: »Zieh den Stecker raus!« Ein Mitarbeiter der Brauerei bückte sich unter den Tresen, ein anderer Mann schrie: »Vorsicht, Sepp! Nimm ein Tuch!«

Der andere tat wie ihm geheißen und riss den Stecker des Durchlaufkühlers aus der Kabeltrommel. Wie auf Kommando ließ Johann Grabinger den Zapfhahn los und fiel rücklings auf den Boden.

Eine Frau lief zu ihm und rutschte fast auf dem aufgeweichten Waldboden aus. »Holen Sie sofort den Notarzt!«, rief sie einem Brauereimitarbeiter zu. Sie kniete sich neben Grabinger, fühlte dessen Puls, zog seine Augenlider mit dem Daumen nach oben und schrie auf ihn ein. Es wirkte so, als wüsste sie, was sie tat. »Haben Sie eine Decke?«, fragte sie einen anderen Angestellten, der daraufhin davonlief und einige Sekunden später mit einer braunen Wolldecke wiederkam. Die Frau wies weitere Mitarbeiter an, die Decke als Sichtschutz vor Grabingers Körper zu halten.

Agathe und Leitner starrten wie die anderen Gäste fassungslos auf die braune Wollwand und warteten.

Nach zwei Minuten kam die Frau dahinter hervor und schüttelte den Kopf. Zu dem Mitarbeiter, der zuvor die Decke gebracht hatte, sagte sie: »Rufen Sie die Polizei. Der Arzt kann sich Zeit lassen.«

6

Als Leitner im letzten Jahr angefangen hatte, bei der Jacortia-Versicherung zu arbeiten, war Agathe bereits im vierten Jahr dabei. Ihr damaliger Münchner Chef hatte ihn eingestellt, und nach ihrer Versetzung in die Oberpfalz waren die ersten Aufträge meist per E-Mail oder telefonisch aus der Landeshauptstadt übermittelt worden. Seit wenigen Wochen gab es jedoch eine Filiale der Jacortia im Südwesten Regensburgs. Agathe und Leitner hatten ihren neuen Vorgesetzten bislang noch kein einziges Mal persönlich gesehen oder gesprochen, fuhren nun aber beide mit dem Aufzug in den fünften und damit höchstgelegenen Stock des modernen Gebäudes.

»Weißt du eigentlich irgendetwas von dem Neuen?«, fragte Leitner.

Agathe schüttelte den Kopf.

»Chris Wendell … das klingt amerikanisch.«

Sie passierten die Milchglastür mit dem Jacortia-Schriftzug und meldeten sich an der Rezeption an. Nach nicht einmal einer Minute sagte die Empfangsdame, Leitner und Agathe könnten ins Büro des Gebietsleiters eintreten.

Beide staunten nicht schlecht, als sie am Schreibtisch eine Frau um die vierzig erblickten, die konzentriert auf der Tastatur ihres PCs tippte.

»Einen Moment noch …«, sagte sie.

Die beiden Detektive sahen sich überrascht an, bevor ihre Augen wieder zu der neuen Chefin wanderten. Sie hatte keinerlei bayerisch-barocke Züge an sich. Die kinnlangen Haare waren glatt und höchstens eine Nuance heller als das tiefste Schwarz auf der Farbskala. Ihre Nase lief sehr spitz zu, darauf saß eine Brille mit schmalem schwarzem Kunststoffrand und runden Gläsern. Durch sie hindurch sahen zwei dunkelbraune Augen auf den Bildschirm. Die Brauen waren zu einer präzisen dünnen Linie getrimmt.

»So, jetzt!«, sagte sie und stand auf.
Agathe schüttelte die ihr dargebotene Hand genauso wie Leitner, und doch misstrauten beide dem künstlich-freundlichen Lächeln ihrer neuen Chefin.
»Ich bin Chris Wendell. Frau Viersen, Herr Leitner … bitte«, lud sie sie ein, sich zu setzen. »Ist alles noch neu für mich hier, aber dafür kennen Sie sich ja bestens in der Oberpfalz aus, nicht wahr?«
Leitner analysierte ihre Art zu sprechen. Sie stammte eindeutig nicht aus Bayern, was er aber schon anhand ihres Namens vermutet hatte. Sie klang so, als müsste sie sich darauf konzentrieren, fehlerfreies Hochdeutsch zu reden. Er tippte auf Thüringen oder Sachsen-Anhalt als Heimat.
»Nun, der Herr Leitner ist der Oberpfälzer«, erwiderte Agathe. »Was mich betrifft, so stamme ich auch nicht von hier.«
»Aber Sie sind eine blendende Ermittlerin, wie ich den Akten bereits entnommen habe. Dann wollen wir mal keine falsche Bescheidenheit an den Tag legen und frisch ans Werk gehen. Es ist nämlich nicht unsere Aufgabe, Geld mit vollen Händen unter das Volk zu werfen.«
»Natürlich nicht«, erwiderte Agathe und fühlte sich ein wenig auf den Schlips getreten, so als hätte sie die Geld-werf-Idee in irgendeiner Weise propagiert.
Ihre Chefin fuhr fort: »Ein Todesfall ist so ziemlich das Unangenehmste, was einer Versicherungsgesellschaft passieren kann. Er bringt immer eine endlos lange Kette von Anspruchstellern und andere Probleme mit sich. Die Brauerei Grabinger aus Sulzbach-Rosenberg ist bei uns seit«, sie warf einen schnellen Blick auf den Monitor, »über zehn Jahren versichert. Mit dem Tod des Brauereiinhabers an der Zapfanlage werden also Policen fällig.«
»Was für welche genau?«, fragte Agathe.
»Zunächst mal das ganze Kleinklein von wegen Bestattungskosten und der administrative Kram«, antwortete Wendell. »Zudem haben sie sich gegen Betriebsausfälle abgesichert, und der dickste Hund ist natürlich die Lebensversicherung.«

Leitner überschlug die Versicherungssumme auf mehrere tausend Euro. Daher fragte er: »Hat die schon jemand geltend gemacht?«

»Der Bruder des Toten. Ein gewisser Heinz Grabinger. Der Fall wird unser Haus in nächster Zeit ziemlich beanspruchen. Es sei denn –«

»Es gibt Ungereimtheiten an der Art, wie Grabinger gestorben ist«, vervollständigte Leitner den Satz.

»Genau«, erwiderte Wendell. »Wir sprechen hier von einem Volumen von hundertfünfzigtausend Euro, also sollten wir etwas genauer hinter die Kulissen blicken.«

Agathe kniff die Augenbrauen zusammen. »Und wohinter genau? Was glauben denn Sie, was die Ursache für den Tod des Brauereichefs war?«

Die Chefin unterbrach sie. »Frau Viersen, Frau Viersen, jetzt aber mal langsam! Das ist nun wirklich allein Ihr Job. Ich werde bestimmt nicht vorschreiben, wie Sie das angehen. Aber das Ergebnis, so viel müsste ja klar sein zwischen uns, muss für unsere Gesellschaft positiv ausfallen. Verstehen wir uns in diesem Punkt?«

Agathe sah die Neue kühl und ohne Regung an. »Selbstverständlich. Das ist ja unser Beruf.«

»Wunderbar, dann haben wir uns doch schon auf eine professionelle Linie einigen können. Ich erwarte regelmäßige Berichte über den Fortgang Ihrer Ermittlungen. Und beeilen Sie sich, schließlich kann ich die Anspruchsteller nicht ewig hinhalten. Auch wenn die Uhren hier in der Provinz etwas langsamer als im echten Leben zu ticken scheinen.«

Als beide wieder auf der Straße standen, raunte Leitner: »Die hat vielleicht Haare auf den Zähnen.«

»Im echten Leben«, ahmte Agathe fauchend Wendell nach. »Die Trulla muss mir wirklich nichts über das echte Leben erzählen!«

Leitner dachte schmunzelnd daran zurück, wie er und Agathe sich kennengelernt hatten. »Na ja, als du das erste Mal in die

Oberpfalz gekommen bist, hast du auch gedacht, hier würden nur Buschmänner mit Trommeln leben.«

Agathe schnaufte tief durch. »Vielleicht, aber inzwischen weiß ich, dass auch Oberpfälzer Handys benutzen und E-Mails schreiben können.« Da Leitner jetzt breit grinste, konnte Agathe nicht umhin hinzuzufügen: »*Nachdem* sie ihre Buschtrommeln zur Seite gestellt haben!«

Leitner lächelte in sich hinein. Nachdem beide von der Lilienthalstraße ein paar Schritte in Richtung Prüfeninger Straße gegangen waren, besann er sich ihres gemeinsamen Auftrages. »Und wie wollen wir jetzt vorgehen?«

»Als Erstes sollten wir mal herausfinden, woran der Grabinger eigentlich gestorben ist.«

»Dazu müssten wir die Polizei fragen, aber ob die Beamten was rausrücken werden?«

»Nu komm, min Jung«, ermunterte Agathe ihren Kollegen. »Aber wenn wir so missmutig wie jetzt da auftauchen, bestimmt nicht.

Leitner fasste sich ein Herz und sagte: »Du hast ja recht.«

»Geht runter wie Öl«, grinste nun Agathe ihrerseits.

Leitner ignorierte den Zwischenruf. »Wir müssen sowieso zur Kripo nach Amberg, da können wir durchaus Hauptkommissar Deckert besuchen und mal ganz zart auf den Busch klopfen.«

Agathe dachte an den Kriminalbeamten, den sie bei ihrem ersten gemeinsamen Fall im Wirkendorfer Schloss kennengelernt hatten. »Aber der ist doch nur für Mord zuständig, nicht für Unfälle.«

»Jetzt mal du den Teufel halt nicht an die Wand. Der wird sich schon mit den Toten auskennen, die auf seiner Dienststelle herumliegen.«

7

Zum zweiten Mal im Monat Juli machten sich Agathe Viersen und Gerhard Leitner auf den Weg in die Kümmersbrucker Straße im Südosten von Amberg. Da im Sommer alle Badegäste ins Hockermühlbad und nicht ins benachbarte Kurfürstenbad strömten, war der Verkehr überschaubar gewesen.

Zielstrebig gingen beide Versicherungsermittler jetzt auf das ihnen mittlerweile wohlbekannte Dienstzimmer von Hauptkommissar Deckert zu.

»Herein«, beantwortete der ihr Klopfen. »Was machen denn Sie beide schon wieder hier?«, fragte er dann. »Die Obduktion von dem toten Pfarrer ist noch nicht abgeschlossen. Hat Ihr Freund etwa schon wieder eine neue Leiche entdeckt?« Er wischte sich über die Stirn, auf der kleine Schweißtröpfchen standen.

»Nein«, sagte Agathe keck, »das können wir auch allein. Wir sind hier wegen des Brauereibesitzers, der vor zwei Tagen auf dem Annaberg in Sulzbach gestorben ist.«

»Ach ja, der Grabinger. Der war noch ein Braumeister vom alten Schlag«, seufzte Deckert, offensichtlich in Erinnerungen schwelgend.

»Haben Sie ihn gut gekannt?«, fragte Agathe erstaunt.

Als der Beamte nicht reagierte, flüsterte Leitner ihr zu: »Bayerische Polizisten kennen die Brauereibesitzer meistens sehr gut.« Sie ließ sich diese Behauptung noch durch den Kopf gehen, während Leitner den Kriminalbeamten schon fragte: »Können Sie uns über den irgendetwas sagen? Ich meine, über die Todesursache?«

Hauptkommissar Deckerts Gedanken kehrten aus der guten alten Zeit in die Gegenwart zurück. »Herr Leitner, hier ist nicht das Referat Öffentlichkeitsarbeit. Ich leite die Mordkommission. Fragen dieser Art richten Sie bitte an die Pressestelle.«

»Ich weiß, aber wir waren immerhin dabei, als der Grabinger zusammengebrochen ist.«

Der Kriminalbeamte schüttelte den Kopf. »Nein, nein, nein, so funktioniert das hier nicht.«

»Wir wollen uns ja auch bestimmt nicht in Ihre Arbeit einmischen oder irgendwelche Details an die Öffentlichkeit geben«, sagte Agathe, »aber der Todesfall betrifft uns beruflich.« Sie erklärte Deckert, dass die Brauerei bei der Jacortia versichert war und daher Ermittlungen stattfinden würden. »Ob wir zahlen müssen oder nicht, macht für uns einen Riesenunterschied«, schloss sie.

Der Hauptkommissar kratzte sich unschlüssig am Kopf. »Es tut mir leid, aber ohne Absprache darf ich über laufende Ermittlungen nicht reden.«

Leitner versuchte es erneut. »Das verlangt doch auch niemand. Wir brauchen nur ein paar Kleinigkeiten, die in wenigen Tagen sowieso in der offiziellen Pressemitteilung stehen werden.«

Agathe stieß ins selbe Horn. »Wir haben wahrlich schon genug gemeinsam erlebt. Sie wissen, dass Sie sich auf uns verlassen können.« Damit spielte sie auf den Fall mit der Leiche auf der Wirkendorfer Kirwa an, bei welchem sich Deckert, Agathe und Leitner kennengelernt hatten.

Schließlich gab Deckert seine Vorbehalte auf. »Was wollen Sie denn wissen?«

Agathe begann: »Zunächst bräuchten wir die Todesursache.«

»Dazu kann ich Ihnen noch gar nichts Bestimmtes sagen. Das war mein Ernst, dass ich von der Gerichtsmedizin noch nicht einmal den endgültigen Bericht zu dem Pfarrer habe, und der ist bereits drei Wochen tot.«

»Na gut, aber was hat der Arzt vor Ort gesagt?«

»Tod durch Herzstillstand.«

»Natürlich? Oder gibt es eine andere Ursache?«

»Ich muss nochmals wiederholen, dass alles, was ich sage, nicht bewiesen ist.«

»Schon klar.« Agathe nickte.

»Nun, der Doktor hat auf Stromschlag getippt.«

Sofort spielten Agathe und Leitner im Kopf das versicherungsinterne Szenarium durch, das sich daraus ergeben würde. Stromschlag an der Zapfanlage – das bedeutete ganz eindeutig: Zahlemann und Söhne.

»Einfach so?«, fragte Leitner. »Gab es da keine Sicherungen?«

»Freilich, aber es gibt eben immer wieder auch Unfälle. Meiner Meinung nach, selbstverständlich ebenfalls inoffiziell, haben wir es mit einer defekten elektronischen Anlage zu tun. Ich halte das Ganze für einen Unfall. Tragisch und tödlich.«

»Was glauben Sie, bis wann Sie den Obduktionsbericht …?«, hakte Leitner vorsichtig nach.

Hauptkommissar Deckert schüttelte energisch den Kopf. »Herr Leitner, Frau Viersen, das war es jetzt aber wirklich für heute. Ich denke, ich habe Ihnen genug erzählt. Alles Weitere sprechen Sie bitte mit der Pressestelle ab, sonst kosten mich unsere kleinen Pläusche noch irgendwann einmal den Kopf.«

»Diesbezüglich brauchen Sie sich keine Sorgen zu machen«, versicherte ihm Agathe fröhlich, »ich war auch lange genug in Ihrem Verein. Wir halten dicht, ist Ehrensache.«

Als Agathe und Leitner wieder zu ihrem Wagen gingen, äußerte Leitner seine Bedenken: »Ein Stromschlag wäre ja wohl das Blödeste für uns.«

»Kommt ganz darauf an«, meinte Agathe, während sie in ihren weißen BMW X5 stiegen und die Fahrt nach Schwandorf antraten. Im Auto fuhr sie fort: »Wie viele Menschen sterben heutzutage an einem Stromschlag?«

»In Amerika gar nicht mal so wenig. Und wenn es nach dem Trump geht, werden es demnächst sogar noch mehr.«

»Der Trump ist aber nicht bei uns versichert. Den würden wir übrigens auch gar nicht nehmen, weil bei dem die Risikoabschätzung überdurchschnittlich hoch wäre.«

»Stimmt. Ein Tsunami, ein Hurrikan und ein Erdbeben zusammen würden nicht so viel Schaden anrichten, wie es der Orange-Frisur mit einem einzigen Tweet gelingt.«

Beide schmunzelten ob des außergewöhnlichen US-Präsidenten, kehrten aber gedanklich schnell wieder zu ihrem Fall zurück.

»Im Ernst«, sagte Agathe, »eigentlich kommt so etwas fast nicht mehr vor. Ich wüsste von keinem Fall, bei dem ein Stromschlag zum Tode geführt hat.«

»Ich ja auch nicht«, gab Leitner zu. »Aber worauf willst du hinaus? Meinst du, dass jemand an der Leitung getrickst hat?«

Agathes Augen funkelten, als sie sagte: »Ich habe da so ein Bauchgefühl. Ich muss das unbedingt genauer wissen, wie so eine Stromleitung aufgebaut ist. Und auch, ob jemand von Grabingers Tod profitiert.«

»Du denkst an Mord?«, fragte Leitner ungläubig.

Agathe wiegte ihren Kopf. »Sehr wahrscheinlich ist das nicht, das gebe ich zu. Aber es gibt nichts, was nicht schon da gewesen wäre. Außerdem hast du unseren neuen Wonneproppen von Chefin ja gehört: Wir sollen nichts unversucht lassen.«

Leitner erwog eine Zeit lang ihre Möglichkeiten. »Was schlägst du vor?«, fragte er schließlich.

»Kennst du einen Elektriker in Schwandorf?«

»Nicht nur einen.«

»Dann werde ich den besten von ihnen mal fragen, was technisch falsch laufen muss, damit man aus der Steckdose eine gewischt bekommt.«

»Am besten fahren wir zum Radlbeck Mike. Der weiß das bestimmt.«

»Nein«, beschied Agathe.

»Nein?«

»Ich fahre allein zu ihm.«

Leitner sah sie verständnislos an. »Und ich?«

»Du lernst ab jetzt Braugeselle.«

»Bitte?«

»Du erinnerst dich bestimmt noch an unsere Unterhaltung mit Berthold Irrgang auf dem Annabergfest?«

»Ja ... schon«, stammelte er, »aber ...«

»Als die Rede auf die Brauerei Grabinger kam, hat er doch

erzählt, dass die in der Firma zurzeit unterbesetzt wären und dringend Leute suchen würden.«

Leitner kapierte, worauf seine Kollegin hinauswollte. »Aber Braugesellen suchen die bestimmt nicht, wahrscheinlich eher Leute zum Anpacken.«

Agathe lächelte ihn zuckersüß an. »Du bist doch ein großer, starker Mann. Und kannst als solcher sicherlich auch zupacken. Ich bin mir sicher, die werden dich mit offenen Armen willkommen heißen.«

»Du meinst im Ernst, ich soll mich dort anstellen lassen?«

»Natürlich. Man nennt so etwas eine Ermittlung ›undercover‹.«

Skeptisch zog Leitner die Augenbrauen nach oben. So etwas hatte er nicht auf dem Plan gehabt. »Dann bin ich jetzt also nicht nur Versicherungsdetektiv, sondern auch noch Geheimagent?«

»Richtig, 007.«

Es folgten mehrere Minuten des Schweigens, als Agathe bei Kreith rechts von der B 85 in Richtung Schwandorf abbog. »Jetzt mach nicht einen auf bedröppelt. Du wirst das ganz wunderbar schaffen, und eine bessere Möglichkeit, an Informationen über die Brauerei und ihren toten Chef zu gelangen, gibt es nicht.«

Leitner hatte es zwar nicht gern, wusste aber instinktiv, dass Agathe recht hatte. Er fuhr sie in ihrem Dienstwagen zu Mike Radlbecks Elektrogeschäft und dann den Wagen zur Wohnung, um sich umzuziehen und in sein eigenes Dienstauto zu wechseln. Schließlich stand ein spontanes Bewerbungsgespräch in einer Brauerei auf seinem Dienstplan. Agathe würde später zu Fuß nach Hause gehen.

8

Das Elektrogeschäft Radlbeck war seit 1952, als Michael Radlbecks Großvater es gegründet hatte, in der Regensburger Straße beheimatet. Das Haus leuchtete mit seiner erst kürzlich sanierten Frontfassade in dezentem Dunkelgelb zur Straße hin. Agathe ging auf die Verbundglastür zu und hatte einige Mühe, sie zu öffnen, so streng war der Türschließer eingestellt. Im Geschäft roch es nach erkaltetem Lötzinn und sterilem Verpackungsmaterial. Agathe kämpfte sich in dem nicht allzu großen Laden durch die ausgestellten Elektrogeräte und achtete darauf, keine von den Küchenmaschinen, Staubsaugern, Wasserkochern oder Kaffeevollautomaten umzustoßen. Vor einem lebensgroßen Pappkameraden, der einen Rasierapparat einer bestimmten Marke in der Hand hielt, als wäre er das neueste iPhone, blieb sie stehen. Der Papptyp mit muskulösem Oberkörper trug nur Jeans. Das sollte offenbar zeigen, wie hip und cool er gerade bei seiner Morgentoilette zugange war, und gleichzeitig galt wohl auch hier der Grundsatz: »*sex sells*«.

»Die wollten erst mich als Posterboy, aber dann wären sie mit der Produktion von dem Rasierer nicht mehr hinterhergekommen«, sagte jemand vergnügt links von Agathe, sodass sie zusammenfuhr.

Sie erblickte einen Mann etwa Anfang dreißig, der sich von hinten angeschlichen haben musste. Er stellte einen Bügeleisenkarton auf den Ladentresen, patschte ein rosafarbenes Formular darauf und fixierte es dann mit einem kleinen Streifen Klebefilm.

Agathe trat belustigt einen Schritt näher zur Kasse.

Während der Mann mit einer Hand noch das Klebeband glatt strich, griff er mit der anderen schon nach einem Telefonhörer, den er sich unter das Kinn klemmte. Er bewegte sich mit der Emsigkeit einer Honigbiene. Die Nummer tippend sagte er zu Agathe: »Wollen Sie einen?«

»Einen was?«

»Einen Rasierer. Der ist nicht nur fürs Gesicht, den kann man übera... Grüß Gott, Frau Meisinger!« Die gewünschte Gesprächspartnerin hatte offensichtlich abgehoben.

Agathe war noch dabei, sich darüber klar zu werden, ob ihr der hektische Mensch gerade zu einer Rasur ihrer intimen Regionen geraten hatte, als dessen nächster Redeschwall ihre Gedanken unterbrach.

»Ich habe gute Nachrichten, Frau Meisinger! Ich habe meinen Lötkolben erfolgreich benutzt, sodass Sie ab jetzt wieder nach Herzenslust bügeln können.«

Agathe traute ihren Ohren nicht und musterte den Mann – es musste Mike Radlbeck persönlich sein. Entweder hatte Frau Meisinger die Anzüglichkeit nicht registriert, oder sie war ihr gleichgültig, denn der Typ ulkte fleißig weiter.

»Da bringen Sie mir einfach die üblichen dreitausend Euro vorbei oder einen von Ihren Superquarkkuchen, dann passt das wieder. – Ja, genau, dann bis morgen!« Er ließ den Telefonhörer von seiner Schulter gleiten, drehte ihn im Fallen mit seiner nun freien Hand wieder nach oben und sich selbst zur Hälfte um seine eigene Achse, bevor er den Hörer mit der anderen Hand auffing und ihn treffsicher auf seinem vorgesehenen Platz landen ließ.

Agathe hatte Mühe, dem flinken Schauspiel zu folgen.

Schon klatschte der Mann in die Hände und zeigte wie ein Hollywoodstar auf sie. »Hier ist Mike Radlbeck – er löst Ihre Probleme, noch bevor Sie sie bemerken – und wenn Sie keine haben, dann macht er Ihnen welche. Und das Ganze garantiert nicht zu billig! Also, wo drückt der Schuh?« Er ließ aus seinem clownartigen Gesicht zum ersten Mal das Lächeln verschwinden und zog eine lange Schnute. »Geht's Ihnen zu schnell?«, fragte er.

»Ich überlege gerade«, sagte Agathe.

»Was denn? Ob Sie nicht doch einen Rasierer für untenrum brauchen könnten?« Er zwinkerte.

Trotz seiner Unflätigkeit war es Agathe aus einem unerfindlichen Grund nicht möglich, sich über ihn zu ärgern. »Nein«, erwiderte sie, »eher, ob ich hier wirklich an der richtigen Adresse bin. Ich wollte mit Ihnen eigentlich etwas besprechen. Und zwar ernsthaft.«

»Ich bin Spezialist für ernste Probleme. Ich kenne ja den Ernst besser als die meisten!« Er warf sich in Pose und streckte seine Hände weit von sich.

Agathe schüttelte den Kopf. »Ich denke, ich werde mich besser woanders erkundigen.«

»Kommt nicht in Frage! Der Radlbeck kümmert sich um alle Probleme, vom kaputten Mahlwerk der Kaffeemaschine bis zu den leeren Batterien im Vibrator.« Mit hörbar mehr Ernst in der Stimme sagte er schließlich: »Also, worum handelt es sich?«

»Ich komme auf Empfehlung von Gerhard Leitner.«

»Der Leitner, der alte Bazi!«

»Genau, und ich hätte eine etwas dumme Frage.«

»Die gibt's nicht, dafür aber kostenlos einen Haufen dummer Antworten vom Chef persönlich!«

Agathe schmunzelte nun doch ein wenig. »Na gut. Mich würde interessieren, unter welchen Voraussetzungen man bei einem elektrischen Gerät einen Stromschlag bekommen kann.«

»Nun, da würde ich Ihnen nasse Hände und eine Steckdose empfehlen, aber warum –«

»Nein, ich will wissen, was kaputt sein muss, damit man unabsichtlich einen Schlag bekommt.«

Nun schien Radlbeck der zu sein, der genauer nachdenken musste. Er schürzte die Lippen und bewegte sie hin und her, wobei er abermals wie ein Mime aus den Slapstickfilmen der 1930er Jahre wirkte. »Sagen Sie … haben Sie irgendetwas vor? Wollen Sie und der Gerhard was anstellen? Soviel ich weiß, hat er doch gar keine reiche Erbtante, die schnell ins Gras beißen muss.«

»Wir wollen niemandem Schaden zufügen. Eigentlich wollen wir eher herausfinden, ob nicht jemand anderem Schaden zugefügt wurde.«

»Das klingt ja recht spannend. Jetzt kommen S' einmal mit

hinter ins Büro, da gibt es einen Kaffee, und dann erzählen Sie mir mehr davon.« Damit verschwand er durch die Tür hinter dem Kassentresen. Als Agathe zögerte, erschien Radlbecks Kopf nochmals im Türrahmen, und er sagte: »Was ist jetzt? Sie brauchen keine Angst vor mir zu haben, so teuer sind frische Batterien auch wieder nicht.« Er zwinkerte wieder.

Agathe vertraute ihrem Bauchgefühl und folgte ihm ins Büro. Sie war gespannt, ob ihr dieser Harlekin mit seinen pubertären Albernheiten tatsächlich weiterhelfen konnte.

9

Sulzbach-Rosenberg gab es in der heutigen Form noch nicht einmal seit hundert Jahren. Waren die beiden Ursprungsorte zur Zeit der Karolinger der Sitz der Sulzbacher Grafen gewesen und später zur Herzogstadt der Wittelsbacher aufgestiegen, so hatten die Stadt im letzten Jahrhundert vor allem der Bergbau und die Herstellung von Stahl florieren lassen. Entsprechend war ihre Struktur gewachsen, was schließlich zu dem heutigen Erscheinungsbild mit vielen verwinkelten Gassen und Straßen geführt hatte.

Die Brauerei Grabinger lag am Bahnweg am Rosenbach. Es war eine Industriestraße, direkt unter der monströsen Kulisse der stillgelegten Eisenhütte. Leitner parkte den Mazda 3, seinen eigenen Dienstwagen, in sicherer Entfernung und machte sich zu Fuß auf den Weg. Es war ihm nicht besonders logisch erschienen, bei der Brauerei als Hilfsarbeiter vorzusprechen, der zu diesem Termin erst mal bequem mit Agathes schnittigem X5 vorfuhr. Zu Hause hatte er sich in Jeans gezwängt, der man jede Stunde ihres Alters ansah. Ausgetretene Halbschuhe sowie ein ausgewaschenes Werbe-T-Shirt eines Musik-Versandhauses vervollständigten seinen abgerissenen Look.

Er betrat den Hof der Grabinger-Brauerei durch ein schäbiges, in Metallrahmen eingefasstes Holztor. Darüber erstreckte sich ein ausgebleichter Mauerbogen, an dem an manchen Stellen der Putz abbröckelte. Wie so vielen Traditionsbrauereien war auch dieser anzusehen, dass sie einst goldene Zeiten erlebt hatte: Das Verwaltungsgebäude war mit Erkern verziert, in denen Figuren von Heiligen standen. Die Produktions- und Lagerhallen waren weiter hinten im Hof, über den in engen Kreisen ein Gabelstapler kurvte und Holzpaletten mit Limonadekästen übereinanderschlichtete. Leitner betrachtete das Verwaltungsgebäude genauer und hatte den Eindruck, dass das Geld, welches die Brauerei einnahm, nicht zur Instandhaltung der Fassaden verwendet wurde. Wahrscheinlich, weil es gerade eben reichte, um die Produktion der Getränke zu sichern.

Als er nahe dem Bürogebäude eine Tür zuschlagen hörte, wandte er sich dorthin um und erblickte einen Mann um die fünfzig in einem grauen zugeknöpften Arbeitsmantel. Er war nicht sehr groß, vielleicht einen Meter sechzig. Sein Gang war gebückt. Als er Leitner wahrnahm, blieb er einige Sekunden lang stehen, um ihn gründlich zu mustern. Unter seiner rot geäderten dicken Nase steckte zwischen vollen Lippen eine Zigarette, die so beständig qualmte, als wäre sie ein natürlich gewachsener Bestandteil seines Gesichts.

»Kann man dir irgendwas helfen?«, brummte er.

Leitner ging auf ihn zu. »Eigentlich wollte ich eher euch helfen«, sagte er.

Auch der andere Mann näherte sich ihm jetzt mit schlurfendem Schritt. »Wie das?«

»Na ja, suchts ihr nicht gerade Verstärkung für euer Team?«

»Wir bräuchten schon wen, aber ...« Wieder studierte er Leitner, diesmal aber mit belustigtem Blick. »Da musst halt mal mit dem Chef reden.«

Leitner sah sich demonstrativ um. »Und wo finde ich den? Das ist der Johannes Grabinger, gell?«

Bei Leitners absichtlicher Erwähnung des verstorbenen Brauereichefs sackten die Schultern des anderen Mannes deutlich nach unten. »Der Johannes Grabinger lebt nicht mehr. Der ist vor wenigen Tagen gestorben.«

»Das tut mir leid«, sagte Leitner und meinte dies sogar ernst. Er kam sich fast ein bisschen gemein vor, aber in seiner Eigenschaft als Ermittler war er gezwungen, dem Mitarbeiter Unwissen vorzugaukeln. Leitner konnte sich vorstellen, dass der Mann vielleicht schon seit seiner Lehre bei der Brauerei angestellt war. Dementsprechend hart musste ihn der Verlust des langjährigen Chefs getroffen haben. »Mit wem kann ich dann sprechen?«

»Am besten mit dem Heinz Grabinger, seinem Bruder. Der

hat jetzt die Zügel in der Hand. Er sitzt da drüben.« Er wies auf das Bürogebäude zur Linken.

Leitner bedankte sich kurz und ging dann in die entsprechende Richtung. Auf dem Weg zum Büro glitt sein Blick abermals an den Hallen entlang, und er fuhr gehörig zusammen, als der Gabelstapler ohne Vorwarnung hautnah an ihm vorbeidüste.

Leitners Puls hatte sich noch nicht beruhigt, als der Stapler vor der Eingangstür zum Büro zum Stehen kam und eine Frau sich vom Fahrersitz hinabgleiten ließ. Sie war einen guten Kopf kleiner als Leitner, aber recht wohlgenährt und mit einem voluminösen Hinterteil. Auch ihre Hüften und die Brustpartie waren nichts für kleine Hände. Die langen rot-schwarz gesträhnten Haare trug sie zu einem Pferdeschwanz gebunden, der durch die hintere Lasche einer Baseballkappe mit Brauereiemblem gezogen war. Die stahlblauen Augen in ihrem rundlichen Gesicht strahlten keinerlei Freundlichkeit aus. Leitner schätzte die Frau auf Ende zwanzig.

»Geh entweder rein oder zur Seite, du Narr!«, raunzte sie ihn plötzlich in fiesem Oberpfälzisch an und boxte ihn mit der Hand in die Magengegend, womit Leitner nicht gerechnet hatte. Der Schlag war nicht fest, aber dennoch musste er nach Luft schnappen.

Die Frau öffnete die Bürotür mit solcher Kraft, dass deren Klinke gegen die Innenwand krachte, woraufhin eine männliche Stimme ertönte: »He, Iris! Ich habe dir schon hundertmal gesagt, dass du besser aufpassen sollst! Jetzt haben wir ein Loch in der Wand!«

»Dann schraubts halt einen verdammten Türstopper hin, oder können wir uns den auch nicht mehr leisten?«

Leitner trat behutsam hinter die resolute Frau, welche dem Büroangestellten ein Klemmbrett auf seinen Schreibtisch warf.

»Das Limo ist verräumt. Ich geh jetzt in den Gärkeller.« Damit drehte sie sich wieder Richtung Ausgang und erblickte Leitner, der nur zwei Meter entfernt vor ihr stand. »Jetzt bist du allerweil noch da. Raus oder rein, entscheid dich endlich!«

Wieder versetzte sie ihm einen Hieb in den Bauch, und wieder konnte Leitner kein Wort erwidern, bevor sich die Frau erneut auf ihren Bock schwang, den Stapler rasant wendete und Richtung Unterstellplatz lenkte.

Er rieb sich die Stelle, wo sie ihn erwischt hatte, und wendete sich dem Mann im Büro zu. »Forsches Mädel«, sagte er und deutete mit dem Kopf der eben Hinausgeeilten hinterher.

»Ja, das ist unsere Iris. Eine Naturgewalt. Wie kann ich Ihnen weiterhelfen?«

»Ich habe gehört, dass ihr Verstärkung für euer Team sucht.«

Der andere nickte heftig. »Das stimmt. Wir haben inseriert, weil wir ein paar kräftige Hände brauchen können.«

»Dafür hätte ich mich interessiert.«

Mit einer Kopfbewegung à la »Warum nicht?« griff der Mann zum Telefon, während er zu Leitner sagte: »Da reden S' am besten mit dem Chef. Ich schaue gleich, ob er Zeit hat.« Einige Sekunden vergingen, bevor der Mann in den Hörer sprach. »Herr Grabinger, da ist jemand da wegen unserer Anzeige.« Pause. »Ja? – Moment.« Er hielt die Muschel zu und fragte leise: »Wie ist denn Ihr Name?«

»Gerhard Leitner.«

»Gerhard Leitner«, wiederholte der Angestellte. »Jawohl, ich schicke ihn gleich rüber.« Nachdem er eingehängt hatte, sah er auf. »Da haben S' Glück, der Chef ist grad frei. Der sitzt da drüben im Büro im ehemaligen Wohnhaus. Einfach durch die Vordertür rein und dann gleich links.«

Leitner war nicht unbedingt davon ausgegangen, dass sein »Vorstellungsgespräch« so schnell zustande kommen würde, freute sich aber darüber. Er überquerte abermals den Hof und erblickte den Mann, den er zuvor bereits getroffen hatte und der damit beschäftigt war, mit rot-weißem Absperrband eine Fläche auf dem Parkplatz abzustecken.

Kurze Zeit später stand Leitner vor besagtem Wohnhaus, in welchem nun das Chefbüro seinen Platz hatte. Es musste aus den siebziger Jahren stammen, als man strenge rechteckige Formen für modern hielt. Für Leitner war die Villa einfach nur ein unschöner, klobiger Betonwürfel, den auch die großen Fensterflächen nicht aufwerten konnten. Er erinnerte ihn an den früheren Kanzlerbungalow in Bonn. Leitner drückte gegen die metallene Haustür, die sofort aufsprang.

Innen gingen von der Eingangshalle mit hell getretenen Terrakottafliesen zwei Türen und ein Korridor ab. Leitner hielt sich links und klopfte schließlich an eine Milchglastür, hinter welcher Licht brannte.

»Herein«, erklang eine leise Stimme.

Leitner öffnete die Tür und stand in einem Raum, der sich auch im fünften Stock eines sterilen Amtsgebäudes hätte befinden können. An den Wänden reihten sich graue Aktenschränke aneinander, eine Zimmerpflanze verdorrte langsam vor sich hin, und auf dem Schreibtisch lagen stapelweise Papiere. Der Locher und der Klammerhefter dazwischen stammten der Farbe des Materials nach ebenfalls aus den Siebzigern. Nicht so der Mann hinter dem Schreibtisch. Der hatte Leitners Schätzung nach Mitte der Sechziger das Licht der Welt erblickt, war also knapp über fünfzig.

»Kommen Sie, Herr Leitner.«

Er machte einen Schritt nach vorne und betrachtete den neuen Brauereichef, Heinz Grabinger. Der Bruder des Toten. Er trug einen grauen Anzug und eine blaugraue Krawatte, auf seiner Nase saß eine schlichte Lesebrille mit dünnem goldfarbenem Metallgestell. Sie wirkte, wie fast alles in dem Haus, unmodern. Seine kurzen hellgrauen Haare hatte er, mit ordentlichem Scheitel links, nach hinten gekämmt.

Grabinger zog eine Zigarette aus einer Schachtel und zündete sie mit einem Billigfeuerzeug an. »Haben Sie schon einmal in einer Brauerei gearbeitet?«, fragte er wieder mit leiser Stimme. Leitners geübtes Musikerohr ordnete sie der Tonart e-Moll zu.

»Nein, noch nie.«

»Mhm«, summte Grabinger und atmete eine Wolke Zigarettenqualm in seine Lungen und kurz darauf wieder nach draußen.

»Ich stecke noch mitten im Studium«, log Leitner, »und brauche ein bisschen Flins.« Zur Verdeutlichung rieb er Daumen und Zeigefinger aneinander.

Grabinger sog wieder an der Stuyvesant und musterte ihn. »Mhm …«, brummte er erneut. »Das Studium dauert wohl schon ein bisschen länger?«

Leitner war sich bewusst, dass er als Mittdreißiger nicht unbedingt den jungen Studenten verkörperte, und war um eine Antwort verlegen.

Grabinger rutschte auf seinem Bürostuhl etwas nach vorne und lehnte sich anschließend zurück, sodass er halb saß, halb lag. »Ein Studium schadet nicht. Auch bei uns kommt es nämlich darauf an, mit Hirn zu arbeiten. Und natürlich mit Muskelkraft, aber das versteht sich wohl von selbst.«

Leitner versuchte, selbstbewusst zu wirken. »Das kriege ich hin. Mir ist nicht angst davor, ein paar Kisten zu schleppen.«

»Das ist gut«, sagte Grabinger, und für den Bruchteil einer Sekunde huschte ein Lächeln über seine Lippen, das aber ebenso schnell wieder verschwand. »Wann könnten Sie anfangen?«

Leitner hob gleichgültig die Schultern. »Von mir aus sofort. Ich habe gerade Semesterferien.«

Grabinger beugte sich vor, schob seine hinabgerutschte Brille auf den Nasenrücken zurück und schnappte sich einen Stift vom Schreibtisch, mit dem er wie mit einem Zeigestab Richtung Tür deutete. »Dann raus mit Ihnen. Für heute passt Ihre Kleidung. Suchen Sie die Frau Staudinger, die wird Sie einweisen. Ich lass Ihnen inzwischen Ihren Ferienarbeitsvertrag ausstellen. Schön, Sie an Bord zu haben.«

Leitners Hand wollte instinktiv nach vorne zucken, um die von Grabinger zu schütteln, aber der machte keinerlei Anstalten, ihm seine zu reichen, und widmete sich wieder den Papieren auf dem Schreibtisch.

Zurück auf dem Hof, konnte Leitner nirgends eine Frau Staudinger entdecken. Dafür hatte der Mann mit der Zigarette seine Absperrarbeit beendet und war auf dem Weg ins Büro.

»Entschuldigen Sie«, rief Leitner ihm zu, »wo finde ich denn die Frau Staudinger?«

Der Mann blieb kurz stehen. »Was willst denn von der Iris?« Leitner kam es so vor, als würde sich unwillkürlich seine Kopfhaut straffen. Iris Staudinger, die um sich schlagende Powerkugel. »Ich fang hier als Aushilfe an, und der Herr Grabinger hat gesagt, ich soll mich bei ihr melden.«

Der andere hob leicht amüsiert die Mundwinkel. »Die Iris dürfte grad im Gärkeller sein.«

»Können Sie mir sagen, wo der ist?«

»Also, als Erstes musst du dir bei uns das Sie abgewöhnen. Das brauchst du nur beim Chef. Ich bin der Dunk Jochen, und wie heißt du?«

»Leitner. Also ... Gerhard.«

»Also, dann komm mit, Gerhard. Ich zeig dir, wo der Gärkeller ist.«

Als beide sich zur hinteren der beiden Hallen aufmachten, fragte Dunk: »Und wie lang bleibst bei uns?«

»Das kommt ein bisschen darauf an, wie viel ihr bezahlt.«

Dunk nahm seine aufgerauchte Kippe aus dem Mund und warf sie vor sich, um sie geübt im Gehen auszutreten. »Der Grabinger hat sich nie lumpen lassen. Denke mal, dass sein Bruder das genauso handhaben wird.«

»Dann müsstet ihr mich vielleicht schon einige Wochen ertragen.«

Dunk lachte. »Ein gefundenes Fressen für die Iris.«

»Wieso?«

Dunk grinste dreckig. »Die mag keine Männer. Ich glaube, die hält sich selbst für den besseren Mann. Ich könnte mir vorstellen, dass du in den nächsten Tagen nichts zu lachen haben wirst.«

Leitner rief sich das Bild von Iris Staudinger vor Augen. Klein, dicklich und stämmig – nicht gerade eine klassische Schönheit. Vielleicht hatte ihr Aussehen in früheren Zeiten für vielerlei Enttäuschung bei ihr gesorgt. Das Phänomen hatte er als ehemaliger Kirwamusikant schon häufig beobachtet. Es war keineswegs selten, dass sich eine solche Frau eine recht ruppige Art zulegte, um sich in der harten Männerwelt durchzuboxen.

»Wir werden schon zurechtkommen«, sagte er.

Sie gingen erst durch eine in das Hallentor eingelassene Tür und dann durch einen Mauerbogen. In dem vollständig gefliesten Raum dahinter stiegen sie einige Stufen hinab, und Leitner musste achtgeben, nicht auszurutschen. Überall auf dem Hallenboden hatten sich große Wasserlachen ausgebreitet.

Iris Staudinger stand an einer Metallwand, aus welcher etwa zwanzig Stutzen ragten. Manche davon waren mit zu einem U gebogenen Metallrohren verbunden. Leitner kombinierte, dass hier Biersud von bestimmten Behältern in andere gepumpt wurde; quasi eine Art Eisenbahnknoten, an welchem die jeweiligen Biere je nach Steckverbindung der U-Rohre in verschiedene Tanks gelangten. Interessiert wollte er sich soeben die Beschriftungen der Stutzen genauer ansehen, als Iris Staudingers scharfe Stimme durch den Raum hallte.

»Was treibst du denn da, du Tiefflieger?«

Leitner und Jochen Dunk drehten sich um.

Iris Staudinger warf gerade ein paar Gummihandschuhe in ein Waschbecken an der Wand und ging unter dem Quietschen ihrer Gummistiefel den Männern entgegen. »Tu bloß deine Pratzen da weg!«

»Iris, das ist der Leitner Gerhard.«

»Und? Soll ich jetzt einen Salto machen, oder was? Wer ist der, und was will der?«

»Er ist für die nächsten Wochen unsere neue Aushilfe.«

Iris Staudinger blieb abrupt stehen, so als hätte diese Nachricht sich ihr physisch in den Weg gestellt. Ihr Blick glitt an Leitner auf und ab, dann schielte sie ungläubig zu Jochen Dunk. »Der da?« Ihr Daumen deutete auf Leitner. »Das ist jetzt aber schon ein Witz, den ihr, du und der Chef, euch ausgedacht habt, um mich zu ärgern, oder?«

»Ist es nicht«, sagte Leitner. »Ich bin der Gerhard, und am besten zeigst du mir jetzt, was ich tun soll.«

»Das kann ich dir gleich sagen: Als Erstes lern, deine Goschn zu halten. Reden tu hier drunten nur ich, klar?«

Leitner zuckte mit den Schultern und signalisierte ihr, dass er sie als Vorgesetzte akzeptierte.

»Dann schnappst du dir da drüben«, sie deutete auf einen offen stehenden Metallschrank in der Ecke, »einen Kübel und den blauen Kanister, der im untersten Fach steht. Von dessen Inhalt gibst du genau hundertfünfzig Milliliter in den Eimer und füllst ihn dann mit Wasser auf. Und anschließend ...« Sie zeigte auf den Hallenboden, machte mit den Armen schrubbende Bewegungen und pfiff im Takt dazu. »Du brauchst etwa fünf, sechs solcher Kübel für alles, damit solltest du beschäftigt sein. Mach die Türen zu, und dann will ich dich nicht vor halb sechs wiedersehen, verstanden?« Ohne eine Reaktion Leitners abzuwarten, huschte sie die Stufen hinauf Richtung Ausgang.

Dunk folgte ihr, nachdem er Leitner stumm zugeflüstert hatte: »Hab ich's nicht gesagt?«

Der gestikulierte mit beiden Händen, als wollte er sagen: Ganz ruhig, das krieg ich schon hin.

Dann hörte er noch, wie Dunk Iris Staudinger auf der Treppe zuraunte: »Findest du das nicht ein bisschen viel? Wenigstens die Türen kann er wohl aufmachen. Der Chlorgestank von dem Reinigungsmittel frisst sich doch in die Lunge.«

»Da haben wir alle mal durchgemusst, oder? Und wenn der bei so was schon zusammenklappt, braucht er gar nicht wiederzukommen.«

10

Agathe saß am weit geöffneten Küchenfenster und sah grübelnd über die Dächer Schwandorfs. Langsam wanderte ihr Blick über das Modehaus, die gegenüberliegende Dachterrasse, die Straße hoch zum Café und über den Bahnhofsplatz, an welchem sich fünf Straßen trafen. Links bretterte ein Ausfahrer mit unüberhörbar zu viel Gas die Klosterstraße hinunter. Wahrscheinlich hatten der Pizzabote und seine Kollegen an so einem lauen Sommerabend alle Hände voll zu tun, schließlich entschlossen sich nicht wenige Menschen am Ufer der Naab, an einem der vielen umliegenden Seen oder auch im heimischen Garten für diese schnelle Lösung ihres Hungerproblems.

Plötzlich verspürte Agathe ein unbändiges Verlangen auf ein Glas kühlen Weißwein. Müde versuchte sie abermals, die auf ein DIN-A4-Blatt gekritzelte Skizze zu verstehen, aber ihr Verstand weigerte sich mitzuarbeiten. Sie ging zum Kühlschrank, in dem eine geöffnete Flasche Soave aus Monteforte d'Alpone stand, und schenkte sich reichlich in ein Weinglas. Sofort beschlug es, und als die ersten Tropfen Kondenswasser die Glaswand hinabliefen, nahm Agathe genüsslich einen sanften Schluck. Der trockene Weiße entspannte sie in Windeseile.

Wieder am Fenster, hörte sie das Geräusch der sich schließenden Wohnungstür, wandte den Blick aber nicht vom sommerlichen Schwandorf ab. Erst als Leitner stöhnte, drehte sie sich zu ihm.

»Ich hab echt gedacht, ich verrecke da unten!«

Agathe versuchte abzuschätzen, ob das nur eine typisch männliche Aussage nach normal anstrengender Arbeit war oder der Grund dafür doch ernsthafterer Natur war. Leitners Gesicht ließ auf Letzteres schließen.

»Wie siehst du denn aus?« Sie stellte ihr Glas auf den Tisch und drehte Leitners Gesicht zu sich. Die Haut war gerötet und fühlte sich papierdünn an. Seine Augen waren glasig und leuchteten ebenfalls in tiefem Rot. »Was haben die denn mit dir angestellt, um Himmels willen?«

Leitner entwand sich ihr und nahm sich aus dem Schrank über der Spüle ebenfalls ein Weißweinglas. Während er sich eingoss, sagte er: »Die haben mich gleich angestellt, und dann durfte ich den ganzen Hallenboden mit so einem fiesen Chlorreiniger schrubben. Ohne Frischluftzufuhr. Schon nach zehn Minuten habe ich gedacht, meine Lunge wird perforiert, und dann ging's mit den Augen weiter, aber das siehst du ja selbst.«

»Das können die doch nicht einfach so mit dir machen!«, empörte sich Agathe.

»Doch, können sie. Jochen Dunk, ein Mitarbeiter, hat mir nach Feierabend gesagt, dass das alle machen müssen, die in einer Brauerei arbeiten wollen. Eine Art Aufnahmeprüfung. Die Rötung vergeht schon wieder, hat er gemeint.«

»Vielleicht«, murmelte Agathe, »aber trotzdem ist das eine Frechheit.«

»Die wollten mich am Anfang eben ein bisschen testen. Wie ich mit solchen Situationen umgehe. Die Lageristin heißt Iris Staudinger und ist ein Biest. Anscheinend ist sie bekannt für ihre sadistische Ader.«

»Sag bloß?« Agathe klang schon wieder gelöster. »Dann hat sie wohl noch nichts von deinem legendären Charme gemerkt. Normalerweise wirkt der doch so schnell wie eine Aspirin Complex.«

»Mein Charme dürfte bei der Dame nicht wirken. Die ist nämlich vom anderen Ufer, hat mir auch der Jochen gesagt.«

»Ach du liebes bisschen«, grinste Agathe. »Und das dir! Dann musst du sehen, wie du anderweitig einen Draht zu ihr findest. Schließlich arbeitest du ja da, um etwas herauszufinden.«

Leitner versuchte etwas von dem Soave und gab ein angewidertes Grunzen von sich. »Bei dieser Plörre brauche ich morgen auf jeden Fall eine Aspirin. Aber wenn ich die liebe Frau Staudinger nicht für Infos anzapfen kann, dann vielleicht den Dunk Jochen. Der scheint mir ganz nett zu sein. Apropos herausfinden: Wie war es bei dir? Hast du vom Radlbeck Mike etwas Interessantes erfahren?«

Müde nahm Agathe das Blatt Papier vom Tisch, sah kurz darauf und ließ es wieder auf die Tischplatte segeln. »Ich begreife zwar grob, warum eine Glühbirne leuchtet, wenn man den Schalter umlegt, aber aus den Diagrammen, die er gezeichnet hat, werde ich nicht schlau.«

Leitner besah sich die Skizzen. »Na ja, das sind Schaltungen.«

»Vielen Dank, Sherlock. Aber ich wollte ja wissen, ob und wie jemand durch einen Stromschlag getötet werden kann.«

»Und?«

»Genau habe ich es mir nicht gemerkt, was der Radlbeck mir von wegen L1, Nullleitung und Erde erzählt hat. Aber rate mal, wie viele Leute in Deutschland im letzten Jahr durch Stromschlag gestorben sind.«

»Hatte der die Todeszahlen etwa einfach so parat für den Fall, dass jemand vorbeikommt und fragt?«

»Er hat sie wohl gegoogelt. Aber was denkst du nun, wie viele?«

Leitner tippte: »Zwei-, dreihundert?«

Agathe stieß ein sattes, kurzes Lachen aus. »Fünf.«

»Fünfhundert?«

»Nein. Im ganzen letzten Jahr haben genau fünf Menschen an einer Stromleitung ihr Leben gelassen.«

»Das sind wirklich nicht viel.«

»Jetzt kling halt nicht so enttäuscht, davon werden es auch nicht mehr. Aber ist dir klar, was das für uns bedeutet?«

Leitner ließ sich mit seiner Antwort einige Sekunden Zeit. »Nun, es bedeutet, dass äußerst selten jemand eine gefunkt kriegt und den Löffel abgibt.«

»Ich würde eher sagen, dass es so gut wie *unmöglich* ist! Es gibt da diesen sogenannten FI-Schalter, und heutzutage ist alles so abgesichert, dass der Stromkreis sofort unterbrochen wird, wenn zwischen Eingangs- und Ausgangsspannung eine zu große, ungewollte Diskrepanz besteht.«

Leitner pfiff Anerkennung. »Sapperlot, da hast du ja doch richtig aufgepasst beim Radlbeck.«

»Tja, Frauen und Technik, das hat sich schon immer gut vertragen. Aber Spaß beiseite: Ich habe mir von ihm aufzeichnen lassen, was man technisch verändern muss, damit jemand absichtlich mit dem Strom in Berührung kommt. Das geht natürlich nicht im Handumdrehen. Jemand muss sich vorher schon an der Zuleitung zu schaffen machen.«

Leitner schürzte nachdenklich die Lippen. »Jemand, der sich gut in solchen Dingen auskennt.«

Agathe nickte. »Allerdings. Ich werde mich morgen mal bei Sebastian melden.«

Graf Sebastian zu Söllwitz war der Inhaber der Wirkendorfer Brauerei, welche sich nur wenige Kilometer nordöstlich von Schwandorf befand. Bei ihrem ersten Ermittlungsfall in der Oberpfalz hatte Agathe den Grafen kennengelernt.

Auch Leitner hielt ein Gespräch mit dem Adligen für einen sinnvollen Schritt. »Eine gute Idee. Die Brauer in der Gegend kennen sich doch alle untereinander. Vielleicht kriegst du einige wertvolle Informationen über die Grabinger Brauerei.«

»Habe ich mir auch gedacht. Außerdem werde ich den Berthold Irrgang anrufen und ihn um ein Gespräch bitten.«

»Den Heini, den wir an den Bergfesten getroffen haben? Woher hast du denn seine Nummer?«

»Die haben wir auf dem Annaberg ausgetauscht, bevor wir zum Grabinger gegangen sind.« Als Leitner sie überrascht ansah, fuhr Agathe geschwind fort: »Wenn er aus Sulzbach-Rosenberg stammt, weiß er bestimmt auch so manches.«

Leitner wiegelte ab. »Na ja, ich bezweifle, dass ausgerechnet der uns irgendwas Interessantes sagen kann.«

Agathe entging die nur mühsam versteckte Abneigung von Leitner gegenüber Irrgang nicht. »Das werden wir ja sehen. Ich würde mich gern übermorgen mit ihm treffen. Und bis dahin bist du gefragt!«

Leitner rieb sich seine schmerzenden Augen, bevor er nickte. »Ich werde mein Bestes geben, um herauszufinden, ob in der

Brauerei jemand genügend Kenntnisse von Elektrik hat, dass er oder sie an der Leitung gefummelt haben könnte.«

»Du musst aber nicht nur nach einer Person mit technischem Know-how suchen, du solltest auch herauskriegen, ob diese Person noch etwas anderes hat.«

»Was denn?«

»Ein Motiv.« Ihr Kollege sah Agathe stumm an, als sie sagte: »Denn wenn sich jemand die Mühe gemacht hat, Johannes Grabinger durch einen Stromschlag zu töten, dann muss er oder sie dafür einen triftigen Grund gehabt haben.«

Selbst mit seinen geschwollenen Augen konnte Leitner deutlich das Funkeln in Agathes Augen sehen, welches er in den letzten Wochen schon so oft hatte beobachten können, wenn sie eine bestimmte Spur in der Nase hatte.

11

Leitners Augen brannten immer noch von der gestrigen Chlor-Orgie, und sein Puls raste in ungeahntem Tempo. Auch heute war es unmöglich, mit Iris Staudinger auch nur ein normales Wort zu wechseln. Kaum hatte Leitner das Brauereigelände betreten, war ihm das Biest auch schon entgegengekommen, natürlich wieder auf dem Gabelstapler mit einer Holzpalette mit einem mannshohen Turm aus Säcken als Ladung. Iris Staudinger hatte sich aus der Fahrerkabine gelehnt und Leitner in hartem E-Dur seinen heutigen Auftrag erteilt: Die dreißig Säcke mit Gerstenmalz mussten auf den Speicher der Lagerhalle getragen werden.

Als Leitner nun den ersten Sack hochzuheben versuchte, entfuhr ihm ein tiefes Stöhnen, und er ließ wieder von ihm ab. Er ging um die Palette herum, suchte an den Säcken nach der Inhaltsbeschreibung und fand sie zu seinem Missfallen. Ein Zentner wog jedes dieser Gebinde, die zu Fuß drei Stockwerke hoch über eine schmale Holztreppe geschleppt werden mussten. Leitner war trotz seiner Vorliebe für Bier von recht sportlicher Figur, aber Krafttraining zum Muskelaufbau hatte er nie betrieben.

Dementsprechend tief in seine Muskeln drang beim vierten hochgewuchteten Sack der Schmerz durch die ungewohnte Belastung. Er ließ sich viel Zeit beim Hinuntersteigen der Treppenstufen. Eine willkommene Verschnaufpause. Doch am Eingang zur Lagerhalle erwartete ihn bereits Iris Staudinger.

»Trödelt er also ein bisschen, der Herr?«

Leitner wollte eine lockere Antwort geben, war aber zu ausgepowert. Stattdessen setzte er sich auf den letzten Zwischenboden der Holztreppe und lächelte Iris Staudinger verhalten an.

»Du brauchst gar nicht so zu grinsen, das waren erst vier Säcke!«

Leitner wischte sich den Schweiß von der Stirn und betrachtete seine nassen Hände, bevor er sie an der Hose abtrocknete. »Das ist ziemlich anstrengend.«

»Ich glaube ja, dass du einfach keine Ahnung von gescheiter Arbeit hast.«

»Und du bist ziemlich vorlaut. Ich möchte dich mal sehen, wie du so einen Sack da hochschleppst.«

»Das schaffe ich mit Leichtigkeit, und zwar, im Gegensatz zu dir, ohne dabei wie ein altes Dampfross zu schnaufen!«

Leitner erhob sich und ging zu ihr hinunter.

Sie bemerkte, dass er einen Beweis ihrer Worte einfordern wollte, und kam ihm zuvor. »Ich muss jetzt schnell nach Amberg rein, bin aber in einer Stunde wieder da. Wie ich das einschätze, bist du dann erst beim fünften Sack, dann zeig ich dir, wie man das macht.«

Leitner stand nun direkt vor ihr und schaute von oben auf sie hinab. »Das wundert mich nicht, dass ihr Leute sucht. Bei so einem Betriebsklima hält es wahrscheinlich keiner lang hier aus.«

Iris Staudinger stellte ein Bein nach vorne und schob ihre beiden Hände in die hinteren Hosentaschen. »Das kommt davon, dass ihr Männer ständig rumheult. Ihr wollt gestandene Mannsbilder sein, aber wenn's ein bisschen ans Eingemachte geht, laufen die Tränen, und ihr braucht eine ganze Packung ›Mimimi Forte‹. Mich kotzt so ein Verhalten an.«

Die Härte in ihrem Tonfall jagte Leitner einen Schauer über den Rücken. Er betrachtete seine neue Kollegin eingehend, konnte aber keine Regung in ihrem Gesicht erkennen.

Stattdessen fuhr sie fort: »Jetzt schau halt nicht wie eine Schwalbe, wenn's blitzt. Mach lieber weiter, dass du heute noch fertig wirst!« Damit drehte sie sich um und war auch schon verschwunden.

Als Leitner ebenfalls aus der Lagerhalle ins Freie trat, hörte er die Tür des Firmenkombis zuschlagen. Iris Staudinger fuhr den Wagen genauso rasant wie ihren Stapler, weswegen die Reifen laut quietschten, als sie sie durchdrehen ließ und den Brauereihof in einer großen Staubwolke verließ.

Auf halber Höhe des Speichers und mit dem fünften Sack auf seiner Schulter, verwünschte Leitner diesen kleinen Teufel. Weiß der Henker, was der passiert sein muss, dass sie Männer so hasst, dachte er bei sich. Aber vielleicht, so mutmaßte er drei Stufen später, war sie auch einfach nur das, was Männer unter sich gern eine »Hardcore-Lesbe« nannten. Dann reichte es, über einen Penis zu verfügen, um sich ihren Unmut zuzuziehen.

Leitner lud den Sack ab, stieg wieder die morsche Holztreppe hinab und kam sich vor wie Sisyphus, der zum hundertsten Male den Berg hinunterklettert, um seine Steinkugel nach oben zu rollen. Er zweifelte ernsthaft daran, dass er die Aufgabe bewältigen würde.

Gerade hatte er den nächsten Sack auf seine Schulter gehievt und torkelte in Richtung der Lagerhallentür, als er Jochen Dunks Stimme hinter sich hörte. »Sag einmal, spinnst denn du?«

Leitner drehte sich um, verlor die Balance, und der Sack fiel zu Boden. Glücklicherweise platzte er nicht auf. Sich nach dem Malz zu bücken oder es aufzukehren, das hätten seine Knochen nicht mehr mitgemacht. Er blickte zu Dunk.

»Wolltest du den da raufschleppen?«, fragte der bestürzt.

Leitner beugte sich nach vorne und stützte sich mit beiden Händen auf den Oberschenkeln ab. Er rang um Luft, bevor er antwortete: »Selbstverständlich.«

»Aber die wiegen ja jeder einen Zentner, da brichst du dir doch das Kreuz!«

Leitner richtete sich wieder auf. »Die Iris hat mir heute diesen Auftrag gegeben.«

Dunk schüttelte verständnislos den Kopf. »Das verstehe ich nicht. Du kannst da keine eineinhalb Tonnen Malz rauftragen. Wir sind doch nicht im russischen Arbeitslager!«

»Aber wie soll ich denn sonst …?«

»Schau halt her!« Dunk zeigte mit ausgestrecktem Finger zum Dach der Lagerhalle, wo sich eine Holzluke befand, und stieg dann die Treppe hinauf.

Leitner folgte ihm – diesmal nicht beladen wie ein Packesel. Neben den wenigen Säcken, die er schon heraufgewuchtet hatte, sah er auf dem Zwischenboden nur die Malzmühle, die mit ihrem Inhalt gefüllt werden musste.

Dunk kletterte umständlich an der Apparatur vorbei, und Leitner staunte nicht schlecht, als er hinter der Mühle eine Seilwinde erblickte, die in einem ausschwenkbaren Tragarm unmittelbar neben der Holzluke endete.

»Ist nicht dein Ernst«, keuchte er matt.

»Fall aber nicht raus«, riet Dunk, als er das Holztürchen öffnete. Mehrere Meter unter ihm lagen die restlichen Malzsäcke. »Die Luke lass ich dir gleich offen. Komisch, dass die Iris dir das nicht gesagt hat.«

»Ja, wirklich komisch«, fauchte Leitner und fand es alles andere, nur nicht das. »Sie hat gesagt, in einer Stunde ist sie wieder hier.«

»Bis dahin bist du mit den paar Dingern locker fertig.«

Dunk sollte recht behalten, denn etwa fünfzig Minuten später lagen alle Malzsäcke auf dem Speicherboden, und auch Leitners Puls hätte ein Messgerät nicht mehr an den Rand seiner Leistungsfähigkeit gebracht. Er schwenkte gerade den Lastarm der Seilwinde wieder in die Halle zurück, als Iris Staudinger auf den Hof bretterte und die letzten Meter mit blockierten Reifen zurücklegte.

Wieder unten auf dem Hof, wollte Leitner zu einer gehörigen Beschwerde ansetzen, doch Iris Staudinger war wie schon zuvor schneller.

»Gratuliere! Hat er also doch noch seine Augen aufgemacht, der Herr.«

»Du hättest mir auch gleich sagen können, dass ihr eine Seilwinde habt!«

»Weißt du, Mister, wenn ich irgendwo eine neue Stelle anfang und eine solche Aufgabe krieg, dann schau ich doch als Allererstes, wie man die am einfachsten erledigen kann. Dass wir das Türchen unterm Dach nicht aus ästhetischen Gründen in die Wand geschnitten haben, sollte sich auch ein Mann denken können. Wir haben es nicht einmal in der gleichen Farbe wie die Mauer angemalt, um es zu verstecken.«

»Trotzdem war das eine ziemliche Frechheit.«

Iris Staudinger wischte sich mit ihren Zeigefingern fiktive Tränen aus den Augen. »Oh Gott, man reiche mir bitte ein Taschentuch. Ich glaube, ich weine gleich mit.« Sie sah ihn abschätzig an. »In der Arbeit muss man vor allem mit dem Hirn anschieben, merk dir das.«

Leitner sog die Luft ein, um dieser nervenden Person eine Abfuhr zu erteilen, und wurde diesmal von Jochen Dunk unterbrochen, der sich den Streithähnen genähert hatte.

»Gerhard, du bist jetzt fertig hier, oder?«

Leitner ließ die Staudingerin nicht eine Sekunde aus den Augen, während er antwortete: »Jetzt, wo ich alles gezeigt bekommen habe, schon. War das reinste Kinderspiel.« Iris Staudinger erwiderte seinen Blick, und er meinte fast, ein statisches Bitzeln wie von zwei Laserschwertern aus Star Wars zu hören.

»Ich will gerade Brotzeit machen. Am besten kommst du gleich mit«, sagte Dunk.

»Hoffentlich hast du ein paar Semmeln mit Hirnwurst dabei«, kam es von Iris Staudinger.

Da Dunk ihn am Arm zog, löste Leitner widerwillig den Blick. Immerhin ermöglichte er es ihm, mit erhobenem Haupt die »Kampfarena« zu verlassen.

Als die beiden Männer am Brotzeittisch saßen, öffnete Dunk zwei leichte Weißbiere und schenkte ihnen ein.

»Das ist mir vielleicht ein Satansbraten«, stieß Leitner zwischen den Zähnen hervor. »Wie kann sich so eine überhaupt in einem Betrieb halten?«

Dunk reichte Leitner das Weißbier und meinte nach einem ersten erfrischenden Schluck: »Die Iris ist eben einfach eine Spitzenarbeitskraft. Der macht keiner was vor, kein Bierfahrer, kein Festwirt, niemand. Und hier in der Brauerei kennt sie sich aus wie keine Zweite.«

Leitner dachte kurz über das Gesagte nach und biss in eine mitgebrachte Semmel mit kaltem grobem Leberkäse. Mit vollem Mund schmatzte er: »Na ja, das kann ich mir schon vorstellen. Aber sie geht mit nichts und niemandem zimperlich um. Ob das die Tür ist, mit deren Klinke sie ein Loch in die Wand meißelt, oder ein neuer Mitarbeiter, den sie fast zu Tode schindet. Und weiß der Grabinger überhaupt, wie sie mit dem Firmenwagen umgeht? Das kostet doch alles Geld.« Leitner beobachtete Dunk genau, der sich ein Stück Schwarzgeräuchertes einverleibt hatte.

»Ja, das kostet alles Geld«, wiederholte er ein wenig abwesend.

Leitner nutzte die Chance, um nachzulegen. »Brauereien wie diese haben es doch in der heutigen Zeit immer schwerer, oder?«

»Was meinst du damit?«

»Nun, man hört doch überall vom Brauereisterben. Der Bierabsatz geht zurück und so weiter.«

Dunk blickte ihn skeptisch an.

Leitner fuhr fort: »Es ist toll, dass es solche Betriebe überhaupt noch gibt.«

»Hast schon recht, Brauereien wie unsere werden immer rarer. Viele verschwinden, geben auf.«

»Und was passiert dann mit denen?«

Dunk schnitt sich eine weitere Scheibe Speck herunter. »Mei, die einen melden Insolvenz an, und die anderen werden verkauft. Schau bloß nach München, da gehören fast alle Brauereien mittlerweile Amis, Holländern oder Belgiern.«

Leitner pokerte weiter. »Aber bei euch läuft's gut, oder? Ihr werdet nicht so schnell verkauft, auch wenn der Johannes Grabinger jetzt nicht mehr ist.«

Dunk kaute nachdenklich und richtete seinen Blick auf das perlende Weißbier in seinem Glas.

Als er keine Antwort erhielt, fragte Leitner: »Dessen Bruder, der mich eingestellt hat, der Heinz Grabinger, wird der die Brauerei eigentlich weiterführen?«

Dunk hob den Kopf und betrachtete ihn argwöhnisch von der Seite.

»Ich meine ja bloß, er sieht eher nach einem Schreibtischhengst als nach einem Brauereichef aus.«

Dunk starrte Leitner für einige weitere Sekunden an, bevor er anfing zu lachen.

Leitner war von der Reaktion überrascht, lachte aber befreit mit.

»Das ist tatsächlich ein Sesselfurzer, wie er im Buche steht. Ein Jurist ist er, kaum dass er die Brauerei in seinem Leben mal von innen gesehen hat.«

»Dann hat mich mein Eindruck nicht getäuscht.«

»Versteh mich nicht falsch, Gerhard. Ich mag den Heinz, und ich finde es auch super, dass er sich nach diesem Schicksalsschlag der Geschäfte annimmt. Aber ich fürchte, wenn der zwei Halbe leichtes Weizen erwischt, kannst du den Sanka rufen.«

Die zwei Männer grinsten und ließen sich den nächsten Schluck des obergärigen Sudes schmecken.

»Und wohin, glaubst du, dass die Geschäfte mit der Grabinger-Bräu gehen?«, fragte Leitner.

Dunk wischte die Klinge seines kleinen Taschenmessers, mit dem er das Fleisch geschnitten hatte, an seinem Ärmel ab, klappte es zu und erhob sich. »Das weiß ich wirklich nicht, Gerhard. Das weiß bloß der Himmel. Und jetzt geh zu, arbeiten wir weiter.«

Etwas in Dunks Stimme ließ Leitner aufhorchen. Er drehte seinen Kopf in die Richtung, in die auch Dunk sah, und erblickte Iris Staudinger, die zu ihnen an den Tisch kam. Leitner war sich nicht sicher, wie lange sie schon in Horchweite gewesen war. Äußerlich war ihr nicht anzumerken, ob sie etwas vom Gespräch mitbekommen hatte.

»Du gehst jetzt dann in die Halle und sortierst das Leergut«, sagte sie kühl. »Die Limoflaschen zu den Limoflaschen, das Bier zum Bier und so weiter. Kriegst du das ohne Hilfe hin?«

»Ich krieg alles hin!«

»Freut mich, das wäre eine willkommene Abwechslung.«

Auf dem Hof gingen Leitner und Dunk getrennte Wege, jedoch nicht, ohne eine entsprechende Grimasse über die resolute Art von Iris Staudinger gezogen zu haben. Für Leitner hieß es den restlichen Tag Leergut sortieren. Immerhin eine angenehmere Arbeit als das Schleppen von Malzsäcken.

Auch deshalb, weil er Iris Staudinger nicht mehr zu Gesicht bekam.

12

Agathe hörte die aufgeregten Schreie aus dem benachbarten Freibad, während sie an der Schranke vorbei in Richtung der Schwandorfer Oberpfalzhalle ging. Im Büro der Wirkendorfer Schlossbrauerei hatte sie die Auskunft erhalten, dass Sebastian Graf zu Söllwitz an diesem Vormittag an einer Veranstaltung mit dem Thema »Ausbau des schnellen Internets im Landkreis Schwandorf« teilnahm, und beschlossen, ihn dort abzupassen. Vor der Halle parkten große dunkle Limousinen, im Schatten daneben standen Männer in kurzärmeligen weißen Hemden – das mussten die Chauffeure sein – um einen fest installierten Aschenbecher herum und qualmten.

Als sie im Foyer der Halle stand, in dem auch das traditionelle griechische Restaurant Bistropolis untergebracht war, vernahm sie aus dem Konrad-Max-Kunz-Saal die Stimme eines Redners. Sie warf einen Blick durch die Tür und sah einen männlichen Referenten am Pult stehen, der Zahlen auf einer Folie seiner PowerPoint-Präsentation erläuterte. Auch kein Bayer, dachte Agathe und wandte sich zu dem Restaurant, vor dem der Wirt stand.

»Die reden und reden und werden nicht fertig«, sagte er freundlich mit griechischem Akzent. »Darf es ein Espresso sein?«

»Lieber einen Cappuccino.«

»Sehr gern, gnädige Frau!« Er verschwand hinter der Theke und drückte behände zwei Knöpfe an der bunt leuchtenden Kaffeemaschine.

Nach etwa zwanzig Minuten – Agathes Tasse war längst leer – machten sich die ersten Teilnehmer der Tagung auf den Nachhauseweg. Agathe bezahlte ihren Cappuccino und ging ins Foyer, um nach dem Grafen Ausschau zu halten. Überall in dunkle Anzüge gekleidete Männer, die so aussahen, als hätten sie ein kommunalpolitisches Amt inne. Sie schnappte vereinzelte Gesprächsfetzen auf. »Da dürfen wir aber Gas geben mit dem Internet!« – »Servus, alter Bazi! Gibt's jetzt in Bayern für Sozis auch schon Internet?« – »Ja, der Herr Bürgermeister ist auch da!«

Merkwürdig, dachte Agathe beim Anblick eines Mannes. Hatte sie den nicht im letzten Jahr auf der Wirkendorfer Kirwa noch als Musikanten auf der Bühne gesehen? Sie blickte sich weiter um, als plötzlich ein groß gewachsener Anzugträger um die vierzig auf sie zutrat und ihr die Hand schüttelte.

»Wir haben uns noch gar nicht gesehen, grüß Gott!«

»Guten Tag«, erwiderte Agathe und wartete.

Der Mann sah aus, als überlegte er. Dann sagte er: »Sind Sie nicht aus Bodenwöhr? Nein, Bruck, richtig?«

Agathe schüttelte den Kopf. »Ich komme nicht aus der Gegend. Ich suche hier eigentlich nur jemanden.«

»Und wen? Kann man vielleicht helfen?«

»Graf Söllwitz.«

»Der hat gerade noch im Saal mit dem Umweltreferenten gesprochen. Aber ich denke, der müsste gleich kommen. Auf Wiederschauen!« Der Mann ließ Agathe stehen und trollte sich Richtung Ausgang.

Tatsächlich kam Graf Sebastian wenige Sekunden später aus dem Saal und lief Agathe direkt in die Arme. »Was für eine Überraschung! Was machst du denn hier?«

Agathe sah immer noch dem Mann von gerade eben nach, der in Richtung des großen Gebäudes gegenüber der Oberpfalzhalle marschierte. »Hi, Sebastian, der Typ da hat mir gesagt, dass du noch im Saal wärst. Wer ist denn das? Ein Internetfuzzi?«

»Der da draußen?« Der Graf schmunzelte amüsiert. »Das ist unser Landrat.«

»Ups.«

»Hättest du etwas Bestimmtes gebraucht von mir?«

Agathe nickte. »Ein bisschen was von deiner Zeit. Ich wollte etwas mit dir besprechen.«

Der Graf sah auf seine Armbanduhr. Es war kurz vor fünf

Uhr am Nachmittag. Dann schürzte er die Lippen und nickte ebenfalls. »Die Zeit nehme ich mir. Ich wollte zwar in der Brauerei noch ein bisschen Schreibkram erledigen, aber das kann ich morgen früh auch noch machen. Kann ich dich zu einem sehr frühen Abendessen überreden?«

Agathe ließ sich nicht lange bitten, und so saßen sie eine Viertelstunde später im Garten der »Hufschmiede«, einem der besten Weinlokale in der Gegend. Auf der Tageskarte standen Schweinemedaillons an Trüffel-Sahne-Soße und Parmesan-Tagliatelle, welche Graf Sebastian zweimal orderte. Nach einem erfrischenden Schluck »Erstes Fass« des fränkischen Winzerhofs Stahl erkundigte er sich nochmals nach Agathes Anliegen.

»Du hast doch von dem Todesfall in der Grabinger-Brauerei gehört?«, fiel diese mit der Tür ins Haus.

»Vom Johannes? Ja, freilich. Eine schreckliche Sache.«

»Ich würd gern mehr über diese Brauerei erfahren, und da habe ich mir gedacht, ihr Brauereibesitzer, ihr kennt euch doch untereinander bestimmt recht gut.«

Der Graf gab ihr recht. »Allerdings habe ich mit dem Johannes nicht sonderlich viel zu tun gehabt, weil Sulzbach-Rosenberg und unsere Brauerei doch knapp fünfzig Kilometer trennen.«

»Trotzdem weißt du bestimmt, was der Johannes Grabinger für ein Typ war?«

Graf Sebastian wog seine Worte sorgfältig ab. »Tja. Was kann ich dir da erzählen?« Er nippte am Tafelwasser. »Der Johannes war ein sehr bodenständiger Mensch. Sehr auf die Bewahrung von Traditionen bedacht. Er liebte es rustikal, hätte also einen vernünftigen Schweinsbraten und ein Helles bestimmt unseren Schweinemedaillons mit Trüffeln vorgezogen.«

Vor Agathe tauchte sofort der feiste Mann auf, dessen Tod sie vor wenigen Tagen auf dem Annaberg aus nächster Nähe mitbekommen hatte. Ja, der hatte durchaus so ausgesehen, als hätte er nicht von *lean cuisine* gelebt. »Aber seid ihr nicht alle so Brauchtums-Fritzen? Bayerisches Reinheitsgebot, König Ludwig und so?«

Der Graf schmunzelte über die Ansichten, die das Nordlicht Agathe über ihn und die Oberpfälzer Braukollegen hatte. »Die Mischung macht's, glaube ich. Es hat sich ein toller neuer Absatzmarkt für unsere Craft-Biere entwickelt. Das Bier wird mittlerweile schon als sehr modernes Lebensmittel gebraut.«

Agathe hakte weiter nach: »Seit wann kennst du den Johannes Grabinger?«

»Seit der Schulzeit.«

»Ihr wart zusammen auf der Schule?«

»Zwei Jahre lang. Nach der Grundschule bin ich ins Klosterinternat nach Ensdorf gekommen, und dort war auch der Johannes. Allerdings einige Klassen über mir.«

»Und nach den zwei Jahren?«, wollte Agathe wissen.

»Ich bin zu den Domspatzen nach Regensburg gewechselt, weil ich keine schlechte Stimme hatte. Der Johannes hat sein Abitur in Ensdorf gemacht und ist danach, genau wie ich auch, nach Weihenstephan zum Studieren gegangen. Aber wie gesagt, ich habe seinen Weg nicht genau verfolgt, weil er doch ein paar Jahre älter war als ich.«

Die Kellnerin brachte zwei kleine Teller mit Zitronenoliven. Der Graf und Agathe kosteten den Gruß aus der Küche.

Sie tunkte mit einem kleinen Stück Weißbrot das wertvolle aromatisierte Olivenöl vom Teller auf und fragte dann: »Wie steht denn die Grabinger-Brauerei so da? Wirtschaftlich, meine ich.«

»Nun, jede Brauerei dieser Größe muss heute um ihren Platz kämpfen. Ich kann es dir natürlich nicht mit letzter Sicherheit sagen, aber mein Eindruck war, dass die Grabingers in letzter Zeit ein bisschen geschwächelt haben. Einmal hat man gehört, sie soll verkauft werden. Dann hat es wiederum geheißen, sie wollen investieren. Ich wurde aus den Gerüchten nie so ganz schlau.«

Agathe reflektierte das Gehörte. »Aber wenn er so ein Traditionalist war, dann hätte er doch nur ungern verkauft, oder?«

»Wie viel bei so einer Entscheidung der freie Wille ausgemacht hätte, weiß ich nicht. Es kommt ja immer darauf an, wie gewirtschaftet worden ist. Vielleicht stand ihnen das Wasser bis zum Hals, und ein Verkauf wäre der letztmögliche Befreiungsschlag gewesen?«

»Könnte natürlich auch sein …«

Die junge Kellnerin trug das Hauptgericht auf und kam gleich darauf mit einer riesigen Mühle an den Tisch, mit der sie frischen Pfeffer über die Nudeln streute.

Zwischen zwei Bissen erkundigte sich der Graf: »Warum bist du eigentlich so an der Brauerei interessiert?«

»Ich stand daneben, als der Grabinger sein letztes Bier auf Erden zapfen wollte. Ich dachte, das wüsstest du.«

»Schon, aber ich gestehe, ich habe einen anderen Verdacht. Könnte es sein, dass die Grabinger-Brauerei bei euch versichert ist?«

Agathe sog geräuschvoll Luft ein. »Ertappt.«

»Jetzt sag aber nicht, dass du, bloß damit ihr nichts bezahlen müsst, einen weiteren Mord dahinter witterst.«

Agathe leckte sich einen Tropfen der Rahmsoße vom Mundwinkel und betupfte die Stelle mit der Serviette. »Weißt du, wie viele Menschen heutzutage im Jahr durch Stromschlag sterben? Im letzten Jahr waren es ganze fünf. Damit ist es so gut wie sicher, dass mit der Zapfanlage vom Grabinger etwas nicht stimmt. Für unsere Gesellschaft macht es natürlich einen Unterschied, ob es sich um einen technischen Defekt handelte, den wir dann abdecken müssen, oder jemand absichtlich seine Hand im Spiel gehabt hat. Das wäre zwar grauenhaft, aber für die Jacortia bei Weitem besser.«

Nach ein paar Sekunden sagte der Graf nachdenklich: »Das ist ein gefährliches Spiel, welches ihr, also du und der Gerhard, da treibt. Lasst die Toten besser der Mordkommission.«

»Jederzeit gern, sofern die Toten nicht Teil meines Berufs sind. In diesem Fall muss ich ran. Geht leider nicht anders.«

Graf Sebastian schien einzusehen, dass Agathe ihre Haltung nicht ändern würde. Mit einem zarten Stückchen Fleisch wischte er so viel Soße wie möglich auf, bevor er es sich in den Mund steckte. Als er es verzehrt hatte, meinte er: »Ich überlege gerade, was ich dir noch über den Johannes sagen kann. Aber wir hatten wirklich nicht viele Schnittstellen, weil sich meine Brauerei mehr nach Süden, Richtung Burglengenfeld und Regensburg, ausrichtet. Der Johannes hat seinen Vertrieb mehr nach Westen, nach Neumarkt und Nürnberg, orientiert.«

»Kennst du seinen Bruder? Heinz, glaube ich, heißt er.«

»Auch nur flüchtig. Der war meines Wissens bislang nicht groß in die Geschäfte der Brauerei involviert. Den einen oder anderen Fall vor Gericht wird er für seine Familie schon übernommen haben, aber häufig ist man mit jemandem besser beraten, der nicht dem engeren Familienkreis angehört. Aber du wirst ja sowieso mit beiden sprechen, nicht wahr?«

»Beiden?«

»Mit Johannes' Bruder und seiner Frau. Besser gesagt mit seiner Witwe.«

Agathe verschwieg, dass Gerhard Leitner sich undercover in die Brauerei eingeschmuggelt und damit schon mal den Bruder übernommen hatte. Stattdessen fragte sie: »Wie ist denn seine Witwe so?«

Zu ihrer Überraschung wanderten Graf Sebastians Mundwinkel nach unten und die Augenbrauen nach oben. Sein Blick verriet Unsicherheit, so als wäre er sich nicht sicher, ob Agathe die Auskünfte über die Frau vertrug.

Die Kellnerin räumte das Geschirr vom Tisch ab und brachte den vom Grafen bestellten Cognac. Erst, als er diesen in der Hand schwenkte und auf Trinktemperatur anwärmte, erhielt Agathe die ersehnte Antwort. »Ich habe die Jospina lange nicht mehr gesehen, aber –«

»Jospina?«, fragte Agathe ungläubig.

»Aber ich denke nicht, dass sich ein Mensch so arg verändern kann«, fuhr Graf Sebastian unbeirrt fort. »Sie ist eine recht außergewöhnliche Frau mit gewissen Idiosynkrasien.«

»Bitte was?«

»Idio… nun, mit gewissen Eigenheiten.«

»Erklär mir das genauer.«

»Sie trug zum Beispiel immer sehr extravagante Kleider.

Bunt und flatternd. Es versteht sich von selbst, dass allein diese Gewohnheit bei den Frauen in der Oberpfalz für Aufsehen gesorgt hat.«

Agathe ließ ihren Blick durch die mannshohen Palmen wandern, die den Garten zierten. »Also, ich weiß nicht recht.« Einen Augenblick lang dachte sie an verschiedene Momente speziell auf der Wirkendorfer Kirwa zurück, wo sie zum ersten Mal Erfahrungen mit der Oberpfälzer Bevölkerung gesammelt hatte. Schließlich murmelte sie: »Ich kann mir natürlich vorstellen, dass ein außergewöhnliches Kleid die eine oder andere Lästerei hervorruft, aber –«

»Und wenn ich mit ihr sprach, hatte ich manchmal das Gefühl, dass sie nicht einmal genau weiß, wie der Planet heißt, auf dem sie zu Hause ist.«

»Wo kommt sie denn her? Aus Berlin?«

»Aus Oberbayern. Ich glaube, vom Tegernsee.«

»Und dann soll die so einen Schuss haben?«

»Solche Leute gibt es auch in Bayern.«

Agathe sinnierte. »Aber warum ist ausgerechnet so ein bodenständiger Mensch wie der Grabinger an so einen Puvogel geraten?«

»Die Jospina stammt ebenfalls aus einer Brauereifamilie, aber den Betrieb gibt es schon lange nicht mehr. Ich denke mal, dass Johannes sie irgendwo kennengelernt hat, wo die Brauer beieinandersaßen. Vielleicht haben auch ihre Eltern bei der Heirat ein Wörtchen mitgeredet.«

»Jetzt hör aber auf. Arrangierte Hochzeiten im einundzwanzigsten Jahrhundert!«

»Erstens war die Hochzeit noch im zwanzigsten, und zweitens ist das auch heute gar nicht mal so selten. Falls die Jospina die Heirat also im Herzen eigentlich nicht wollte, könnte das schon erklären, warum sie ein bisschen abgedriftet ist. Als oberbayerische Brauereitochter sitzt du dann aus ihrer Sicht plötzlich im letzten Winkel dieser Erde und hast einen Uroberpfälzer als Mann.«

Agathe gab der Bedienung ein Zeichen, während sie zu Graf

Sebastian sagte: »Auf jeden Fall hast du mich jetzt neugierig auf die Frau gemacht.«

»Vielleicht ist sie ja mittlerweile gar nicht mehr so verwirrt, wie sie mir früher vorgekommen ist. Die Zeit geht schließlich an niemandem spurlos vorüber. Und der Tod des eigenen Ehemannes wahrscheinlich auch nicht.«

»Wir werden sehen.« Zur Kellnerin sagte Agathe: »Ich hätte gern die Rechnung.«

Doch Graf Sebastian winkte ab. »Lass nur. Das übernehme ich.«

13

»Was treibst du denn da unten?«, fragte Agathe überrascht, als sie in der Klosterstraße in die Küche kam und Leitner auf allen vieren auf dem Boden vorfand.

Er streckte gerade seinen Rücken durch wie eine Katze, nur mit einem T-Shirt und einer kurzen Hose bekleidet. Während er den Rücken wieder gerade machte, atmete er geräuschvoll aus. Als er sich ächzend aufrichtete, musste er die Tischkante zu Hilfe nehmen.

»Na, du Opa? Soll ich dich zurück in die Geriatrie bringen?«, sagte sie schnippisch. »Ein paar Kisten schleppen ist wohl schon zu viel für dich, hä?«

Aus Leitners Gesicht sprach purer Hass. »Sei froh, dass ich mich nicht mehr rühren kann, sonst hätte jetzt dein Hintern Kirwa!« Keuchend ließ er sich auf den Küchenstuhl fallen. »So eine Mistbritschn.« In kurzen Worten erzählte er Agathe von seiner Tortur mit den Malzsäcken sowie seiner mittäglichen Unterredung mit Jochen Dunk. Als er geendet hatte, konnte sich Agathe ein Lächeln nicht verkneifen. »Was gibt's da zu lachen?«, fragte Leitner verärgert.

Agathe tat so, als wollte sie ihn nicht verletzen, sagte aber dann doch: »Nun ja, ich hätte mich wahrscheinlich auch als Erstes umgesehen und spätestens bei der Entdeckung der Holztür unterm Dach nach deren Sinn gefragt.«

Leitner schoss einen zornigen, aber müden Blick auf sie ab. »Du bist halt schon länger im Detektivgeschäft als ich und deswegen so blitzgescheit.« Er massierte sich seinen Nacken und die Schulter, auf der er die Säcke transportiert hatte.

Agathe setzte sich ihm gegenüber. »Aber was der Dunk gesagt hat, deckt sich mit dem, was mir der Sebastian gerade erzählt hat.«

»Wo hast du ihn denn getroffen?«

»Ich wollte ihn auf einer Veranstaltung in der Oberpfalzhalle abpassen. Vor diesem Saal, dessen Namen ich immer wieder vergesse. Karl-Konrad-Koreander-Saal?«

»Nee, der ist nach Konrad Max Kunz benannt. Der berühmteste Sohn der Stadt Schwandorf, Komponist der Bayernhymne.«

»Wie auch immer, jedenfalls habe ich ihn dort getroffen, aber unterhalten haben wir uns gerade vorne in der ›Hufschmiede‹. Die haben einen schönen Garten.«

Leitner brummte nur: »Ich weiß.«

Weil sie den Unterschied zwischen ihrem Ermittlungsort bei Filet und Trüffeln und seinem bei einer kalten Leberkässemmel nicht allzu deutlich hervorheben wollte, fuhr Agathe rasch mit ihrer Erzählung fort.

»Schau mal einer an«, meinte Leitner schließlich, »der Sebastian meint also, dass es finanziell mit der Brauerei nicht zum Besten steht. Da werde ich morgen mal einhaken.«

Agathe pflichtete ihm bei. »Das ist bestimmt der Knackpunkt. Wir müssen herausfinden, für wen es auch finanziell interessant ist, dass Johannes Grabinger plötzlich das Zeitliche gesegnet hat. Derjenige stünde dann natürlich ganz oben auf der Verdächtigenliste.«

»Oder die!«

»Du denkst an die Witwe?«

»Oder an diese Iris Staudinger. Mit dem Dunk kann man sich ja normal unterhalten, aber mit der Iris … Bei der habe ich ein ganz komisches Gefühl im Bauch.«

»Kein Wunder, wenn sie dich da ständig hineinboxt.« Als Leitner protestieren wollte, besänftigte Agathe ihn. »Ruhig, Brauner! Ich habe dich schon verstanden und bin sogar deiner Meinung. Gib morgen mal ein bisschen Gas bei deinen Ermittlungen.« Sie seufzte schwer. »Wenn du mir im Laufe des Vormittags schon einiges erzählen könntest, würde ich damit unseren Drachen etwas beruhigen.«

Leitner dämmerte es nur langsam. »Stimmt, morgen müssen wir zum Rapport zu unserer Chefin! Mist, das hatte ich ja total vergessen!«

Agathe machte eine wegwerfende Handbewegung. »Kümmere dich nicht darum. Das übernehme ich allein. Wenn du undercover im Einsatz bist, ist das ein guter Grund für deine Abwesenheit.«

Leitner nickte matt. »Danke.«

Agathe lächelte ihn zuckersüß an. »Wir wollen doch nicht, dass du durch eine Überdosis Frauenpower zusammenklappst. Ich denke, du wirst mit dem lieben Fräulein Staudinger schon alle Hände voll zu tun haben. Wer weiß, vielleicht musst du morgen ja die Lkws anheben, damit sie die Reifen wechseln kann.«

»Zuzutrauen wäre es ihr allemal«, murmelte Leitner. »Wen rufst du an?«, fragte er, als Agathe zu ihrem Smartphone griff.

»Was geht dich das an?«

Leitner zuckte zusammen. »Entschuldige, ich wusste nicht, dass es privat ist. Da ist es mir freilich wurscht, mit wem du telefonierst.«

Agathe grinste breit. »Ist aber nicht privat. Ich schreibe dem Berthold Irrgang noch mal eine Nachricht. Der hat sich auf meine erste immer noch nicht gemeldet, und ich wollte ihn doch so einiges fragen.«

Nun war es Leitner, der ein Grinsen aufsetzte. »Es ist nicht privat, hüstel, hüstel!«, ahmte er sie nach.

Agathe ließ das Handy in ihren Schoß fallen und blickte ihren Kollegen vorwurfsvoll an. »Ich bin sicher, dass er aufschlussreiche Informationen für uns hat. Der kannte den Brauereichef doch auch, schließlich hat er uns von dem Freibier beim Grabinger erzählt.«

»Und ich bin mir sicher, dass er dir liebend gern in einer stillen Stunde so manches ins Ohr flüstern würde«, erwiderte Leitner. »Aber ob darunter auch handfeste Informationen wären, das wage ich nun doch zu bezweifeln. Und hätte der nicht so eine leicht ergraute Künstlermähne und täte nicht so italienisch-charmant in den feinsten Mokassins herumschleichen, dann hättest du auch kein Interesse an ihm.«

Agathe nahm ihr Smartphone, tippte verschnupft eine Nachricht und meinte abschließend: »Ich halte ihn für einen wichtigen Zeugen.«

»Zeugen würde er wahrscheinlich gern mit dir ... Autsch!« Er hielt sich die Stelle am Kopf, wo ihn der Schreibblock getroffen hatte. »Ich glaub, ich geh jetzt lieber ins Bett.«

»Das ist auch vernünftiger, als hier noch mehr dummes Zeug zu quatschen!«, rief Agathe ihm nach. Als er in seinem Zimmer verschwunden war, spürte sie tief in sich, dass einiges, was Leitner gesagt hatte, gar nicht so weit hergeholt war. Im Geiste sah sie Irrgangs Augen vor sich, die freundlich, aber messerscharf in ihre blickten. Sie spürte das kurze Berühren ihrer Arme, als er ihr dabei geholfen hatte, ihren damaligen besoffenen Freund wieder aufzurichten, und hatte wieder seinen eleganten Geruch in der Nase. Wenn sie ehrlich zu sich war, hatte sie gegen eine engere Bekanntschaft mit diesem gut aussehenden Mann ganz und gar nichts einzuwenden. Natürlich nur in der Phantasie. In der Realität war sie zu sehr Profi. Das wird mir nicht passieren, dachte sie, dass ich mich mit einem Zeugen auch privat einlasse.

14

Am nächsten Morgen betrat Leitner wieder das Gelände der Grabinger-Bräu und schritt zielsicher auf das Bürogebäude zu. »Ist der Chef da?«, fragte er einen Angestellten, der erwiderte, dass Heinz Grabinger eigentlich jeden Moment eintreffen müsse.

Leitner ging über den Hof, als auch schon Grabingers cremefarbener Mercedes auf den Chefparkplatz glitt.

»Guten Morgen!«, grüßte Heinz Grabinger nach dem Aussteigen freundlich. »Bei Ihnen alles in Ordnung? Was steht denn heute auf dem Programm?«

»Guten Morgen! Das weiß ich noch nicht. Ich habe Frau Staudinger noch nicht getroffen.«

»Na, Sie werden ihr schon nicht auskommen.«

Grabinger wollte sich schon zum Büro begeben, als Leitner rasch fragte: »Haben Sie mit der Frau Staudinger schon mal über mich gesprochen?«

Grabinger blickte verunsichert drein. »Über Sie?«

»Nun, ich meine, wie ich mich hier im Betrieb so anstelle.«

Grabinger schüttelte den Kopf. »Nein, bis jetzt noch nicht, aber ich wüsste auch nicht, wieso, nach nicht mal zwei ganzen Tagen.«

Er wollte sich wieder abwenden, doch Leitner ließ nicht locker: »Ich hatte nur gehofft … Es gefällt mir nämlich sehr gut bei Ihnen, und ich dachte, dass sich vielleicht ein dauerhaftes Arbeitsverhältnis ergeben könnte.«

»Tut mir leid, Herr Leitner. Dazu kann ich Ihnen im Augenblick nichts sagen.«

»Ich meine ja auch nur, weil ich doch finanziell in der Luft hänge. Da wäre halt eine feste Arbeitsstelle schon was anderes als so ein Aushilfsjob. In meinem Studium komme ich ja auch nicht wirklich weiter. Verstehen Sie?«

»Ich verstehe Sie schon, Herr Leitner, nur kann ich momentan dazu –«

»Dann sind die Gerüchte also wahr, dass die Brauerei verkauft werden soll?« Grabingers Blick haftete fest an Leitner, der seine Rolle als naiver Aushilfsarbeiter, der um seine Zukunft bangt, konsequent weiterspielte. »Das wäre für mich natürlich der Super-GAU. Aber das sind doch wirklich nur Gerüchte, und die Brauerei wird es weiterhin geben, oder?«

Grabinger nestelte an seiner Krawatte herum. »Selbstverständlich gibt es uns auch weiterhin, Herr Leitner«, sagte er dann. »Und jetzt gehen wir bitte beide an die Arbeit.« Damit ließ er Leitner stehen, der versuchte, sich die Reaktion Grabingers auf seinen Bluff genau einzuprägen, damit er sie später mit Agathe interpretieren konnte.

Als Leitner die Lagerhalle betrat, fand er Jochen Dunk beim Durchzählen riesiger Türme aus Getränkekisten vor. »Na, sind alle da?«, witzelte er.

Dunk beendete erst seine Zählung, bevor er etwas auf das Papier auf seinem Klemmbrett kritzelte und schließlich sagte: »Genau das will ich ja gerade abchecken. Es kommt immer wieder mal vor, dass ungleiche Kisten übereinandergestapelt werden. Da kann man dann noch so viel elektronische Zählmaschinen benutzen, Fehler machen die trotzdem.«

»Ja, die Technik macht eben auch nicht alles leichter.«

»Damit hast du recht. Kostet ein Schweinegeld, und dann muss man doch wieder per Hand nacharbeiten.«

Leitner nahm den Gedanken auf. »Trotzdem muss eine Brauerei immer auf dem neuesten technischen Stand sein, oder?«

Dunk nickte abwesend.

»Ansonsten kann es schnell den Bach runtergehen, hat mir ein Freund erzählt«, fuhr Leitner fort. »Sind ja deshalb in den letzten zehn Jahren viele Brauereien geschlossen worden.«

»Stimmt«, brummte Dunk.

Leitner zog sich seine Arbeitshandschuhe an. »Wie ist es denn bei euch hier? Wir haben gestern gar nicht fertig sprechen können, und mich würde wirklich interessieren, wie es deiner persönlichen Meinung nach mit dem Betrieb weitergeht.«

Genervt begann Dunk, die Kisten des nächsten Turmes zu zählen. Mit dem Kugelschreiber schien er in der Luft jede einzelne Kiste anzutippen. Unkonzentriert antwortete er: »Mei, was soll ich sagen? Dass der Heinz Grabinger kein gelernter Brauer ist, weißt du ja. Das ist natürlich nicht die beste Voraussetzung.«

»Nur, wenn er die Brauerei erbt. Aber da gibt es doch noch die Frau vom Johannes Grabinger. Was ist, wenn sie die Alleinerbin ist?«

Dunk lachte kurz hell auf. »Dann wird unser Sortiment in Zukunft sehr bunt.«

»Was meinst du damit?«

»Die Jospina ist ein äußerst farbenfroher Vogel. Wenn man die ans Ruder lässt, gibt es wahrscheinlich demnächst Bier mit Knoblauch-Nuss-Geschmack oder Radler mit aufgesprudeltem Rooibostee.«

Leitner verzog angewidert das Gesicht, um das Gespräch am Laufen zu halten, musste die Reaktion aber nicht vortäuschen. »So ist die drauf? Ich dachte, die kommt auch aus einer Brauereifamilie?«

Dunk schnaubte nur verächtlich. »Ich kann mir jedenfalls nicht vorstellen, dass die Jospina sich in Latzhosen und Gummistiefeln zwischen die Lagertanks presst oder mit ihren Künstlerhändchen die Bierkästen auf einen Lkw stapelt. Du stellst übrigens auffällig viele Fragen, mein Junge.«

Leitner schlüpfte in die gleiche Rolle wie schon vorher bei Heinz Grabinger. »Na ja, weißt du, für mich steht schon so manches auf dem Spiel. Ich würde gern länger hier arbeiten, am besten natürlich in fester Anstellung.«

»Jetzt bist du doch erst ein paar Tage da, da ist es noch zu früh, um von einer festen Stelle zu reden. Außerdem bist du scheinbar jemand, der eher mit dem Kopf arbeiten will als mit den Muskeln.«

Leitner blieb konsequent. »Das nehme ich dir jetzt schon übel, nachdem ich gestern eine Vierteltonne Malz in den Speicher geschleppt habe.«

»Jaja, nix für ungut!«

»Trotzdem würde ich gern wissen, ob hier die Möglichkeit einer beruflichen Zukunft für mich besteht. Und wenn es ein Job wäre, bei dem ich mit dem Kopf arbeiten muss, hätte ich damit natürlich auch kein Problem.« Er kicherte verbindlich und stieß Dunk seinen Ellbogen in die Seite.

Der nahm seine Zählung wieder auf. »Jetzt mach erst mal keine großen Zukunftspläne, sondern deine tägliche Arbeit, in Ordnung?«

»Okay.« Leitner wollte zum Leergutbereich gehen, um die Flaschen zu sortieren, eine Arbeit, die er, wie er am Tag zuvor erfahren hatte, von nun an jeden Morgen als Erstes zu erledigen hatte.

Mit dieser Tätigkeit, einer kleinen Brotzeit und dem Fegen des Brauereihofes war er bis in den frühen Nachmittag hinein beschäftigt. Dann machte Leitner sich auf den Weg ins Büro und wollte dort dem Mitarbeiter ein paar Fragen stellen. Doch der schwarz-rote Teufel in Person von Iris Staudinger kam ihm in die Quere.

»Leitner, komm mit!«

Er deutete auf die Leergutkisten. »Ich habe gedacht, ich mache zunächst –«

»In diesem speziellen Fall sollst du nicht denken, sondern mitkommen!«

Leitner folgte ihr in die Halle mit den Lagertanks, wo sie vor einem der riesigen Aluminiumzylinder stehen blieb. Er blickte an dem meterhohen Monstrum empor. Ein Schaudern durchlief ihn, als er an die Wirkendorfer Kirwa im letzten Jahr dachte. Damals hatte er in einem solchen Tank, der als Güllebehälter umfunktioniert war, einen Toten gefunden. Mit Abscheu erinnerte er sich an den verwesten Leichnam und die Ereignisse, die sich daraufhin in Wirkendorf abgespielt hatten.

Iris Staudinger öffnete eine ovale Luke auf Schulterhöhe – ihrer Schulterhöhe, die bei Leitner eher Bauchhöhe entsprach –, klappte sie nach innen auf und sagte: »Marsch, rein mit dir.«

Leitner war wie vom Donner gerührt. Er blickte in die Leere

des dunklen Behälters mit einem Fassungsvermögen von mehreren Hektolitern Biersud. »Worein?«

»Na, da, du Stratege!« Mit dem Daumen deutete sie in Richtung der Öffnung.

»Das ist jetzt ein Scherz, oder?«

Iris Staudinger atmete genervt ein und aus und nahm dann die Haltung eines Uni-Dozenten ein. »Jetzt pass mal gut auf, du Zauberer. Jeder, der in einer Brauerei arbeitet, muss irgendwann mal die Tanks reinigen. Das ist nämlich immer noch eine Arbeit, die wir nur von Hand erledigen können. Und heute bist du dran.«

Abermals blickte Leitner in die Finsternis des Tanks, stieß einen kleinen Seufzer aus und erschrak, als er den langen Hall hörte, der diesem folgte. Dann inspizierte er die Luke. »Entschuldige, Iris, aber das Spundloch ist viel zu schmal für mich!«

»Erstens heißt das nicht Spund-, sondern Mannloch, und zweitens: Wenn ich da durchpasse, wirst du Vollprofi das wohl auch.« Leitner blickte an Iris Staudingers Körper hinab und kam nicht umhin, ihr dabei auf den äußerst voluminösen Busen zu starren.

»Jawohl, auch die passen da durch!«, schnauzte sie ihn an.

Leitner war es peinlich, dass sie seine Gedanken erraten hatte, aber damit hatte er keine Ausrede mehr, den Tank zu betreten. Unbeholfen hielt er sich mit beiden Händen am Rand der Öffnung fest. Ihm war beim besten Willen nicht klar, wie er da reinkrabbeln sollte. Zu seiner großen Überraschung hörte er von Iris Staudinger zum ersten Mal eine Art Lob.

»Der Anfang ist schon mal gut. Warte!«

Leitner spürte, wie er fast vom Boden abhob, und sah sich um. Iris Staudinger hatte seine Oberschenkel umschlungen, war in die Hocke gegangen und versuchte nun, ihn hochzuheben. Er wusste nicht recht, wie ihm geschah.

»Mithelfen musst du schon, du Depp!« Die Staudingerin hatte zu ihrem üblichen Kasernenton zurückgefunden. »Allein kann ich Zwerg dich nicht hochheben!«

Leitner reagierte schnell und zog sich in das finstere Loch hinein. Im Tank war er ohne Lichtquelle zunächst orientierungslos. Unsicher tastete er nach vorne, fand aber nirgends Halt. Als sich auch sein Schwerpunkt im Tank befand, fiel er kopfüber auf dessen Boden. Ein hässliches Schmatzen erklang, und Leitner fühlte kalten Schleim an seinen Händen. Während er sich aufsetzte, wurde ihm bewusst, dass er im Rest des letzten Biersudes saß, der in dem Tank seine Gärung vollzogen hatte. Als passionierter Biertrinker wusste Leitner, dass Hefe im Sud den Zucker des Malzes in Alkohol verwandelte und der Biersud beim Gärprozess nicht wirklich appetitlich aussah. Er glich einer undefinierbaren Mischung aus Schaum und Schlamm. Er war in das Überbleibsel gefallen, das seinen Weg nicht in den Masskrug fand. »So eine Scheiße! Das hättest du mir echt vorher sagen können, Iris!«, rief er zornig in Richtung des Mannloches.

Von dort streckten sich zwei Hände hinein und reichten ihm eine Stirnlampe und einen Besen mit roten Plastikborsten. »Schau mal über den Einstieg.«

Leitner knipste die Lampe an und setzte sie auf. Über der Luke waren Steigeisen angebracht. Offenbar sollte man sich eigentlich mit dem Rücken nach unten in das Mannloch begeben und sich dann mit den Händen an den Bügeln in die Aufrechte ziehen, sodass nur die Gummistiefel in Kontakt mit der Matsche kamen. »Super!«, brummte er grimmig, denn wieder hatte ihn Iris Staudinger in eine Anfängerfalle laufen lassen, ohne ihn vorzuwarnen.

»Motz nicht rum! Beim nächsten Mal weißt du es wenigstens. Und jetzt schnapp dir den Besen und leg los!«

»Was genau soll ich denn machen?«

»Schrubben, bis ich ›Stopp!‹ sage. Ich komme in ungefähr einer halben Stunde wieder zurück, und dann schauen wir mal.«

Leitner hörte, wie Iris Staudinger sich entfernte, und besah sich die Wände im Lichtkegel der LEDs, die ihm am Hirn klebten. Überall am Tankboden lag noch der Schlamm des Sudes. Leitner kamen die Schaumrückstände in leer getrunkenen Biergläsern in den Sinn. Sein Blick fiel wieder auf die etwa dreißig Zentimeter dicke Schleimschicht, in der er gerade unfreiwillig ein Bad genommen hatte. Er entschloss sich, rational vorzugehen und sich vom hinteren Teil des Tanks zurück zum Ausgang vorzuarbeiten.

Vorsichtig ging er die ovale Röhre entlang, in der er sich immer mehr wie in einem U-Boot fühlte. Am hinteren Ende angekommen, brachte er beherzt seinen Besen in Überkopfposition und wollte soeben beginnen zu schrubben, als er vom Mannloch her Geräusche vernahm. »Ich fange jetzt erst an, Iris!«, rief er. »So schnell bin ich nicht!«

Im Lichtkegel seiner Stirnlampe tauchten wieder zwei Hände auf. »Was brauchst du denn, Iris? Oder habe ich noch irgendetwas vergessen?«

Leitner trat einen Schritt vor und sah, wie die Hände sich um den nach innen geöffneten Lukendeckel legten. »He, was machst du da?«, schrie er.

Die Hände ignorierten ihn und zogen den Deckel an seinen vorgesehenen Platz. Das Mannloch war verschlossen, und Leitner hörte, wie es von außen verriegelt wurde.

»Lass den Scheiß!« Er wollte zum Deckel rennen, rutschte in der zähen Sudsuppe aus und schlug ein zweites Mal der Länge nach hin. »Verdammt, mach das blöde Ding wieder auf!« Er trommelte gegen die Stahlwand. »Das ist nicht mehr lustig, du blöde Kuh!« Immer wieder schlug er mit den Fäusten gegen das Metall, das einen tiefen Hall von sich gab. Aber der Deckel blieb zu.

Leitner gab auf, lehnte sich gebückt an die Wand gegenüber dem Loch und zwang sich zur Ruhe. Wahrscheinlich gehörte das in Iris Staudingers Augen auch zu dem, zugegebenermaßen sehr umfangreichen, Ritual für Neulinge in der Brauerei. Vielleicht hielt sie als Lesbe das für besonders männlich, für eine Art Ehrenkodex der Brauereimitarbeiter.

Leitner lauschte einige Atemstöße lang den Geräuschen, die von außen zu ihm drangen. In der Enge der Metallröhre hörten sie sich sehr bedrohlich an. Nun kam er sich endgültig vor wie in Wolfgang Petersens »Das Boot« und wartete fast darauf, entweder das Piepen des Echolots oder die nahenden Wasserbomben der Briten zu vernehmen. Stattdessen hörte er nur ein Quietschen am Deckel des Mannlochs. Sein Puls hatte sich wieder ein bisschen beruhigt, und sein Verstand gewann die Überhand. Ein leichtes Grinsen umspielte seine Lippen. Langsam kam er den Tricks von Iris Staudinger auf die Schliche. Sie wollte doch Kollegen, die mitdachten! Bestimmt gab es für das Problem, vor das sie ihn durch das Schließen des Deckels gestellt hatte, eine ganz einfache Lösung. Für ihn war völlig klar: Er musste jetzt beweisen, dass er allein darauf kam! *In Deutschland ist alles genormt, genau vorgeschrieben und doppelt gesichert. Ein solches Mannloch, das man von innen nicht öffnen kann, darf es gar nicht geben!* Er untersuchte den Deckel, fand aber keinen Hebel, Griff oder Ähnliches. Er betrachtete den Besen in seiner Hand und schlug mit dem Stiel gegen die Luke. Es brachte nicht das Geringste. Wütend schleuderte er den Besen auf den Boden des Tanks, wo er mit einem leisen Pitschen im Schlamm liegen blieb.

Mit beiden Händen begann Leitner, rhythmisch am Deckel zu ruckeln. Doch er bewegte sich noch immer nicht. Keinen Millimeter. Er wandte mehr Kraft auf als beim ersten Versuch. Nichts. Ein dritter Versuch endete gleichfalls ohne Ergebnis. Zornig donnerte er seinen Ellbogen gegen die Metallwand. Vielleicht hatte er sich doch getäuscht, und bei dieser Prüfung wurde nicht seine Intelligenz oder Muskelkraft auf die Probe gestellt, sondern seine Geduld. *Die will wissen, ob ich hier drin vor lauter Platzangst durchdrehe ... Der werde ich was husten!*

Seine Entschlossenheit war in Windeseile verflogen, als er unter sich gurgelnde Geräusche vernahm. Der gesamte Tank erzitterte, dann blubberte und waberte es so laut, dass das von den Metallwänden zurückgeworfene Echo schier unerträglich war.

Leitners Blick fiel auf den Boden. Luftblasen warfen die Schlammschicht unter ekelhaften Rülpslauten auf, und an drei oder vier Stellen bahnte sich etwas seinen Weg durch den

Matsch hindurch. Leitner musste an einen Geysir denken, der kurz vor der Eruption stand. Plötzlich verwandelte sich das Gurgeln in ein hochfrequentes Zischen, und vier Wasserfontänen schossen in die Höhe und verflüssigten binnen Sekunden den zähen Matsch.

Dann wurden Leitners Füße kalt, und er sah an sich hinab. Was er entdeckte, lähmte ihn. Das schmutzige Wasser floss zusammen mit den Maischeresten über den Rand seiner Gummistiefel und in sie hinein.

Sein guter Vorsatz, Ruhe zu bewahren, verwandelte sich in kalte Panik, als der Wasserspiegel rasend schnell an den Wänden des Tanks hochkletterte.

15

»Wir müssen effizienter werden! Das erledigen Sie heute noch, verstanden, Frau Gindel?«

Die Angesprochene war zu keinem Wort fähig und verließ das Büro von Chris Wendell. Agathe, die mit im Raum saß und beobachtet hatte, wie die neue Abteilungsleiterin die arme Frau Gindel sozusagen vor Publikum zusammenfaltete, blickte der Gescholtenen hinterher. Sie war sich sicher, dass Frau Gindel auf dem Flur sofort in Tränen ausbrechen würde. Als Chris Wendell sich nun ihr zuwandte, spannte sich Agathes Körper automatisch an.

»Es tut mir leid, dass Sie Zeugin dieses unangenehmen Vorfalles geworden sind, Frau Viersen«, sagte die Chefin. »Aber jeder muss sich vor seinem Vorgesetzten rechtfertigen. Ich genauso, ich bin auch nur ein kleines Rad im Getriebe.«

Ein Zahnrad, ergänzte Agathe im Stillen. Mit äußerst haarigen Zähnen!

»Wohin wir auch blicken, wird das Leben schneller. Komplexer und unübersichtlicher. Unsere Aufgabe ist es daher, Ordnung in das Chaos zu bringen. Und das erfordert ein Höchstmaß an –«

»Effizienz. Ich habe es vernommen«, beendete Agathe den Satz.

Die Chefin grinste zufrieden, doch im nächsten Moment gefror ihre Miene.

»Allerdings fürchte ich, dass Frau Gindel nach diesem Anpfiff für den Rest des Tages ziemlich durcheinander ist«, fügte Agathe hinzu. »Es ist zu bezweifeln, dass dieser Zustand ihre Effizienz steigert.«

Der Blick von Chris Wendell war starr auf Agathe gerichtet. »Nun, entweder schafft Frau Gindel ihr Pensum oder nicht. Dann müssen wir eventuell Konsequenzen ziehen, es ist nicht jeder für jeden Job gleich gut geeignet.«

»Sie nehmen mir die Worte aus dem Mund«, konterte Agathe. Eine Drei-Sterne-Tiefkühltruhe hätte keine so tiefe Temperatur erzeugen können, wie sie für einige Sekunden im Büro der Jacortia-Versicherung in Regensburg herrschte.

Schließlich machte Chris Wendell in honigsüßem Tonfall der Stille ein Ende. »Ihren Bericht, bitte.«

Agathe kam dem Befehl – denn etwas anderes war es nicht – nach und fasste die Informationen zusammen, die sie und Leitner in den letzten Tagen zusammengetragen hatten.

Chris Wendell hörte regungslos zu. »Gut«, sagte sie schließlich. »Das klingt doch gar nicht mal so übel. Jedoch … unterm Strich …«

Agathes Nackenhaare stellten sich auf.

»… haben wir noch keinen Hinweis darauf, dass etwas anderes als ein technischer Defekt den tödlichen Stromschlag verursacht hat. Keine dritte Person, die in Frage kommt, das Ding absichtlich manipuliert zu haben. So jemanden könnten wir dringend brauchen.«

»Das ist mir bekannt«, presste Agathe mit so viel Selbstbeherrschung hervor, wie sie nur zusammenkratzen konnte. »Aber wie Sie richtig bemerkten, haben wir eine solche Person noch nicht ausfindig machen können. Es ist also durchaus möglich, dass es sie nicht gibt.«

Chris Wendell schaltete ihre Eisaugen auf die frostigste Stufe. »Liebe Frau Viersen, ist das Ihre Philosophie? Einfach aufzugeben? Das täte mir in der Seele weh.«

Agathes verkniff sich ihre Frage, ob Chris Wendell überhaupt eine solche hatte.

Die Gebietsleiterin gab sich mütterlich. »Wir werden *nicht* davon ausgehen, dass es keinen Verdächtigen gibt. Solch ein Ansatz geht von vornherein an der Sache vorbei. Darf ich Sie daran erinnern, dass Sie unserem Haus verpflichtet sind? Sie sind keine Staatsanwältin, die gegen einen Angeklagten sowohl be- als auch entlastendes Material sammeln muss. Sie sollen einzig verhindern, dass wir zahlen müssen.«

Agathe hatte mit Mühe gegen das Verlangen angekämpft,

Chris Wendell ihre Meinung zu sagen. Ihr arrogant-liebevoller Ton, ihre Art, mit ihr wie mit einem Kleinkind zu reden, reizten sie. Als Agathe zu sprechen begann, war sie selbst erstaunt, wie kontrolliert ihre Stimme klang. »Natürlich sind das noch nicht die finalen Ergebnisse, und wir haben ja auch erst angefangen zu ermitteln, Missus Wendell.«

»Wenn schon, dann *Miss* Wendell. Aber *Frau* Wendell reicht völlig. Man muss ja nicht alles aus den USA übernehmen, manches von dort ist auch nicht das Wahre.«

»Und wieder nehmen Sie mir die Worte aus dem Mund, *Frau* Wendell.«

Die Chefin erhob sich. »Liebe Frau Viersen, wir haben uns nun ausreichend gegenseitig bewiesen, dass die Chemie zwischen uns nicht stimmt. Und wissen Sie was? Das ist mir völlig gleichgültig! Erledigen Sie Ihren Job, dann herrscht Waffenstillstand zwischen uns. Ich rate Ihnen, Ihre bisher eher harmlosen und nicht zielführenden Methoden ein bisschen umzustellen und auf Konfrontationskurs zu gehen, so wie gerade eben. Guten Tag!«

Auf dem Weg zu ihrem Wagen zwang Agathe ihren Puls wieder in etwas ruhigere Bereiche. Vielleicht hatte Chris Wendell ja recht, vielleicht waren sie während der Ermittlungen bisher wirklich zu harmlos vorgegangen.

Gerhard Leitner hatte das Klopfen gegen den Tank aufgegeben. Das Wasser stand ihm schon bis zur Brust und behinderte ihn in seinen Bewegungen. Er sah nach oben. Nur noch ein knapper Meter, dann wäre der Behälter vollständig gefüllt und er vermutlich tot. Das Licht seiner Stirnlampe war zu schwach, um durch die vielen Luftblasen und Verwirbelungen, die das einströmende Wasser verursachte, bis zum Mannloch nahe dem Boden vorzudringen.

Zwecklos!, dachte Leitner. Unter dem Gewicht des Wassers würde er es nie schaffen, den Deckel nach innen zu öffnen. Dann hatte er einen Geistesblitz und schalt sich im selben Moment. Erst jetzt kam ihm der Gedanke an sein Handy! Doch in dieser Sekunde wisperte er: »Oh nein ...« Er griff unter der Wasserlinie in seine Hosentasche und ahnte, was er dort finden würde. Sein Handy war pitschnass und gab auch nach mehrmaligen Startversuchen nicht das geringste Lebenszeichen von sich. »So eine Scheiße!«, brüllte Leitner. Er versuchte, ruhig zu atmen, um seine Panik unter Kontrolle zu bringen, gab jedoch auf, als er merkte, dass er zu hyperventilieren drohte. Einige Sekunden lang hielt er die Luft an und ließ sie in einem harten Atemstoß wieder nach draußen entweichen. Tatsächlich wurde er ruhiger.

Agathe!, schoss es ihm durch den Kopf. Sie hatte ihn am Morgen in die Brauerei gefahren. Und hatten sie dabei nicht ausgemacht, ihn nach dem Termin mit ihrer Idioten-Chefin in der Brauerei abzuholen? Das stetig steigende Wasser stand ihm jetzt schon im wahrsten Sinn des Wortes bis zum Hals. *Verdammt, beeil dich!*

Agathe hatte sich beim Heimweg auf der A 93 bei dröhnend lauter Radiomusik ihren Frust von der Seele gesungen. Sie hielt sich für keine begnadete Sängerin, aber in ihrem Wagen hörte sie ja niemand. Dementsprechend war sie wieder recht vergnügt und freute sich sogar auf das sogenannte Debriefing mit Leitner, also auf das Nachbereiten des Termins mit der Chefin. Dabei würde sich bestimmt hervorragend über die blöde Kuh lästern lassen. Auf Höhe Schwandorf-Nord/Fronberg bog sie auf die B 85 Richtung Amberg ab, um Leitner von der Grabinger-Brauerei abzuholen. Zwischen Kreith und Pittersberg – Agathe hatte bereits gelernt, dass man sich hier besser an die Geschwindigkeitsbegrenzung halten sollte – gab ihr Smartphone einen brillanten Ton von sich. Verbotenerweise nahm sie es während der Fahrt zur Hand und las die eben empfangene Nachricht von Berthold Irrgang. Er entschuldigte sich für seine späte Antwort und stehe, wenn Agathe denn immer noch bereit für ein Treffen mit ihm sei, in etwa einer halben Stunde gern für eine Tasse Kaffee zur Verfügung. Sie sah auf die Uhr: halb drei, sowieso zu früh für Leitners Feierabend. Sie drückte auf den grünen Telefonhörer, und wenig später erschallte nun über die Freisprecheinrichtung erlaubterweise Berthold Irrgangs aufgeweckte Stimme im Wagen.

»Ja, servus! Das ging ja prompt!«

»Ich bin gerade im Auto, da ist es praktischer anzurufen.«

»Natürlich«, sagte Irrgang. »Aber wenn du unterwegs bist, dann klappt es heute wohl eher nicht?«

»Im Gegenteil. Ich bin gerade«, sie blickte auf das Navi, »noch etwa zehn Minuten von Sulzbach-Rosenberg entfernt. Wollen wir uns dort treffen?«

»So ein Zufall! Freilich, das passt mir einwandfrei. Sagen wir im Altstadt-Café? Ich könnte leider erst kurz nach drei da sein.«

Agathe bestätigte den Termin. Eine Stunde hin oder her würde bei Leitner schon nichts ausmachen.

Leitner stand in absoluter Dunkelheit in dem Tank. Aus Versehen war er mit dem Kopf einmal unter Wasser getaucht, und die Stirnlampe hatte offensichtlich kein wasserdichtes Gehäuse. Der Wasserspiegel schwappte nun noch eine Hand breit unter seiner Nase, wenige Zentimeter unterhalb seines Mundes. Der Druck auf seiner Brust löste Beklemmungen aus, in seiner Todesangst fiel es ihm schwer zu atmen. Es konnte sich nur noch um Minuten handeln, bis sein Schicksal besiegelt war. Wo war Agathe? Sie musste doch kommen!

Agathe stellte den BMW auf dem Seitenstreifen der Rosenberger Straße ab, löste einen Parkschein, legte ihn hinter die Scheibe und trat wenige Minuten später durch die Tür des Altstadt-Cafés.

Berthold Irrgang trug ein beigefarbenes Hemd, das in einer legeren Bluejeans steckte. Er erhob sich, um Agathe herzlich zu begrüßen. »Das sind die schönen Überraschungen des Lebens. Freut mich sehr, dass es spontan heute mit uns geklappt hat. Ich konnte mich schon früher loseisen.«

Agathe nahm Platz. »Ich hatte mich schon gewundert, dass

du dich nicht zurückmeldest. Aber umso schöner, ich freue mich auch.« Sie lächelte ihn verschmitzt an.

Er nahm die Speisekarte und reichte sie ihr. »Die Torten sind sehr empfehlenswert. Ich persönlich stehe ja auf Haselnusscreme.« Seine Augen leuchteten.

Agathe tippte auf ihre Hüften und seufzte: »Zu viel Süßkram ist nichts für mich. Ich denke, ich werde bei der versprochenen Tasse Kaffee bleiben.«

»Soll mir recht sein. Dann eben keinen Snack am Nachmittag. Aber ich hätte eine Bombenidee für den Abend. Siehst du das Gebäude auf der anderen Straßenseite? Das weiße Haus?«

Sie linste an ihm vorbei und las »Sperber-Bräu« auf dem Schild. »Du meinst den Gasthof?«

Irrgang nickte. »Wenn wir jetzt auf kulinarische Genüsse verzichten, dann belohnen wir uns eben hinterher, wenn wir über dein Problem gesprochen haben. Beim Sperber kochen sie prima!«

Agathe war auf eine Abendbetreuung nicht vorbereitet gewesen, doch Irrgangs Art hatte etwas, dem sie sich nicht entziehen konnte.

»Oder hast du heute noch etwas Wichtiges vor?«

Agathe dachte an Leitner, den sie versprochen hatte abzuholen. »Im Augenblick nicht. Aber in ungefähr einer Stunde muss ich meinen Kollegen nach Hause fahren.«

»Und ... danach?«

Agathe sah in Irrgangs braune Augen und überlegte flink, ob sie einen Termin erfinden sollte. Aber keines der Notfallsysteme in ihrem Körper sprang an, und so ertappte sie sich dabei, wie ihre Mundwinkel leicht nach oben wanderten.

Irrgangs Lächeln wurde daraufhin zwar nicht breiter, schien aber noch heller zu strahlen als zuvor. »Dann schlage ich vor, dass du mir erzählst, worum es geht. Dann kannst du das mit deinem Kollegen umso schneller hinter dich bringen, und umso schneller sitzen wir bei einem feinen Hirschbraten.«

Gerhard Leitner hatte jegliches Zeitgefühl verloren. Er wusste nicht, wie lange er schon im Tank gefangen war. Das Wasser stand bis kurz unterhalb seiner Nase, und eigentlich war er sich sicher, dass er schon längst hätte tot sein müssen. Warum nur waren die Minuten des Todeskampfes so lang? Er versuchte immer noch, sich so ruhig wie möglich zu verhalten, sich jede Sekunde Leben zu erkämpfen. Prustend blies er das Wasser aus seinem Mund und zuckte im selben Moment zusammen. Wenn er prusten konnte, hieß das dann nicht, dass der Wasserspiegel sank? Angestrengt lauschte er in die Dunkelheit. Es kam ihm wirklich so vor, als hörte er das Wasser abfließen! Er wartete. Eine Minute. Zwei Minuten. Das Wasser ging ihm nur noch bis zu seinem Hals und sank weiter. Leitner begann zu zittern. Würde sich der Tank ganz leeren?

Die nächsten Minuten kamen ihm vor wie Tage, aber der Wasserspiegel ging immer weiter zurück. Irgendwann spürte er, wie das Wasser nur noch seine Gummistiefel umspülte, und stapfte in Richtung des Mannloches. In der Finsternis fand er die richtige Stelle an der Tankwand nicht auf Anhieb, erfühlte dann jedoch die Aussparung und ging davor in die Hocke.

Von außen schien jemand knarzend die Hebel der Luke aufzuschrauben, und Leitner riss den Deckel auf. Das plötzliche Neonlicht blendete ihn, er konnte nur zwei Hände erkennen, die sich ihm entgegenstreckten. Er trat mit aller Wucht dagegen, und jemand fluchte. Eine Frau.

Leitner war es egal, wie er aus dem Tank wieder rauskam, aber er wollte *sofort* hinaus! Er drehte sich auf den Bauch, schob seine Füße durch die Luke, rutschte mit den Händen am nassen Deckel ab und fiel schließlich den letzten halben Meter unkontrolliert auf den gefliesten Hallenboden. Er landete auf seinem Steißbein, das sogleich einen stechenden Schmerz seinen Rücken entlangsandte.

»Du blöder Hund!«, schrie Iris Staudinger und klemmte sich die linke Hand unter die rechte Achselhöhle. »Das hat sauwehgetan!«

Leitner rappelte sich schwer atmend auf die Knie. Ganz langsam hob er einen Zeigefinger und drohte: »Das hast du nicht umsonst getan.«

»Was habe ich getan? Wer hat denn die Luke zugemacht?«

Leitner stand mit so viel Grazie wie möglich auf. »Spiel jetzt nicht Depperles mit mir«, sagte er. »Du hast die Luke von außen zugezogen und mich da drin eingesperrt. Und dann hast du das Wasser aufgedreht, sodass ich fast abgesoffen wäre!«

Iris Staudinger wirkte zum ersten Mal seit ihrem Kennenlernen vor zwei Tagen verbindlich, als sie sagte: »Aber ich war doch gar nicht mehr auf dem Brauereigelände, sondern in Amberg bei der BayWa. Kannst nachfragen.«

Leitner wollte einen Schritt tun, aber seine Knie gaben nach, und er torkelte.

Sie lief zu ihm und stützte ihn. Er machte Anstalten, sie wegzustoßen, aber sie war stärker und hakte ihn unter. »Jetzt gehen wir erst mal raus hier«, sagte sie.

»Wohin?«, fragte er misstrauisch.

»In meine Wohnung. Die ist ganz in der Nähe von der Brauerei, und du kannst dich dort in die heiße Wanne legen. Du bist ja völlig unterkühlt.«

Leitner war noch immer skeptisch, aber von seinem unfreiwilligen Bad noch so kaputt, dass er ihr ohne Widerworte folgte. »Wenn ich den erwische, der mich da eingesperrt hat«, fluchte er leise. »Der kann sich jetzt schon mal warm anziehen.«

16

Ein angenehmer Duft nach Kiefernnadeln waberte durchs Badezimmer, als Leitner sich in das heiße Badewasser gleiten ließ. Iris Staudinger hatte es ihm eingelassen und dabei einen Badezusatz verwendet. Über Leitners Körper schwappten dichte Schaumkronen ineinander und knisterten leise, als ihre kleinen Bläschen platzten. Eine Minute lang lag er regungslos in der Wanne und spürte, wie ein Großteil der Anspannung, die vor wenigen Augenblicken noch in seinem Körper gesteckt hatte, aus ihm herausfloss und sich im heißen Wasser auflöste.

Als der Nebel in seinem Kopf sich ein wenig lichtete, wanderten seine Gedanken zu Iris Staudinger. Verblüfft stellte er fest, dass er ihr glaubte. Es wäre nicht plausibel gewesen, ihn im Tank ertrinken lassen zu wollen, nur um ihn kurz davor wieder zu befreien. Er konnte sich nicht vorstellen, dass das einer ihrer derben Scherze gewesen war. Diese hatte sie zuvor immer kommentiert und damit eine Lektion verbunden. Der Schrecken in ihrem Gesicht, als er aus dem Tank ins Freie gekrabbelt war, war echt gewesen. Aber wer hatte ihn dann auf diese teuflische Art und Weise loswerden wollen?

Als sich die Badezimmertür plötzlich öffnete, erschrak Leitner und versicherte sich schnell, dass der Schaum seine Blöße bedeckte.

»Wirst du langsam wieder?«, fragte Iris Staudinger. Noch immer klang ihre Stimme recht schroff.

»Jaja, passt schon.«

Sie blieb in der Tür stehen.

Leitner drehte seinen Kopf ratlos hin und her. »Kann ich dir irgendwie helfen?«

Iris Staudinger grinste, ging an ein Schränkchen, das vor dem Badezimmer im Flur stand, und entnahm ihm ein Kleiderbündel, das sie vor die Badewanne auf den Boden warf. »Das ist ein alter Jogginganzug. Der könnte dir passen.« Sie nahm Leitners nasse Arbeitshose und sein Hemd vom Waschbecken. »Zieh's so lange an, bis dein Glump wieder trocken ist. Aber das dürfte bei dem Wetter ja schnell gehen. Ich häng's mal auf den Balkon.« Sie griff seine Klamotten, verschwand damit und schloss hinter sich die Tür.

Für weitere zwanzig Minuten genoss Leitner die Stille und das warme Bad, dann trocknete er sich ab und schlüpfte in den Trainingsanzug. Er fand Iris Staudinger im Wohnzimmer, wo sie es sich auf der ausladenden Eckcouch bequem gemacht hatte.

»Ein bisschen zu groß bist du dafür schon«, kicherte sie bei seinem Anblick.

Er sah an sich hinab und lachte mit. Die Hose und das Oberteil waren ihm zu kurz, sodass an seinen Hüften ein Streifen nackter Haut blieb.

Während Iris Staudinger neugierig seine Tattoos betrachtete, die sich von seinem Oberkörper bis zu den Lenden schlängelten, besah auch Leitner sich seine Arbeitskollegin etwas genauer. Sie trug eine kurze Hose und hatte sich ein olivgrünes Bundeswehr-Unterhemd straff in deren Bund gesteckt. Ihre üppigen Brüste waren beim besten Willen nicht zu ignorieren, weil sie zu einem guten Teil von dem Unterhemd nicht verdeckt wurden. Sein Blick fiel auf ihre Beine. Blasse, aber makellose Haut. An ihrem linken Knöchel entdeckte er ebenfalls ein Tattoo, ein in sich verdrehter Ring, der das gesamte Fußgelenk umspannte.

»Magst auch ein Bier?« Sie stand auf und ging zu dem Kühlschrank in ihrer offenen Küche.

»Schon«, sagte Leitner, schnaufte tief durch und ließ sich auf die Couch fallen. »Was für ein Tag.«

Nach dem charakteristischen Zischen, verursacht durch das Entfernen zweier Kronkorken von den Flaschen, setzte sich Iris Staudinger nah neben ihn und zog ihre Beine schräg an, sodass sie nun halb auf der Couch kniete. »Glas wirst du ja keins brauchen, oder?«, fragte sie und reichte ihm ein Helles.

»Flaschenkind«, antwortete Leitner.

Nachdem sie angestoßen und einen kräftigen Schluck genommen hatten, sagte sie: »Was denkst du grad?«

Leitner taxierte sie. »Ich überlege, wer den Tank zugeschraubt und das Wasser aufgedreht haben könnte.«

Sie sah ihn ernst an. »Ich war's nicht. Ich war in der Zeit wirklich bei der BayWa.«

Leitner trank nochmals von seinem Bier und schüttelte dann ungläubig seinen Kopf. »Und der Jochen war's bestimmt auch nicht. Der war immer sehr freundlich zu mir, seit ich bei euch angefangen habe.«

Iris Staudinger sah mit einer gewissen Leere im Blick auf das Etikett ihrer Bierflasche. »Glaub dem ja nix. Das ist ein falscher Hund.«

»Meinst du das im Ernst?«

»Der tut dir vornrum scheißfreundlich ins Gesicht, und hintenrum haut er dir das Hackl ins Kreuz.«

Leitner erwog, ob das eben Gehörte wahr sein konnte, doch bevor er damit fertig war, schob sie mit ihrem Zeigefinger sein Jogginganzugoberteil ein bisschen nach oben.

»Ich wollte nur mal sehen, wo deine Tattoos losgehen.«

»Das hättest du mich auch fragen können.«

Iris Staudinger stellte die Bierflasche auf den Tisch und zog nun mit beiden Händen das Oberteil bis an sein Kinn.

Leitner hatte mit vielem gerechnet, aber damit nicht.

»Hände hoch!«, wies sie ihn an.

Er gehorchte, und sie streifte den Pullover über seinen Kopf. Er landete in hohem Bogen auf dem Boden, und sie betrachtete ihr Werk. »Was schaust denn so blöd?«, fragte sie, als sie Leitners überraschtes Gesicht sah, aber nicht mehr in ihrem Kasernenton, sondern mit angenehm rauchiger Stimme und in cis-Moll.

Leitner zuckte mit den Schultern. »Ich habe halt gedacht ...«

»Was denkt er denn schon wieder?«

»Ich habe gedacht, du magst mehr die Frauen.«

»Hat dir das der Jochen gesagt?« Als Leitner schwieg, lächelte sie verführerisch, beugte sich ihm entgegen und gab ihm einen zarten Kuss. »Da siehst du mal, dass der nur Scheiße labert.«

Ihre Ausstrahlung wirkte auf ihn magnetisch. »Ich verstehe. Also … keine Frauen.«

»Ich habe nichts dagegen, wenn noch eine zweite Frau mitspielt«, sagte sie im Brustton der Selbstverständlichkeit, »aber zuerst mal brauche ich einen gescheiten Kerl.« Sie küsste ihn ein zweites Mal, diesmal deutlich länger.

Leitner hatte seine Überraschung überwunden, seinen Arm um Iris Staudinger gelegt, und während sie sich weiterküssten, drehte er sie von sich weg mit dem Rücken zur Couch, sodass nun er die Oberhand hatte. Gestützt auf die Polster, lag er über ihr, strich ihr mit einer Hand sanft über ihre Haare und sagte mit Genugtuung: »Eigentlich ist das nur gerecht.«

»Was?«, fragte sie und räkelte sich wohlig unter ihm.

»So, wie du anfangs mit mir umgesprungen bist, bekomme ich jetzt endlich einmal eine Behandlung, bei der ich nicht um mein Leben fürchten muss.«

In ihren Augen loderte ein dunkles Feuer auf. »Irrtum!«, fauchte sie, und Leitner spürte einen aufreizenden Schmerz, als sich ihre Fingernägel in seinen Rücken gruben und unsanft ihre Spur nach unten zogen.

17

Im Altstadt-Café wartete Agathe auf eine Antwort.
Berthold Irrgang hatte ihren Ausführungen aufmerksam gelauscht, schürzte die Lippen und sagte dann mit Zweifel in der Stimme: »Tja, was kann ich dir über den Johannes Grabinger sagen? Er war ein sehr fleißiger Mann. Die Brauerei war sein Leben.«
Agathe harrte geduldig weiterer Informationen.
»Aber wenn du mich fragst, ob jemand Interesse an seinem Tod gehabt hat ...« Er blies Luft durch seine Lippen. »Ich weiß nicht, inwieweit sein Bruder oder seine Frau von seinem Tod profitieren, aber ich schätze, dass es beiden auch zu Johannes' Lebzeiten schon gut gegangen ist.«
Eine gewisse Enttäuschung machte sich in Agathe breit. Das klang leider nachvollziehbar. »Wie lange kanntest du ihn?«
»Seit unserer Kindheit. Er war nur zwei Jahre älter als ich.«
»Und ihr habt euch gut verstanden?«
Irrgangs Gedanken wanderten in die Vergangenheit, und ein leichtes Schmunzeln erschien auf seinem Gesicht. »Mei. Gut verstanden. Damals, als wir kleine Kinder waren, hat's immer Streitereien und Gerangel gegeben, aber das war normal. In der Schulzeit haben wir uns nicht mehr so häufig gesehen.«
Agathe war sich nicht ganz sicher, wie sie diese Antwort einordnen sollte. Nach einer Weile fragte sie: »Hattet ihr später mehr miteinander zu tun?«
Dies verneinte Irrgang. »Der Johannes hat die Familienbrauerei übernommen, und ich bin recht früh im Studium nach Amerika gegangen.«
»Stimmt, das hattest du schon gesagt. Wohin noch mal genau?«
»Nach Boston. Zum MIT, das ist das Massachusetts Institute of Technology. Im Prinzip eine große Ideenschmiede wie das Silicon Valley.«

»Wo sie die ganzen Computersachen erfinden.«
»Richtig. Im Valley war ich dann nach dem Studium.«
»Was bist du denn dann genau von Beruf? Computerfachmann? Oder ein Entwickler? Ich weiß nicht genau, wie man die Berufe heutzutage nennt.«
Irrgang schmunzelte wieder. »Die Bezeichnungen werden auch immer komplizierter. Es gibt heute fast keinen einzelnen Beruf mehr in dieser Branche, jeder kann in mindestens vier oder fünf verschiedenen Bereichen tätig sein.«
Agathe tat hilflos. »Und wie verbringst du dann deinen Tag?«
»An Arbeit fehlt es mir garantiert nicht«, sagte Irrgang und sah sie weltmännisch an. »Zumeist bin ich in der Entwicklung tätig. Besuch mich doch einfach mal in meiner Firma.«
»Du hast eine eigene Firma?«
»Mit der ich an der Weltspitze mitmischen will.«
Agathe hatte das Gefühl, dass ihr der letzte Satz eigentlich als großkotzig hätte aufstoßen müssen, aber das war nicht der Fall. Irrgang schien einfach nur seinen Platz auf dem Markt zu kennen. Sie dachte kurz an Leitner, der ihr in den letzten Wochen erzählt hatte, dass sich die Oberpfalz vom einstigen Armenhaus Bayerns zum Bezirk mit der niedrigsten Arbeitslosigkeit entwickelt hatte. Unter den in der Region ansässigen Firmen waren nicht wenige Global Player, und ein beachtlicher Teil davon gehörte in der Tat zur Weltspitze in der jeweiligen Branche. »Jetzt hast du mich wirklich neugierig gemacht«, sagte Agathe.
»Dann lade ich dich hiermit nochmals herzlich ein. Ich möchte dir zeigen, was ich in den nächsten Jahren aufbauen werde.«
»Gern.« Agathe überlegte einige Sekunden. Dann sagte sie: »Kennst du eigentlich auch Grabingers Frau? Also, seine Witwe, meine ich?«
»Die Jospina? Ja, aber nicht besonders gut. Hast du sie schon getroffen?«
Agathe verneinte.

»Dann bin ich gespannt, was du zu ihr sagst. Bei uns in der Oberpfalz nennt man so eine ›eine spinnerte Urschel‹, übersetzt: ein verrücktes Huhn.«

»Ich habe schon gehört, sie soll sich sehr bunt kleiden.«

»Das kann man mit Fug und Recht behaupten. Und einen Puppenspleen hat sie auch. Ich war nach einem Festbesuch mal kurz zu Hause bei denen. Im ganzen Haus Puppen. Sie zieht sie an wie Schulkinder aus dem vorletzten Jahrhundert. Grauenhaft.«

Agathe lief ein Schauer über ihren Rücken.

Irrgang wechselte das Thema. »Wie geht es eigentlich deinem Freund, den du in Amberg auf dem Bergfest dabeihattest?«

Agathe dachte beschämt an den Tag zurück. »Ich habe dir ja schon auf dem Annaberg gesagt, dass das nicht mein Freund ist.« Kleinlaut fügte sie hinzu: »Jedenfalls nicht mehr.«

Irrgangs Blick zeigte unmissverständlich, dass er diese Entwicklung für eine gute hielt. »War schon ein kerniger Knabe. Hat er sich wegen seinem angeblichen Leichenfund wieder beruhigt?«

Agathe kramte ihr Handy hervor. »Es wäre mir wirklich lieber, wenn wir diese Sache nicht vertiefen müssten.«

»Passt schon, lassen wir es Geschichte bleiben. Hätte er keinen Scheiß erzählt, wären es ja auch mittlerweile drei Leichen, und ich finde zwei auf zwei Bergfesten schon genug.«

Abwesend sah Agathe auf die Uhr ihres Telefons.

»Wollen wir uns nachher weiterunterhalten?«, fragte Irrgang. »Dann fahr jetzt deinen Kollegen nach Hause, und ich reserviere in der Zwischenzeit einen Tisch drüben. Bis wann kannst du wieder zurück sein?«

Agathe steckte das Handy weg und schüttelte schweren Herzens den Kopf. »Ich nehme einen Gutschein für ein anderes Mal. Wenn ich den Gerhard jetzt abhole, werden wir abends in Schwandorf bleiben.«

Irrgang zögerte keine Sekunde, bevor er erwiderte: »Auch gut. Ich freue mich jetzt schon auf unser Abendessen. Aber der Besuch in meiner Firma steht noch? Wie sieht es morgen zeitlich bei dir aus?«

»Müsste gehen«, antwortete Agathe nach kurzer Überlegung.

»Dann morgen Vormittag. Ich bin da, du brauchst keine Anmeldung. Und bring deinen Kollegen mit.«

»Der wird wahrscheinlich keine Zeit haben. Er ermittelt ja zurzeit in der Grabinger-Brauerei. Wo muss ich eigentlich hin?«

»Du fährst an unserem Gebäude vorbei, wenn du Gerhard abholst. Das längliche vor der Brauerei.«

»Ganz schön groß für einen Computerladen.«

»Nun, es ist auch weit mehr als ein Computerladen. Wie gesagt: Ich habe noch einiges vor.«

Nachdem Irrgang darauf bestanden hatte, die Rechnung zu bezahlen, machte sich Agathe auf den Weg zur Grabinger-Brauerei, diesmal freilich mit besonderer Aufmerksamkeit auf die erwähnte Firma von Irrgang. Eine weiße Halle mit einem dezenten Logo, das ihr schon früher ins Auge gefallen war. Jetzt erkannte sie, dass es die Buchstaben B und I – für Berthold Irrgang – zeigte, die ineinander übergingen und mit einer dynamischen dreifachen Linie unterstrichen waren. Es wirkte wie das Zeichen einer Automobilfirma. Ein Schild verriet den offiziellen Namen des Betriebes: BI-Technologies.

Einige hundert Meter weiter auf dem Brauereigelände sah Agathe sich suchend um, konnte aber zunächst niemanden entdecken. Endlich kam ein Mann in mittlerem Alter in Latzhosen vorbei, den sie nach Leitner fragte. Er erwiderte, dass er schon gegangen sei.

Zurück im X5 checkte Agathe ihr Handy, ob ihr vielleicht eine Nachricht entgangen war. Da das nicht der Fall war, rief sie Leitner kurzerhand an. Statt des Wähltons erklang lediglich die Mailbox-Ansage und danach der vorhersehbare Piepton. »Ich fahre jetzt nach Hause, Gerhard. Wenn du noch was brauchst, ruf mich kurz an. Bis später!«, hinterließ sie ihre Nachricht und startete dann in Richtung Schwandorf.

Nach einer knappen Dreiviertelstunde – der Berufsverkehr durch Amberg war ganz schön dicht gewesen – stellte sie ihren Wagen in der Klosterstraße ab und ging in ihre Wohnung. Im Flur warf sie als Erstes ihr Handy, den Schlüssel und die kleine Handtasche auf das Tischchen, bevor sie die Küche betrat und die Post durchsah, die sie aus dem Briefkasten genommen hatte.

Plötzlich meinte Agathe, aus dem Badezimmer nebenan ein Geräusch gehört zu haben. Sie sah kurz auf, horchte, aber da war nichts. Doch als sie in der Küchentür stand, weil sie ihr Handy aus der Tasche holen wollte, streckte sich ihr ein nackter Hintern entgegen. Agathe musste zweimal hinsehen, um es zu glauben. Es war der perfekt geformte, makellose Po einer jungen Frau. Agathe war vor lauter Überraschung unfähig, ihren Blick abzuwenden, als er sich rhythmisch hüpfend auf sie zu bewegte.

Eine hohe Stimme trällerte: »Wird aber auch Zeit, dass du heimkommst. Ich warte schon so lange auf dich. Jetzt sag wenigstens Hallo zu mir.« Das wackelnde Hinterteil näherte sich Agathe im Rückwärtsgang bis auf wenige Zentimeter.

»Hallo!«, sagte sie schroff.

Wie von der Tarantel gebissen fuhr die Nackte herum, und Agathe erkannte in ihr Nadine, die einige Schritte zurücktaumelte. »Scheiße, hast du mich jetzt erschreckt!«

»Ich dich?«, gab Agathe perplex zurück.

»Weil ich doch geglaubt habe, du bist der Gerhard.«

»Das habe ich mir schon gedacht, dass du dich nicht für mich so schick angezogen hast.« Agathe blickte an Nadines entblößtem Körper hinab und musste neidlos anerkennen, dass Leitner Geschmack hatte, wenn es um das Aussehen seiner Gespielinnen ging. Von oben bis unten war an Nadine nichts verdeckt, außer die Brustwarzen. Agathe blieb vor Staunen der Mund offen stehen. An ihnen war je eine frische Erdbeere befestigt.

Nadine hatte ihr Schamgefühl abgelegt und ging an Agathe vorbei ans Fenster. »Das tut mir jetzt wirklich leid, aber der

Gerhard hat gemeint, heute wäre er dran mit der Wohnung. Ihr habt doch da euren Stundenplan. Er hat mir letzte Woche einen Schlüssel gegeben.«

Agathe dachte nach, und was Nadine sagte, stimmte. Laut ihrer Absprache hätte Leitner an diesem Abend das uneingeschränkte Nutzungsrecht gehabt.

»Kommt der Gerhard denn noch?«, fragte Nadine.

Agathes Blick hing immer noch an den Erdbeeren, als sie antwortete: »Ich schätze, dass er jeden Moment auftauchen müsste.«

»Komisch, weil ans Telefon geht er nicht.«

»Ich weiß, da habe ich es auch schon versucht.« Einige Sekunden verstrichen, bevor Agathe es vor Neugierde nicht mehr aushielt. »Es geht mich ja nicht das Geringste an, aber ... wie zum Teufel hast du diese Dinger an deinen Nippeln befestigt?«

Nadine sah sie mit ihren Rehaugen an, als hätte sie nicht ganz verstanden. »Was? Ach so.« Sie zupfte sich die Erdbeere von ihrer linken Brust und schob sie sich in den Mund. Darunter kam ein relativ großes Piercing mit zwei geschwungenen Kronen an jedem Ende zum Vorschein. »Das hält ganz gut. Ich habe auch runde Stecker, aber mit denen funktioniert es nicht.« Sie pflückte die andere Beere und hielt sie Agathe hin. »Auch eine?«

»Nein, danke, ich will mir den Appetit fürs Abendessen nicht verderben.«

Also steckte Nadine auch die zweite Erdbeere in den Mund und kaute schmatzend darauf herum. Sie zeigte keinerlei Anzeichen von Hektik oder Eile. »Ja mei, Gerhard wird schon kommen. Pressiert hat es ihm ja anscheinend, sonst hätte er mich gestern nicht herbestellt.« Mit einem Blick auf Agathe, die immer noch nicht glauben konnte, was für einem Schauspiel sie beiwohnen durfte, fragte Nadine: »Es ist doch Gerhards Tag? Oder bist du heute dran?«

Schnell schüttelte Agathe den Kopf. »Nein, nein, das geht schon in Ordnung so. Ich bin dann auch sofort wieder weg. Da oben gibt es das Café Fallier, wo sie gutes Bier haben sollen, das kommt mir jetzt gerade recht. Und du kümmer dich um Gerhards Vitaminmangel, wenn er kommt.«

»Um was für einen Mangel?«

Agathe verdrehte die Augen und ließ die nackte Nadine stehen. »Ich wünsche euch viel Spaß.«

»Merci, werden wir haben.«

18

Iris Staudinger lag in ihrem Bett auf dem Rücken, die dünne Steppdecke lose um sich gewickelt. Leitner kam eben aus dem Badezimmer.

»Schau, es gibt also doch Sachen, die man dir nicht lang und breit erklären muss«, sagte sie.

Er überlegte, ob er irgendeine schlaue Bemerkung zurückgeben sollte, entschied sich aber dafür zu schweigen und gab ihr einen leichten Klaps auf die Seite ihres Hinterns.

Sie kicherte frech und machte ihm Platz. Eine Weile lagen sie still nebeneinander.

»Wer hat mich in den Tank gesperrt?«, fragte Leitner dann.

Sie drehte sich zu ihm und kraulte seine Brust. »Das kann eigentlich nur der Dunk gewesen sein.«

»Aber der Jochen war doch immer so nett zu mir.«

Sie schnaubte verächtlich und hockte sich in einen Schneidersitz. »Ich hab dir vorhin schon gesagt, dass der Jochen so ziemlich der falscheste Mensch ist, der mir je begegnet ist. Der ist der Erste, der sofort zum Chef rennt und dich ans Messer liefert, wenn mal irgendwas nicht so läuft, wie es soll.«

»So nach dem Motto: ›Herr Lehrer, Herr Lehrer, ich weiß was!‹?«

»Genau.«

Leitner dachte mit aufeinandergepressten Lippen nach. Dann sagte er: »Wenn er es nicht war, bleibt ja neben dem Braumeister und dem Typen im Büro bloß der Heinz Grabinger.«

Iris Staudinger lachte auf. »Ich glaube nicht, dass der weiß, wie man in einem Gärtank die Luke vom Mannloch auf- und zumacht.«

»Erstaunlich, wenn man bedenkt, dass er und der Johannes Söhne einer Familienbrauerei sind.«

Iris Staudinger schnappte sich eine Bürste von ihrem Nachttisch und kämmte sich mit langen Zügen das Haar. »Das war anscheinend immer klar, dass der eine die Brauerei macht und der andere was anderes. Zumindest habe ich mir nur so erklären können, dass der Heinz sich so selten auf dem Gelände hat blicken lassen.«

»Aber noch mal zum Jochen: Warum sollte der wollen, dass ich ertrinke?«

»Ich kann mir das schon denken.«

»Da bin ich jetzt aber gespannt. Und komm mir bloß nicht wieder mit einem deiner Scherze von wegen, dass man so einen Idioten wie mich halt am besten ersaufen lassen sollte.«

Sie warf die Bürste zu Boden, schnurrte wie eine Katze, setzte sich rittlings auf Leitner und beugte sich zu ihm hinunter. »Ich habe dir doch vorhin schon gesagt, dass es ziemlich blöd wäre, wenn man so eine Schnecke wie dich einfach vergiften würde.« Sie saugte sanft an seinem Ohrläppchen, setzte sich wieder aufrecht ihn und massierte seine Brust. »Der Jochen wird um seine Zukunft gefürchtet haben.«

»Wieso?«

»Du hast doch gestern lautstark gefragt, ob es der Grabinger-Brauerei gut geht, weil man doch so viel vom Brauereisterben hört. Damit hast du intuitiv in ein Wespennest gestochen.«

Leitners Augen öffneten sich weit vor Verblüffung, während seine Hände scheinbar ohne sein Zutun anfingen, ihre Oberschenkel zu massieren. »Ihr wolltet verkaufen?«

»Nicht wir. Und ich schon gleich überhaupt nicht, aber mich hätten sie ja wahrscheinlich auch nicht gefragt. Aber der Heinz Grabinger, der ist dafür.«

»Und an wen?«

»An einen der großen Milliardenkonzerne, die unsere Bierlandschaft in den letzten Jahren schön langsam plattgemacht haben. AB InBev, Interbrew und wie sie und ihre Unterkonzerne alle heißen.«

»Woher weißt du das?«

»Frauen kriegen so was immer mit, weil die Männer sich unbeobachtet fühlen. So schlau, wie ihr meint, seid ihr nicht.«

Leitner ließ seine Hände zu ihren Hüften gleiten. »Biest …«

Sofort verstärkten ihre Fingernägel den Druck auf seine Brust.

Er schenkte ihr den Blick eines Gegners, der im Augenblick keinen Kampf provozieren will, und fragte skeptisch: »Aber was hat der Verkauf mit Jochen Dunk zu tun?«

Iris Staudinger nahm ihre Körperlotion, die neben anderen Utensilien auf dem Nachttisch stand, und gab einen Schuss davon auf Leitners Brust. Er zuckte kurz, als die kalte Creme mit seiner warmen Haut in Berührung kam, dann nahm Iris Staudinger ihre Massage wieder auf. »Der Dunk Jochen hat immer gemeint, dass er eigentlich einen höheren Posten haben sollte. Nur sind halt in einer kleinen Brauerei wie der unseren die Titel oder die Amtsbezeichnungen wurscht. Bei uns gehört die Arbeit gemacht, und zwar egal, von wem. Der Jochen wollte aber immer ins Büro und dann eine Bezeichnung wie ›Generalvertreter‹ oder ›Vertriebsleiter‹ oder irgend so was auf seiner Visitenkarte stehen haben.«

»Aber das hat der Johannes Grabinger nicht unterstützt?«

»Wie schon gesagt, bei unserer überschaubaren Belegschaft muss jeder die anstehende Arbeit erledigen, ein Titel entschuldigt für gar nichts.«

Leitner musste einen Moment nachdenken. »Das bedeutet, wenn der Johannes noch am Leben wäre …«

»Hätte es für die Karrierepläne vom Jochen Dunk schwarz ausgesehen.«

Leitner ließ die Info eine Sekunde auf sich wirken. »Aber wenn ein großer Konzern die Brauerei gekauft hätte, wäre vielleicht ein Posten für den Jochen drin gewesen?«

Iris Staudinger war fertig mit dem Eincremen und rollte sich wieder an Leitners Seite. »Kann doch gut sein, dass die Vertreter von den Multis dem Jochen einen guten Job in Aussicht gestellt haben, wenn er dafür im Vorfeld mithilft, den Verkauf vorzubereiten.«

»Stimmt …«

»Und dann bist du dahergekommen und hast davon geplappert, dass die Brauerei unbedingt erhalten werden sollte, weil du selber angeblich einen Job brauchst. In den Ohren vom Dunk müssen deine Worte bedrohlich geklungen haben. Vielleicht hat der gedacht, die Witwe vom Johannes hat dich geschickt.«

Leitner spitzte die Ohren. »Die Witwe?«

»Die ist auch dafür, dass die Brauerei in Familienbesitz bleibt. Genau wie ich. Aber keiner weiß, wer hier künftig noch was zu sagen hat. Ich meine, wer von den beiden Hinterbliebenen, seinem Bruder und seiner Witwe. Bestimmt hat den Dunk die Angst übermannt.«

»Weshalb er die Luke geschlossen und dafür gesorgt hat, dass ich eine nette Abkühlung bekomme.«

Iris Staudinger erwiderte nichts, und auch Leitner starrte einige Minuten stumm an die Decke. Schließlich sagte er: »Dann hätte aber theoretisch der Dunk auch ein Motiv gehabt, den Johannes aus dem Weg zu räumen.«

»Schon möglich.« Sie legte ihren Kopf neben seinen. »Was soll das ganze Vermuten eigentlich? Bist du jetzt unter die Kriminaler gegangen?«

»So ähnlich. Hast du mal dein Handy da? Meines ist im Vollbad draufgegangen, gibt leider keinen Mucks mehr von sich.«

Sie reichte ihm ihr Smartphone, und er tippte Agathes Nummer ein. Als sie abhob, waren im Hintergrund Wirtshausgeräusche zu hören. Er sagte ihr, er werde über Nacht wegbleiben und am nächsten Tag mit dem Zug von Sulzbach-Rosenberg nach Schwandorf kommen.

»Das ist gar nicht notwendig«, erwiderte Agathe. »Wir gehen morgen Vormittag zu Berthold Irrgang. Er will uns seine Firma zeigen, wird bestimmt spannend. Kannst du von der Brauerei weg?«

»Da muss ich sowieso nicht mehr hin, aber das ist eine zu lange Geschichte fürs Telefon.«

»Na gut, dann treffen wir uns morgen um zehn an der Firma. Die ist gleich neben der Brauerei und heißt BI-Technologies. Übrigens, ich schätze mal, der Grund, warum du heute nicht nach Hause kommst, ist ein weiblicher?«

Er sprach etwas leiser. »Ja.«

»Und das Telefon, von dem du anrufst, gehört dem weiblichen Grund?«

»Ja ...«

»Nun, wenn du möchtest, dann richte ich das später der Nackten aus, die ich vorhin in unserer Wohnung getroffen habe«, sagte Agathe genüsslich.

Leitner biss sich auf die Unterlippe.

Agathe fuhr fort: »Wenn ich wieder heimkomme, werde ich ihr erklären, dass dich ... der Verkehr aufgehalten hat.«

Leitner schlug sich mit der Hand vor die Stirn. »Das hatte ich wirklich vergessen!«

»Macht ja nichts, macht ja nichts. Ich werde schon die passenden Worte finden.«

»Aber mach keinen Sche–«

Agathe hatte bereits aufgelegt.

Leitner ließ das Telefon sinken und blickte Iris Staudinger an, die ihn während des Gesprächs aufmerksam beobachtet hatte.

»Probleme mit der Freundin?«, fragte sie scheinheilig.

»Jetzt nicht mehr«, sagte Leitner fröhlich, die Umstände akzeptierend. »Kann ich heute Nacht bei dir bleiben?«

Sie begann, seine Schultern zu küssen. »Ich bestehe sogar darauf.«

19

Agathe fuhr auf den Parkplatz vor der Halle, wo Leitner schon auf sie wartete. Er steckte immer noch in der – mittlerweile wieder getrockneten – Arbeitskleidung von gestern und wirkte nicht gerade fit.
»Na, ausgeschlafen?«, frotzelte sie.
»So halb«, sagte Leitner.
Agathe deutete auf den Eingang von Irrgangs Firmengebäude und schlug den Weg dahin ein. »Nur interessehalber ... wer war es denn?«
Leitner zögerte, aber letztlich fehlte ihm die Lust zu lügen. »Die Staudinger Iris. Von der Brauerei.«
»Ups!«, entfuhr es Agathe. »Da hast du dir aber ganz schön was vorgenommen. Deinen Erzählungen nach zu urteilen, hätte ich nicht gedacht, dass sie in dein Beuteschema passt.«
»In diesem Fall war ich auch weniger der Jäger als vielmehr die Beute.«
Agathe lächelte süffisant, und Leitner fügte hinzu: »Gestern ist so einiges passiert ...«
»Das kann ich mir lebhaft vorstellen.«
»So meine ich das nicht. Ich erkläre es dir später.«
Sie zog die Brauen nach oben, als würde sie mit einer Mischung aus Vorfreude und Fremdschämen seine Geschichte erwarten. »Soso ... Nun, so wie du aussiehst, fordert Hopfen mehr Leistung ein als Erdbeeren.«
»Bitte?«
»Das wiederum erkläre ich dir später.«
Leitner hatte keine Ahnung, wovon Agathe sprach, und schüttelte verständnislos den Kopf, als sie durch die Eingangstür gingen.
Der Raum, den sie betraten, war dezent mit kaltem Weißlicht beleuchtet und roch steril. Bildschirmsegmente, die je etwa einen Meter breit waren und vom Boden bis zur Decke

reichten, zierten die Wände. Auf ihnen liefen Videoclips, die für Computer, Laptops und andere elektronische Geräte warben. Als die Eingangstür hinter ihnen wieder ins Schloss gefallen war, kamen die farbenfrohen Motive auf den Bildschirmen noch intensiver zur Geltung.

»Das ist ja wie im 360-Grad-Kino hier«, sagte Leitner. »Beeindruckend. Sieht modern aus.«

Die einzelnen Videowände wechselten im regelmäßigen Turnus ihre Darstellungen, und Agathe und Leitner kamen sich vor wie auf einem Holodeck der Enterprise.

Agathe sah sich um. »Berthold hat gesagt, wir bräuchten uns nicht anzumelden. Aber wo steckt er denn?« Sie hielt nach einer weiteren Tür Ausschau, konnte aber keine finden. Es gab auch keinen Verkaufstresen, nur vor einer Videowand entdeckte sie auf einem schmalen Sockel einen Buzzer, einer der runden roten Knöpfe, auf die zum Beispiel in Quizsendungen Kandidaten drücken mussten, wollten sie antworten.

Agathe betrachtete die vier fluoreszierenden Pfeile, die von jeder Seite auf den Buzzer deuteten. »Das soll wohl heißen, dass man draufdrücken soll«, sagte sie. »Vielleicht kommt dann jemand.« Sie schlug sanft auf den Knopf, und sowohl sie als auch Leitner fuhren gehörig zusammen, als die Videowände plötzlich ein einziges Bild zeigten: das Gesicht von Berthold Irrgang, welches ihnen breit entgegenlächelte.

»Erschrocken?«, fragte er vergnügt.

»Kann man sagen«, gab Agathe zurück. »Kannst du uns sehen?«

»Schon seit ihr euch auf meinem Grundstück aufhaltet. Schön, dass es geklappt hat. Kommt doch einfach rein.«

»Gern. Nur ... wo?«

Die Lichter wurden etwas heller, und auch auf dem Boden erschienen plötzlich animierte Pfeile, die zur hinteren Wand führten. Zwei der Videowände öffneten sich wie eine Schiebetür und gaben den Weg ins Gebäudeinnere frei.

»Jetzt sind wir in Disneyland«, bemerkte Leitner trocken, dem zu viel technischer Schnickschnack verhasst war.

Als sie durch die Tür traten, kam Berthold Irrgang freudig auf sie zu. Er umarmte Agathe, gab ihr ein Küsschen auf jede Wange und reichte dann Leitner die Hand. »Schau, so sehen wir uns auch mal wieder. Willkommen in meiner Welt!« Mit großer Geste umfasste er die etwa dreißig Meter lange Halle, in der sie standen.

Direkt hinter der Schiebetür befand sich Irrgangs Arbeitsplatz. Er bestand aus einem Edelholz-Schreibtisch und einer Wand aus mehreren Monitoren. Ein bisschen wirkte er wie ein Mission Control Center der NASA. Der Schreibtisch war aufgeräumt, die wenigen Utensilien lagen ordentlich an ihren Plätzen. Hinter dem Arbeitsbereich standen allerlei technische Geräte, deren Sinn und Zweck weder Agathe noch Leitner bekannt waren. Es waren teils rechteckige Kästen mit modernen Kunststoffgehäusen, teils formlose Kisten ohne Abdeckungen, in deren Eingeweiden es surrte und gelb, rot und grün blinkte. In der Halle war es merklich wärmer als im Vorraum, obwohl Agathe an der Decke Klimaanlagen sah, die hörbar Kaltluft produzierten.

»Und das sind die Geräte, die du verkaufst? Was ist das?«, fragte sie verwirrt.

Irrgang lehnte sich an einen der mannshohen Kästen. »Diese Dinger verkaufe ich nicht. Das sind nur die Werkzeuge, die ich für meine eigentliche Arbeit brauche. Das hier zum Beispiel ist ein 3D-Drucker.« Er deutete auf den Kasten an seiner Seite.

»Ein Drucker?«, fragte Leitner erstaunt.

»Ein dreidimensionaler Drucker«, korrigierte ihn Irrgang.

»So was habe ich schon mal in Klein gesehen. Der kann dir ein Klingelschild deiner Wahl drucken. Oder kleine grüne Yodas aus Star Wars. Das ist ja wirklich nett.«

Agathe schoss einen warnenden Blick in Leitners Richtung.

»Stimmt, Kleinkram kann man damit auch machen. Aber ich bin in einem anderen Bereich tätig. Wenn du jetzt zum Beispiel eine neue Hüfte brauchen würdest, könnte ich sie vermessen und dann eine exakte Kopie deines Gelenks anfertigen, die nie wieder kaputtgeht.«

»Danke, aber so weit ist es noch nicht.«

Irrgang überließ Leitner seiner Schmollstimmung und wandte sich an Agathe: »Gehst du gern shoppen?«

Agathe war perplex. »Shoppen? Natürlich, aber was hat das …?«

»Wart's ab.« Irrgang deutete auf einen flachen Kasten auf dem Boden. »Zieh mal deine Schuhe aus und stell dich da rein.«

Agathes Neugier war geweckt, und sie tat wie geheißen. »Was passiert jetzt?«, fragte sie unsicher.

»Keine Angst, tut nicht weh.« Irrgang drückte ein paarmal auf dem Touchscreen des großen Kastens zu seiner Seite herum, und Agathes Füße wurden von Laserstrahlen umspielt.

»Huch!«, entfuhr es ihr, als die grünen Lichtblitze futuristische Muster auf ihre Knöchel zeichneten.

Leitner beobachtete das alles sichtbar frustriert.

Nachdem die Lichtshow vorbei war, sah Irrgang Agathe abschätzig an. »Dunkelbraunes Nappa dürfte zu deinem Stil passen.« Er programmierte etwas ein, während Agathe gespannt und Leitner genervt warteten. Schließlich bestätigte er einen letzten Befehl, und in dem großen Kasten begann es zu summen. »Ich habe deine Füße bis auf einen zehntel Millimeter genau vermessen«, erklärte er. »Dann habe ich ein Material ausgesucht, das dir schmeicheln könnte. Und jetzt müssen wir nur noch ein bisschen Geduld haben.«

»Warum?«, fragte Agathe.

»Na, wenn er schon Hüftgelenke drucken kann, dann wird er wohl auch ein Paar Schuhe hinbringen«, blendete Leitner sich ein.

»Aber nicht irgendwelche Schuhe, Gerhard«, sagte Irrgang. »Passgenau und exakt in dem von dir gewünschten Stil. Das ist die Zukunft.« Er wandte sich zu Agathe und wiederholte sein Credo. »Das ist die Zukunft. Ich kann dir Zahnprothesen, Taschenmesser oder Autoteile drucken. Oder aus Proteinen Schnitzel und Currywurst. Letztens habe ich sogar gedruckten Kaffee getrunken, der schmeckt zwar noch nicht wirklich, aber dahin geht die Reise.«

Leitner schnaubte verächtlich. »Gedruckter Kaffee, so weit kommt's noch!«

»Falsch, Gerhard, so weit ist es schon. Ob es uns gefällt oder nicht«, versicherte ihm Irrgang.

»Das ist ja unglaublich«, staunte Agathe. »Ich habe zwar gewusst, dass technisch heute fast alles möglich ist, aber so etwas sehe ich zum ersten Mal.«

Wieder fuhr Leitner dazwischen. »Das Einzige, was ich sehe, ist, dass die Leute in Zukunft sich noch weniger um gutes Essen kümmern werden und wohl auch die Schuhläden zumachen müssen. Na, besten Dank.«

Irrgang bedachte Leitner mit einem resignierten Blick, den man sonst einem bockenden Kleinkind schenkt. Dann rief er: »Kopernikus!«

In einer Ecke erwachte eine Apparatur zum Leben: Sie sah aus wie der Oberkörper eines zu kleinen Mannes auf einer Plastikbox auf Rollen. Als sich der Kasten dem Trio näherte, wichen Leitner und Agathe instinktiv zurück. Der Oberkörper war angezogen wie ein Dienstbote aus einem amerikanischen Film der fünfziger Jahre: rote Jacke, weißes Hemd, blaue Krawatte und rote Kappe. Er drehte seinen Kopf und fuhr auf Leitner zu.

»Ich bin Kopernikus! Wie kann ich Ihnen helfen? Möchten Sie Musik hören, oder darf es eine Tasse Kaffee sein?«, fragte der Roboter mit erstaunlich warmer Stimme.

Leitner fühlte sich sichtlich unwohl und suchte den Blickkontakt mit Irrgang.

»Das ist Kopernikus, ein Prototyp. Rede mal mit ihm.«

Leitner besah sich den Puppenoberkörper genauer. Die künstliche Haut und die Augen ekelten ihn an. »Und wenn ich bei dem Kaffee bestelle, dann druckt er mir einen aus?«

Irrgang lachte laut. »Nein, natürlich nicht. Aber Kopernikus ist wie heute üblich mit anderen Geräten, die über eine Schnittstelle verfügen, vernetzt. Jetzt sag halt was zu ihm.«

»Kannst du mir einen Cappuccino machen?«, fragte Leitner widerwillig.

»Kommt sofort!«, rief Kopernikus freudig, und in der gleichen Ecke, aus der er gekommen war, leuchtete das Display eines Kaffeevollautomaten auf, der dort stand.

»Aber holen muss ich die Tasse schon noch selbst, oder?«, fragte Leitner.

»Nicht doch!«

Ungläubig sahen Agathe und Leitner, wie Kopernikus zur Kaffeemaschine fuhr, der Arm der Puppe nach oben ging und mit mechanischer Hand den Kaffeebecher ergriff.

»Tauscht mal die Plätze«, sagte Irrgang leise zu Leitner und Agathe.

So geschah es, und als Kopernikus das Heißgetränk Leitner bringen wollte, hielt er kurz inne, scannte die Umgebung und steuerte ihn direkt an.

Leitner nahm den Pappbecher, unfähig, etwas zu sagen. Auch Agathe war bass vor Erstaunen.

Irrgang sagte nicht ohne Stolz in der Stimme: »Mittlerweile kennt jeder Siri und Alexa, aber Kopernikus macht die Kombination aus Hardware und Software aus. Du kannst ihn alles fragen, er weiß immer die Antwort, weil ihm das gesamte Wissen des Internets zur Verfügung steht. Er kann kommunizieren, er kann Ware bestellen und dafür für dich eine Auswahl an Produkten treffen. Wenn du zu ihm zum Beispiel sagst: ›Ich möchte heute für zwei Personen italienisch kochen‹, dann berechnet er, dass dir heute wahrscheinlich nach Spaghetti bolognese der Sinn steht. Anschließend gleicht er Rezepte ab, bestellt bei hellofresh oder einem anderen Lieferanten die notwendigen Zutaten, nimmt die Überweisung vor, und nur wenig später steht der Lieferservice vor der Tür.«

»Grauenhaft«, stöhnte Leitner.

Agathe ignorierte ihn und sagte stattdessen: »So eine Art von Hightech hätte ich hier in der Region nie erwartet.«

Irrgang ging zu seinem Sessel vor dem Schreibtisch und nahm Platz. »Die Oberpfalz wird Maßstäbe setzen. Tut sie zum Teil jetzt schon, aber mit meiner Hilfe wird ein ganz neues Kapitel aufgeschlagen.«

»Dann willst du von hier aus Spielzeugroboter und ausgedruckte Schnitzel in die ganze Welt verschicken?«, fragte Leitner mit einem gewissen Spott in der Stimme.
»Das sind doch bloß Spielereien zu Vorführzwecken, Gerhard. Für erwachsene Kinder.«
Als der große Kasten fiepte, ging Irrgang mit sichtbar diebischer Freude zur Eingriffsluke, klappte sie auf und holte ein Paar Schuhe hervor. Auf den ersten Blick sahen sie aus wie nagelneue Pradas.
»Ich glaube es nicht«, flüsterte Agathe.
»Probier sie an.« Irrgang nahm die Pumps heraus.
Sie schlüpfte hinein und lief einige Schritte hin und her. »Ich glaube es einfach nicht«, wiederholte sie. »Sie fühlen sich an wie echtes Leder und passen wie angegossen!«
»Freut mich, dass sie dir gefallen.«
»Wenn du also nicht Frauen mit künstlichen Schuhen beglücken willst, was möchtest du stattdessen mit diesen Geräten machen?« Leitner ließ nicht locker.
Irrgang drehte sich zu ihm. »Den gesamten Autosektor auf den Kopf stellen.«
Um der plötzlich frostigen Atmosphäre, die dieser Satz im Raum hinterlassen hatte, nicht noch mehr Platz zu geben, sagte Leitner verächtlich: »Du willst die Weltherrschaft über die Autobranche an dich reißen? Von Sulzbach-Rosenberg aus? Ist an dir etwa ein kleiner Blofeld verloren gegangen?«
Irrgang setzte sofort ein verbindliches Lächeln auf, was dem Erzfeind von James Bond nie passiert wäre. Ohne überheblich zu wirken, fuhr er in seiner Erklärung fort: »Weltherrschaft ist vielleicht ein etwas übertriebener Ausdruck, aber heutzutage ist die Welt eben auch nicht mehr so groß wie früher. Meine Entwicklungsergebnisse werden genauso schnell den Erdball umrunden, wie wenn ich dir aus Australien eine WhatsApp-Nachricht schicken würde.«
»Und was sind das für Ergebnisse?«, fragte Agathe.
Irrgang deutete auf seinen Roboter. »Der Kleine da hat doch gerade den Befehl ›Cappuccino‹ von Gerhard analysiert und

per WLAN an die Kaffeemaschine weitergeleitet. Das ist der Schlüssel.«

»Ach so, die viel gerühmte Digitalisierung«, meinte Leitner mit Abscheu.

Irrgang wedelte mit dem Zeigefinger. »Na ja, Digitalisierung ist eigentlich das falsche Wort. Dass immer mehr Prozesse digital gesteuert sind, ist zwar richtig, allerdings wächst die Zahl lang nicht mehr so rasant wie noch vor ein paar Jahren. Viel interessanter ist, was man mit den riesigen Datenmengen macht, die bisher durch die Digitalisierung entstanden sind. Wisst ihr, wie viel Prozent der Gesamtmenge es in den letzten zwei Jahren waren?«

»Mal sehen«, begann Agathe, »wenn man bedenkt, dass alle Betriebe die Kundendaten speichern … dazu die Universitäten und Ämter … da kommt im Jahr schon ganz schön was zusammen.«

»Gut, Agathe!«, ermunterte sie Irrgang, weiter in diese Richtung zu denken.

»Computer, so wie wir sie heute kennen, gibt es seit, sagen wir mal, fünfzehn Jahren. Und die erzeugen seit damals Daten.«

»Also, ich erwarte deine Schätzung.«

Agathe streckte in einer hilflosen Geste die Arme aus. »Fünfundzwanzig Prozent vielleicht?«

Irrgang kicherte in sich hinein und warf sich in Pose wie ein Magier, kurz bevor er das Tuch wegzieht und statt seiner Assistentin einen Tiger erscheinen lässt. Mit epischer Tiefe in der Stimme sagte er: »Neunzig! Neunzig Prozent aller Daten wurden in den letzten zwei Jahren erhoben. Und jedes Jahr werden es mehr!« Er zeigte wieder auf Kopernikus. »Ab genau diesem Punkt wird es spannend.«

»Ab welchem Punkt?«, fragte Leitner, gereizt von der Show, die Irrgang abzog.

»Ab dem Punkt, wenn man anfängt, aus den Daten Strukturen und Netzwerke zu erstellen«, erwiderte Irrgang ruhig.

»Sodass dann der Toaster mit der Waschmaschine spricht

und mein Rasierer mit dem Kühlschrank?« Leitner hoffte, dass damit das Thema endlich beendet wäre.

Doch Irrgang war nicht aufzuhalten. »Schau dir nur mal deinen BMW an«, sagte er zu Agathe. »In dem steckt ungefähr das Zehntausendfache der Computertechnologie, mit der die erste Rakete ausgestattet war, die Menschen auf dem Mond abgesetzt hat. Und trotzdem benutzen die meisten Leute die Technik nur dafür, um sich von dem Navi bis zur gewünschten Adresse lotsen zu lassen oder um über eine Unterhaltungs-App eine Folge von ›Bibi und Tina‹ runterzuladen, damit die Kinder auf der Fahrt still sind. Ich habe einige Forschungen betrieben und werde ein Auto bauen, das an Komfort und leichter Bedienbarkeit nicht zu übertreffen sein wird.«

Leitner hatte immer mehr das Gefühl, sich mit einem Größenwahnsinnigen zu unterhalten. »Entschuldige bitte, aber glaubst du im Ernst, dass du dich gegen die Konkurrenz durchsetzen kannst? Gegen Weltkonzerne?«

Amüsiert zuckte Irrgang mit den Schultern. »Soll doch Elon Musk mit seinem Tesla zum Mars fliegen. Sollen doch die geschätzten deutschen Kollegen Autobauer den Arabern und den Amis ihre feinen Schlitten verkaufen. Ich baue für den Alltag, für die kleinen Leute. Deren Leben zu verbessern, das ist mein Ziel.«

Leitner schüttelte den Kopf. »Ich glaube immer noch nicht, dass du das von hier aus stemmen kannst.«

»Das ist ja das Schöne an der Digitalisierung: Es ist völlig wurscht, wo auf dem Planeten du deine Produkte entwickelst.«

Nun meldete sich auch Agathe wieder zu Wort. »Das gilt vielleicht für die Software. Aber willst du das Auto auch hier bauen?«

»Man wird sehen. Vermutlich ist es nicht zwingend notwendig. Ich entwickle nämlich eine programmierte und vernetzte Bauteilgruppe, und die kann dann kaufen, wer will. Porsche, Audi, Mercedes, Chrysler, Hummer … völlig egal.«

»Und die gesamten Daten laufen bei dir zusammen?«

»Selbstverständlich.« Irrgang nahm zur Kenntnis, dass er seine Gäste mit seinen Ausführungen wohl etwas überfordert hatte. »Jetzt schaut halt nicht so pikiert. Wir werden trotzdem noch einen gescheiten Schweinsbraten essen können und nicht alle bei Big Brother landen.«

Nach einer Weile, in der niemand einen Ton sagte, fragte Agathe: »Arbeitest du hier eigentlich allein?« Ihr Blick war auf einen zweiten Schreibtisch mit einem Stuhl gefallen, der etwas abseits zwischen den Gerätschaften stand.

»Ich habe einen Mitarbeiter, der aber heute nicht da ist. Ein Vorschlag: Wie wäre es, wenn wir den Abend heute gemeinsam verbringen? Es gibt in Amberg eine wunderbare kleine Kneipe, da ist am Montagabend immer Livemusik. Es gibt irisches Bier, und die Stimmung ist auch immer super. Was meint ihr?«

»Das klingt toll. Machen wir.« Noch bevor Leitner protestieren konnte, hatte Agathe eingewilligt. »Aber jetzt müssen wir erst mal los und Grabingers Witwe einen Besuch abstatten. Wie heißt denn der Laden?«

»›Killy Willy‹. Liegt mitten in der Innenstadt. Um sieben?«

Im Auto sagte Leitner: »Also, so einem Angeber bin ich schon lange nicht mehr begegnet. Würde mich nicht wundern, wenn der sogar zum Aufs-Klo-Gehen eine App braucht, die das Geschäft für ihn dann digital erledigt.«

»Sei mal nicht unfair. Ich bin auch skeptisch, was die Digitalisierung und so betrifft, aber diese Entwicklung kommt, ob wir es wollen oder nicht.«

»Mag sein. Trotzdem schmeckt mir der Typ nicht. Die ganze Welt der Autos will er umkrempeln, und das bequem vom Schreibtisch aus. Solche wie den hab ich gefressen.«

»Nun, es gibt offenbar Oberpfälzer, die noch ein bisschen mehr draufhaben, als ständig zu saufen.« Eine Weile fuhren sie schweigend dahin.

Erst als Agathe schon die Adresse von Johannes und Jospina Grabingers Privathaus eingetippt hatte, sagte Leitner: »Fahr bitte erst zu unserer Wohnung. Ich muss mir dringend etwas anderes anziehen, bevor wir mit der Witwe sprechen. Das sind ja noch meine Arbeitsklamotten.«

Agathe deutete mit einer Kopfbewegung auf den Rücksitz, auf welchem eine frische Garnitur Unterwäsche sowie eine Hose und ein sauberes Baumwollshirt lagen. »Ich wusste ja, dass du nichts anderes dabeihast. Wir finden gleich ein Plätzchen, wo du dich in Ruhe umziehen kannst.«

»Kompliment, Frau Detektivin. Glänzend kombiniert.«

Agathe lenkte den Wagen in ein Waldstück und parkte. Während Leitner seine Kleidung wechselte, fragte sie: »Was hast du vorhin eigentlich gemeint?«

»Wann?«

»Auf dem Parkplatz vor Bertholds Firma hast du gesagt, du hättest gestern einiges erlebt.«

»Ach so, ja. Allerdings.« Er erzählte ihr von seinem unfreiwilligen Bad im Brauereitank, bei dem er ertrunken wäre, hätte Iris Staudinger ihn nicht gerettet.

Agathe pfiff mehrmals durch die Zähne und hatte, als er geendet hatte, wieder ihr berühmtes Funkeln in den Augen. »Das ist doch mal wirklich ein Fortschritt!«, sagte sie mit Feuer in der Stimme.

Leitner stopfte sich gerade sein Poloshirt in die Hose. »Die wollen mich wegrichten, und du nennst das einen Fortschritt?«

»Natürlich! Das zeigt doch, dass wir auf der richtigen Spur sind. Es *gibt* also Leute, denen der Tod von Johannes Grabinger etwas gebracht hat.«

Leitner verstand langsam, was seine Kollegin meinte. »Also könnte es wirklich Mord gewesen sein, was wiederum gut für unseren Arbeitgeber wäre. Was sollte denn das vorhin mit den Erdbeeren und dem Hopfen heißen?«

»Ach, nicht so wichtig. Das wirst du schon noch selber herausfinden.«

20

Das Haus der Familie Grabinger stand in Sulzbach auf der Pantzerhöhe, wo viele betuchte Geschäftsleute wohnten. Es handelte sich um eine prächtige frei stehende Villa mit kleiner, aber gepflegter Gartenanlage. Mit dem umlaufenden Balkon und den Holztäfelungen an der Außenwand im ersten Stock könnte sie auch in Oberbayern stehen, dachte Leitner beim Aussteigen. Aus den Blumenkästen am Balkon quollen üppige Blütenbüschel von Geranien und Begonien.

»Bin gespannt, was uns da jetzt erwartet«, sagte Agathe leise. »Wie hieß die Frau noch gleich?«

»Jospina. Einen solchen Namen habe ich auch noch nie gehört.« Leitner sah mit leerem Blick an den Hausmauern entlang, und auch Agathe gönnte sich noch eine Verschnaufpause. »Leider wird's vom Rumstehen auch nicht besser«, meinte sie schließlich und klingelte an der massiven Haustür.

Während sie warteten, besah sich Agathe die Schnitzereien an der Tür, die Hirsche im Lauf zeigten. Kurz darauf öffnete sich langsam die Tür. Eine Frau stand im Rahmen. Die verquollenen Augen waren das Erste, was Agathe an ihr wahrnahm, dann betrachtete sie sie genauer. Sie hatte blonde Naturlocken, die erkennbar vor Kurzem gewaschen worden waren. Ihr schlanker Körper steckte in einer schwarzen Stoffhose und einer steifen weißen Bluse mit kurzen Ärmeln.

»Ja, bitte?«

»Frau Grabinger?«

»Ja.«

»Wir wollen Sie nicht stören, aber –«

»Sind Sie von der Polizei?«

»Nein«, sagte Agathe. »Von der Versicherung.«

Jospina Grabinger drehte sich mit einem müden Lächeln um und ging in den Hausflur. Da sie die Tür nicht schloss, folgten ihr Agathe und Leitner ins Haus.

»Sie wollen mir jetzt sagen, dass Sie leider keinerlei Zahlungen leisten können, nicht wahr? Wissen Sie eigentlich, wie scheißegal mir Ihre lausigen Kröten gerade sind?«

Agathe war von der heftig-rustikalen Reaktion überrascht. Sie hatte sich auf eine vergeistigte Witwe eingestellt, die sich in philosophischen Phrasen ausdrückte. Sie tauschte einen unsicheren Blick mit Leitner und sah sich in dem hellen Haus um.

Wie erwartet, war es verspielt eingerichtet, mit zahlreichen Kommödchen, Zierstühlen und Sesseln, auf denen fast überall Puppen saßen. Es waren Buben und Mädchen als Babys, Kleinkinder und sogar als Schüler mit Schultüte. Agathe schauderte bei dem Anblick. Sie hatte Puppen noch nie wirklich gemocht, sie verstörten sie.

»Ich kann natürlich nachvollziehen, dass Ihnen der Sinn im Augenblick nicht nach geschäftlichen Dingen steht«, sagte sie zu Jospina Grabinger. »Aber wir müssen klären, wie der Tod Ihres Mannes passiert ist. Die Ursache hat nämlich Auswirkungen auf die Versicherungspolice, darauf, ob die darin beschriebene Summe ausbezahlt werden muss.«

»Tja, wie ist er gestorben? Durch einen Stromschlag, oder etwa nicht?« Die Witwe ging durch den Korridor und das Wohnzimmer nach draußen auf die Terrasse und lehnte sich gegen eine kleine Mauer neben einer Feuerstelle. Sie starrte in den Garten.

Agathe erspähte dort ein Klettergerüst und eine Schaukel. Auch auf den Spielgeräten waren Puppen drapiert.

Leitner beugte sich zu ihr und flüsterte: »Die hat doch einen Schuss. Wenn du mich fragst, hat die überall ihre Puppen hingepflanzt und einen Spielplatz hingebaut, weil sie keine Kinder hatten!«

Agathe ging zu Jospina Grabinger. »Es wäre hilfreich, wenn Sie uns einige Fragen beantworten könnten. Umso schneller sind Sie uns wieder los, versprochen.«

Die Witwe schien einen Augenblick lang zu überlegen und drehte sich schließlich zu Agathe. »Dann fragen Sie, und ich werde Ihnen wahrheitsgemäß antworten.«

Agathe suchte kurz Leitners Blick, der ihr bedeutete, jetzt nicht lockerzulassen. »Ich danke Ihnen«, sagte sie. »Also, Frau Grabinger, wie lange waren Sie verheiratet?«

»Neunzehn Jahre.«

»Halten Sie es für möglich, dass der Tod Ihres Mannes kein Unfall war?«

Jospina Grabinger sah ihr geradewegs ins Gesicht und sagte: »Ich halte es nicht für ausgeschlossen.«

»Die Antwort kam aber sehr schnell. Haben Sie einen Verdacht?«

»Nein.« Agathe wollte sich gerade die nächste Frage zurechtlegen, als Jospina Grabinger noch nachschob: »Ich habe keinen *konkreten* Verdacht. Aber es gibt viele Menschen, die vom Tod meines Mannes profitieren.«

»Wer zum Beispiel?«

»Ich. Ich bekomme damit die volle Verfügungsgewalt über unsere Konten.«

»Und ... auch über die Brauerei?«

»Nein, die Brauerei ist eine Gesellschaft, an der ich auch nach Johannes' Tod nicht beteiligt bin.«

Agathe musste die Worte kurz verdauen, bevor sie weiterfragte: »Und wer hat noch einen Vorteil von seinem Tod?«

Die Witwe hob gleichgültig die Schultern. »Fragen Sie doch mal bei den ganzen Konzernen nach, die in den letzten Monaten meinem Mann die Tür eingerannt haben. Alle wollten sie unsere Brauerei kaufen. Die Agenten und die Vertreter haben sich die Türklinke in die Hand gegeben.«

»Kennen Sie die Namen der Personen, die mit Ihrem Mann gesprochen haben?«

»Nein. Ich hatte mit der Brauerei nichts zu schaffen, das, was ich weiß, hat mir mein Mann erzählt. Ich war immer hier.«

Leitner folgte dem Gespräch stumm und betrachtete währenddessen die unheimlichen Puppen, die auch die Terrasse bevölkerten.

Agathe stellte die nächste Frage. »Haben Sie Kinder?«

»Nein.« Jospina Grabinger ging zu einem Puppenpaar, Brüderchen und Schwesterchen, das auf einem Korbsessel hockte, und zupfte dessen Kleidung zurecht. »Keine Kinder.« Schwermut lag in ihrer Antwort.

»Was wird Ihr Schwager jetzt mit der Brauerei machen?«, wechselte Agathe das Thema.

Jospina Grabinger musste einen Moment lang überlegen, sie schien sich damit noch nicht beschäftigt zu haben. »Verkaufen, denke ich«, sagte sie schließlich. »Sehen Sie, die Brauerei steht auf einem recht großen Grundstück, auf das manche schon länger ein Auge geworfen haben. Die Banken, Immobilienmakler und so fort. An Interessenten mangelt es nicht.«

»Und Ihnen ist das recht? Dass der Betrieb verkauft werden soll, meine ich?«

Wieder das gleichgültige Schulterzucken. »Was ändert es denn, wenn es mir nicht recht ist? Ich habe mit der Brauerei nichts zu schaffen, wie ich Ihnen schon sagte. Das war immer so, und das wird auch nach dem Tod meines Mannes so bleiben.«

Obwohl Agathe aus Leitners Erzählung von seiner Unterhaltung mit Iris Staudinger die Antwort auf ihre nächste Frage kannte, stellte sie sie trotzdem. »Stammen Sie aus der Gegend?«

»Vom Tegernsee.«

»Ziemlich weit weg. Oberbayern, nicht wahr? Darf ich fragen, wie Sie Ihren Mann kennengelernt haben?«

Die Witwe atmete kurz und schnell aus. »Wir sind uns auf der Hochzeit eines Baulöwen begegnet, unten in Bad Wiessee. Unsere Familien waren eingeladen. Johannes war kein großer Redner, hat an diesem Abend aber fast ausschließlich mit mir getanzt. Ich war frische zwanzig. Ich denke mal, seine Mutter hatte ihn auf mich angesetzt. Und meine Mutter hatte auch nichts dagegen. So kam ja wieder Brauerei zu Brauerei.«

Agathe spielte mit einer knappen Geste Leitner den Ball zu, der fragte: »Frau Grabinger, Sie wissen, dass es vor zwei Wochen auf dem Mariahilfberg in Amberg auch einen Toten gegeben hat?«

»Bruder Georg, ja.«

»Nein, der Mann hieß Heinrich Merz.«

Die Witwe Grabinger wandte sich Leitner frontal zu. »Das war sein bürgerlicher Name, aber in der Schule hieß er Bruder Georg.«

»Sie waren mit Merz zusammen auf der Schule?«

»Ich nicht. Aber mein Mann.«

Leitner und Agathe wurden hellhörig, und Agathe übernahm die Initiative. »Welche Schule war das?«

»Das Internat im Kloster Ensdorf.«

Leitner hakte nach: »Ich bitte um Verzeihung, aber soweit ich weiß, war Heinrich Merz doch einige Jahre älter als Ihr Mann.«

»Das stimmt. Mein Mann war als Schüler dort, Bruder Georg war einer der Fratres. Heute würde man ihn als Erzieher oder Betreuer bezeichnen. Wir haben uns oft mit ihm getroffen. Mein Mann und Bruder Georg haben sich immer gut verstanden.«

»Als man ihn tot in der Kirche in Amberg fand, trug er weltliche Kleidung und kein Mönchsgewand«, warf Leitner ein.

»Bruder Georg hat sich schon vor Längerem aus dem aktiven Klosterdienst zurückgezogen. Nur wir«, Jospina Grabinger musste kurz schlucken, »also, mein Mann und ich, wir haben ihn immer noch Bruder Georg genannt.«

Es entstand eine Pause, in welcher die Gehirne von Leitner und Agathe fieberhaft arbeiteten.

Nach einer Weile sagte die Witwe: »Sie wirken ein wenig verwirrt?«

Agathe entschloss sich, die Karten auf den Tisch zu legen. »Nun«, begann sie zaghaft, »zuerst einmal hatte ich Sie mir etwas anders vorgestellt.«

Jospina Grabinger musste lächeln. »So? Wie denn?«

Agathe suchte nach den richtigen Worten. »Ich dachte, Sie wären etwas ... weltfremder.«

»Weltfremder? Sie meinen gspinnerter?«

Agathe kannte den Ausdruck zwar nicht, aber er hörte sich treffend an.

Als sie nichts erwiderte, meinte Jospina Grabinger: »Ja, das sagen sie mir nach. Aber es stimmt nicht. Ich meine, dass ich mich sonst etwas bunter kleide, das ist richtig. Aber danach ist mir im Augenblick nicht.« Als sie bemerkte, dass ihre Gäste verlegen zur Seite blickten, griff sie nach der Puppe eines Knaben, dessen Gesicht wie aus Porzellan wirkte. »Ich besitze sehr viele Puppen, wie Sie sehen, und wir haben keine Kinder. Machen Sie sich selbst einen Reim darauf ...«

Agathe ergriff das Wort: »Sie sind überraschend ehrlich zu uns.«

»Das habe ich Ihnen versprochen. Alles andere bringt meiner Erfahrung nach nichts.« Sie legte den Puppenjungen beiseite. »Die Brauerei meiner Familie gibt es leider schon lange nicht mehr«, sagte sie mit fester Stimme. »Ich habe zwar im elterlichen Betrieb Bürokauffrau gelernt, durfte mich aber nie in die Geschäfte einmischen, solange mein Vater noch lebte. Er hielt von rechtzeitiger Modernisierung nichts, und nach seinem Tod war es zu spät. Die Brauerei war pleite und musste verkauft werden. Dann lernte ich Johannes auf dieser Hochzeit kennen. In der Folge sahen wir uns sehr häufig, und es dauerte nicht lange, bis wir heirateten. Endlich schien es so, als würde ich das bekommen, was ich wollte. Ein Zuhause. Eine eigene Familie. Eine Aufgabe. Eine Brauerei, die erfolgreich ist. So hatte ich mir mein Leben vorgestellt.«

»Aber?«, fragte Agathe behutsam.

Jospina Grabinger betrachtete eine Rosenblüte, die sich im Beet neben der Terrasse emporreckte. Als spräche sie zu der Blume, sagte sie: »Aber Johannes gehörte zur selben Art Mann wie mein Vater. Auch in seinem Betrieb durfte ich mich nicht einbringen.« Sie sah ruckartig auf. »Er hat mich nicht gelassen.«

»Ihr Mann?«, fragte Agathe bestürzt.

Jospina Grabinger nickte stumm. »Wissen Sie, junge Frau«, sagte sie, »die Männer sehen in unserem Geschlecht eine Konkurrenz. Die Männer von früher noch viel stärker und häufiger als die heutigen. In meinem Fall kam zu allem Überfluss noch dazu, dass ich vom Geschäft wirklich viel mehr verstand als Johannes. Und eine Ehefrau, die sich besser auskennt als der Mann, das war für ihn unvorstellbar.«

»Für diese Einstellung haben Sie ihn wahrscheinlich gehasst?«

Die Hinterbliebene antwortete hart: »Nein! Vielleicht glauben Sie mir nicht, aber ich habe ihn geliebt. So sehr, dass ich ihm seine Welt ließ. Johannes wäre zugrunde gegangen, hätte ich ihn in einen Gewissenskonflikt gestürzt. Ich wollte nicht, dass er sich zwischen meiner und seiner Zufriedenheit entscheiden muss. Ich wollte, dass er glücklich ist. Denn solange er es war, war ich es auch.«

Leitner und Agathe schwiegen.

»Ich hatte meinen Platz gefunden. Ich war zufrieden.«

Agathe konnte den Schmerz, der von Jospina Grabinger ausging, fast am eigenen Leibe spüren. »Und jetzt?«

Die Witwe sah von ihren Besuchern wieder zu der Rose. »Jetzt? Jetzt habe ich nichts mehr. Mein Mann ist tot, unsere Brauerei wird bald Industriebier produzieren, und ich bin in diesem Haus allein.«

In Leitner und Agathe machte sich Unbehagen breit. Beiden erschien es plötzlich so, als kämpften sie auf der falschen Seite, indem sie Beweise suchten, um der Jacortia die Auszahlung der Versicherungssumme zu ersparen.

Als ob sie ihre Gedanken gelesen hätte, stemmte Jospina Grabinger entschlossen die Hände in die Hüften und sagte: »Ich hoffe inständig, dass Ihre Versicherung nichts bezahlen muss.«

»Weshalb?«, fragte Agathe erstaunt.

»Weil das der Beweis dafür wäre, dass jemand anders für den Tod meines Mannes verantwortlich ist.«

»Aber Sie glauben nicht an einen Unfall?«, fragte Leitner.

Jospina Grabinger stieß ein bitteres Lachen aus. »Tod durch Stromschlag? Ich bitte Sie. Noch dazu am Zapfhahn? Lächerlich. Jemand *wollte*, dass mein Mann so stirbt. Und ich will wissen, wer es war. Auch wenn Ihr Unternehmen mir dann nichts zahlt.« Agathe und Leitner schwiegen pietätvoll, als die Witwe hauchte: »Ich will, dass Johannes' Mörder bezahlen muss …«

21

In dem kleinen Irish Pub pressten sich die Gäste eng aneinander. Die Bedienung, die ein Tablett mit fünf Pint-Gläsern Guinness und zwei Kilkenny durch den Gastraum balancierte, musste sich mit einem unwirschen »Vorsicht!« Gehör verschaffen. Etwa fünfundzwanzig Menschen genügten, dass die Kneipe aus allen Nähten platzte. Mikrofonstative, vor welchen zwei Gitarristen soeben einen irischen Klassiker zum Besten gaben, benötigten zusätzlichen Platz, und so drängten sich Agathe Viersen, Gerhard Leitner und Berthold Irrgang auf kleinstem Raum nahe der Wand. Die Ecke eines gusseisernen Ofens drückte sich Leitner in die Nierengegend, als er wie die anderen Besucher versuchte, nach den letzten Klängen von »Botany Bay« Applaus zu spenden.

»Die sind ja spitze!«, rief Agathe.

»Ich hab's dir ja gesagt!«, schrie Irrgang zurück.

Als das Klatschen verstummt war, verließen die Musiker den Bühnenbereich, der lediglich aus einer Nische bestand, aus der man den sonst dort platzierten Stehtisch entfernt hatte.

»Die offene Bühne ist immer eine Gaudi. Hier triffst du die Guten!« Irrgang hob sein Glas zum Anstoßen.

Leitner ignorierte seine Geste, leerte sein Guinness und betrachtete abschätzig den Schaumrest. »Ich weiß nicht, irgendwie schmeckt das lack.«

»Ich habe schon lange kein Guinness mehr getrunken. Ist mal was anderes.« Agathe lächelte.

»Das Guinness wird mit einer speziellen Gasflasche geliefert. Die zaubert einen besonders cremigen Schaum.«

»Trotzdem schmeckt's lack.«

Irrgang sah Agathe an und verdrehte kurz in Richtung Leitner die Augen. »Wollen wir ein bisschen nach draußen gehen, bevor die nächste Gruppe anfängt?«

Die drei ließen dem Vorschlag Taten folgen.

Auf dem Amberger Salzstadelplatz tummelten sich an dem lauen Sommerabend jede Menge Menschen, nicht wenige davon mit einer großen Eistüte in der Hand.

Agathe blickte von der Martinskirche runter zur Vils. »Das war eine sehr gute Idee.«

»Ja mei, man muss nur wissen, wo man hingehen muss«, erwiderte Irrgang. »Entspannung ist genauso wichtig wie Arbeit. Übrigens, was ich euch noch fragen wollte: Wart ihr heute bei der Jospina?«

»Allerdings«, sagte Agathe.

»Sie ist wirklich ein bisschen eine Gspinnerte, nicht wahr?«

»So seltsam ist sie mir eigentlich gar nicht vorgekommen. Auf mich hat sie gewirkt wie eine Frau, die aufrichtig trauert. Sie hat ihren Mann sehr geliebt.«

»Und andererseits wäre es kein Wunder, dass man zu spinnen anfängt, wenn man sich aus Liebe zum Mann zu Hause selbst in eine Art Käfig sperrt«, fügte Leitner hinzu.

Irrgang pflichtete ihnen bei: »Das stimmt natürlich.« Er sah Agathe mit gewinnendem Lächeln an.

Sie sog es tief in sich auf. Berthold Irrgangs Anwesenheit tat ihr gut. Obwohl ihre Augen etwas anderes sagten, führte sie die Konversation belanglos weiter: »Jospina … das ist ein ungewöhnlicher Name.«

»Ich glaube, sie heißt eigentlich Josefine. Aber du weißt bestimmt selber, wie schnell man einen Spitznamen weghat. In der Schule haben sie mir damals alle möglichen gegeben. Ich war der Bertel, der Tholdi, der Eingang, der Ausgang, der Irre – such es dir aus.«

»Ich finde Berthold ganz schick«, lachte Agathe.

Leitner stand daneben, unleugbar das fünfte Rad am Wagen. »Es war interessant, was sie uns erzählt hat. Wenn das stimmt, gibt's nicht nur einen, dem der Tod von Johannes Grabinger was gebracht hat.«

Irrgang schien darüber nachzudenken. »Ja, wo eine Brauerei ist, da sind auch immer viele, die darauf spechten, den Betrieb zu übernehmen. Das ist in meiner Branche nicht anders. Wahr-

scheinlich wird da sogar mit härteren Bandagen gekämpft.« Er blickte Agathe abermals lächelnd an.
»Schon möglich«, erwiderte Leitner schroff. »Mir will einfach nicht aus dem Kopf gehen, was sie uns über den anderen Toten erzählt hat.«
»Den anderen Toten?«
»Den vom Bergfest hier in Amberg.«
»Ach so. Was ist mit dem?«
»Der war auch in Ensdorf.«
»Ensdorf?«
Agathe schaltete sich ein. »Was Gerhard sagen will, ist, dass sowohl Heinrich Merz, der Tote von dem Amberger Fest, als auch Johannes Grabinger auf dem Internat im Kloster Ensdorf waren.«
Irrgang zog erstaunt die Augenbrauen hoch. »Soll das heißen, wir haben zwei Leichen auf zwei Bergfesten, und beide sind in Ensdorf zur Schule gegangen?«
»Haargenau.« Leitner nickte. »Der eine war Klosterbruder, der andere Schüler.«
»Da wird doch nicht … Aber das wäre ja wirklich ein starkes Stück.« Irrgang schlenderte gedankenverloren die wenigen Meter zur Kirchentreppe, setzte sich und stützte die Ellbogen auf die Knie. Seine Finger ineinander verschlungen, kaute er auf seinen Daumen herum.
Als Agathe mit Leitner wieder vor ihm stand, wollte sie wissen: »Was wäre ein starkes Stück?«
Irrgang sah nicht sofort auf. Sekundenlang zuckten seine Augen hin und her, als suchten sie hektisch das Kopfsteinpflaster vor ihm nach etwas ab.
»Jetzt hat sich sein Computer aufgehängt«, sagte Leitner, und Agathe knuffte ihn in die Rippen.
Irrgang sah zu den beiden auf. »Ich bitte um Entschuldigung, aber mir ist gerade etwas eingefallen. Das wäre wirklich absolut unglaublich.«
»Jetzt rück doch endlich raus mit der Sprache!«, forderte Agathe ihn auf.

Irrgangs Blick kehrte wieder zum Kopfsteinpflaster zurück, als er leise sagte: »Ihr habt mich doch heute Vormittag gefragt, ob ich allein in meinem Geschäft arbeite.«

»Und du hast gesagt, dass du einen Mitarbeiter hast, der aber gerade nicht da ist«, ergänzte Agathe.

Irrgang nickte stumm. Dann sagte er: »Er ist nicht nur nicht da, er ist verschwunden.«

Leitner sah ungeduldig zu Agathe, die ihre Schultern nach dem Motto hob: Ich weiß auch nicht, was er hat.

Kaum hörbar sagte Irrgang: »Wenn es stimmt, was ich befürchte, dann haben wir ein echtes Problem an der Backe.«

»Ich hole jetzt mal einen Schnaps«, frotzelte Leitner. »Vielleicht redet er ja mehr, wenn er besoffen ist.«

»Gerhard!«, fauchte Agathe.

Doch Irrgang erwiderte: »Ein Whisky könnte in der Tat recht hilfreich sein. Verflucht noch mal. Das darf einfach nicht wahr sein! Der zieht das eiskalt durch …«

Agathe setzte sich neben ihn auf die Stufen. »Jetzt mal langsam und von Anfang an.«

»Der Erich Bösl arbeitet für mich seit etwa drei Jahren, seit ich wieder aus Amerika zurück bin«, begann Irrgang zu erzählen. »Er hat sich bei mir vorgestellt, und ich habe ihn angestellt, weil er sowohl ein Händchen für die feine Technik hat als auch mit anpacken kann.«

»So weit, so gut …«, ermunterte Agathe ihn.

»Ich war wirklich zufrieden mit ihm und seiner Arbeit. Aber manchmal, in Situationen, bei denen es nicht um unseren Job ging, da hat er mir ziemliche Angst eingejagt.«

»Warum?«, fragte Leitner.

»Am Anfang des Arbeitsverhältnisses, als wir uns noch nicht so gut kannten, sind wir das eine oder andere Mal zusammen ausgegangen. Mal waren wir im Restaurant, mal im Biergarten. Und während unserer Gespräche habe ich gemerkt, dass der Erich ein zutiefst zerrissener Mann ist.«

»Zerrissen?«

»Ja. Anders kann ich ihn nicht beschreiben. Die meisten

Menschen werden lustig oder albern, wenn sie betrunken sind. Manche auch aggressiv. Aber der Erich, wenn der ein paar gezwitschert hatte, lief es mir eiskalt den Rücken hinunter. Was der dann so vom Stapel gelassen hat!«

Leitner lehnte sich an die Kirchenmauer neben den Handlauf der Treppe, die nach unten führte. »Ein Beispiel?«

»Tja ... er wurde richtiggehend hart. Oft hat er von seiner Zeit im Internat gesprochen. Da muss er Dinge erlebt haben, die sich bis heute nicht aus seiner Seele haben löschen lassen.«

»Das kommt doch jetzt fast überall an den Tag«, flocht Leitner ein, »dass es im Kloster in Ettal und bei den Regensburger Domspatzen Skandale gegeben hat. Wahrscheinlich war das in Ensdorf auch nicht anders.«

»Das macht es nicht einfacher. In vielen Fällen leiden die Betroffenen ihr Leben lang.«

»Und du denkst, das ist bei deinem Mitarbeiter, diesem Erich Bösl, auch so?«

»Ja.« Er schlug mit der Faust in seine Hand. »Genau das denke ich.«

»Hat er dir auch erzählt, was ihm im Internat passiert ist?«

»Nüchtern nie. Immer erst nach ein paar hochprozentigen Getränken, wenn es schon schwer war, ihn zu verstehen. Aber es muss damals schon zur Sache gegangen sein.«

»Pfaffensex mit Anfassen, oder was?«, fragte Leitner betont flapsig.

»Das weiß ich ehrlich gesagt nicht. Er hat oft davon gesprochen, dass ihn sowohl Mitschüler als auch die Fratres misshandelt hätten. Die waren schnell dabei mit körperlicher Züchtigung. Ob er sexuell missbraucht worden ist, kann ich nicht sagen und fürchte, dass das im Endeffekt auch ziemlich wurscht ist.«

»Was soll das heißen?«

Irrgang fuhr sich mit der Hand durch sein Wuschelhaar. »Nun, eines Tages, da saßen der Erich und ich im Kummert-Keller und haben ziemlich arg gebechert. Dann fing er wie üblich mit seiner Litanei an, dass ihm die Leute damals sein

Leben zerstört hätten. Ich habe mir das immer angehört, weil ich dachte, dass es ihm vielleicht guttäte, über seinen Schmerz zu reden.«

»Und? Tat es ihm gut?«, wollte Agathe wissen.

»Na ja. Er hat wie immer gesagt, er könne es in diesem Leben nicht mehr verwinden, was ihm widerfahren ist. Und ich habe dann – ebenfalls wie immer – darauf geantwortet, dass das alles schon wieder ins Lot kommen wird und er doch vorbildlich seinen Kummer nicht in sich hineinfrisst, sondern ihn rauslässt. Aber der Erich hat gemeint, es gebe für ihn nur einen Weg für die Zukunft und dass es jetzt nicht mehr lange dauern würde, bis endlich die Gerechtigkeit waltet.«

»Was hatte er vor?«

»Das habe ich ihn auch gefragt. Als er antwortete, hat er sogar in seinem Suff erschreckend klar geklungen. Er hat mir gesagt, dass es weder die weltliche noch die kirchliche Justiz jemals schaffen wird, für Gerechtigkeit zu sorgen. Ich fragte nach, was er denn mit dem ›einen Weg‹ gemeint habe, und er fing an, wie ein Pfarrer zu predigen. Nach dem Motto: ›Mein ist die Rache, spricht der Herr. Und hat uns nicht der Herr in seinem Ebenbild erschaffen?‹«

»Du glaubst, er wollte sich an seinen Peinigern rächen?« Entsetzen stand in Agathes Augen, als sie Irrgang nicken sah.

»Der Erich hat weitergeschwadroniert, dass Racheengel auf die Erde fahren würden, denn der Herr werde sein Volk richten und sich seiner Knechte erbarmen.«

»Das war aber doch ein bisschen zu dick aufgetragen, meinst du nicht?« Leitner war skeptisch.

Irrgang nickte zustimmend. »Das habe ich ihm ja auch gesagt. Stell dir die Situation mal bildlich vor. Da sitzt du gemütlich im Biergarten, zufrieden nach einer leckeren Brotzeit, und dein Tischgeselle fängt an, von der Rache des Herrn zu reden.«

»Und wie hast du darauf reagiert?«, erkundigte sich Agathe.

»Ich habe natürlich versucht, ihn wieder zu beruhigen, mein bisschen Bibelwissen zusammengekratzt und gesagt, dass bei Mose steht: ›Du sollst nicht rachgierig sein, sondern deinen

Nächsten lieben wie dich selbst.‹ Aber daraufhin hat der Erich nur einen tiefen Schluck Bier genommen und geschrien: ›Licht und Dunkelheit! Tag und Nacht! Liebe und Hass! Ich hasse meinen Nächsten wie mich selbst!‹«

Leitner scharrte betreten mit den Füßen im Staub auf der Kirchentreppe.

»Ich habe mir an dem Abend nicht viel dabei gedacht«, fuhr Irrgang fort. »Für mich war es das Gelalle eines Betrunkenen, der mit sich selbst irgendwann schon Frieden schließen würde. Das hoffte ich jedenfalls.«

»Aber dem war nicht so?«, fragte Agathe.

»Nein. Das Thema kam bei den nächsten Malen, wenn wir zusammensaßen, immer wieder hoch.«

»Hat der Erich während der Arbeit auch darüber geredet?«

»Nein, aber in der Firma hat er eh nicht viel gesagt. Es gab ja immer reichlich für uns zu tun. Doch je mehr ich versuchte, das Thema abends kleinzuhalten, desto lauter wurde Erich. Er hat gesagt, die Sünder seien ihm bekannt, und es sei nur noch eine Frage der Zeit, bis die Schuldigen vor dem Jüngsten Gericht stünden.«

Leitner stieß Agathe vorsichtig an und ließ seinen Zeigefinger an seiner Schläfe kreisen, als würde er Irrgang für einen Spinner halten.

Agathe konnte sich zwar auch noch keinen Reim auf die Geschichte machen, deutete ihrem Kollegen aber an, die Story erst mal bis zum Schluss anhören zu wollen.

Irrgang bemerkte von der stummen Unterhaltung nichts und fuhr fort. »Ich bin in der Folge natürlich nicht mehr so oft mit ihm weggegangen, weil mich das Thema irgendwann gewaltig genervt hat.« Er machte eine lange Pause.

Es war Agathe, die als Erste seine Gedanken aussprach. »Dann verschwindet Erich plötzlich, und nur ein paar Tage später taucht auf dem ersten Bergfest ein toter Klosterbruder an der Orgelempore auf, und auf dem nächsten stirbt ein ehemaliger Internatsschüler beim Bierzapfen durch einen Stromschlag.«

Wieder nickte Irrgang stumm.

Agathes Gedanken kreisten noch durch die laue Sommerluft, als aus dem Pub erneut Gitarrenklänge zu ihnen herüberschwebten. Sie fasste einen Entschluss. »Nun, damit haben wir einen weiteren Hinweis, dem wir morgen nachgehen werden.« Irrgang ließ beide Hände auf seine Oberschenkel fallen. »Richtig, morgen! Aber heute ist heute. Na los, schauen wir wieder rüber und hören uns die nächste Band an.«

In der Kneipe wartete Leitner, bis Irrgang zur Toilette gegangen war, und sagte dann zu Agathe: »Schon starker Tobak, die Story, hm?«

»Ich weiß nicht recht«, antwortete sie. »Aber es könnte sich lohnen, im Kloster Ermittlungen anzustellen. Das wäre doch was für dich, nachdem du in der Brauerei jetzt schon alles in- und auswendig kennst.« Sie lächelte süffisant.

»Einmal muss ich auf jeden Fall noch hin.« Grimmig fügte Leitner hinzu: »Ich habe noch mit jemandem ein Hühnchen zu rupfen. Außerdem kann es nicht schaden, wenn ich mich noch mal mit der Iris unterhalte.«

»Ach, dann muss sie also jetzt bei dir ins Mündliche?«

Leitner hob gentlemanlike die Schultern. »Schon möglich.«

»Auch gut. Dann fahre eben ich zum Kloster.«

Als Irrgang zurückkam, war wieder Bandwechsel. »So, Schluss jetzt mit dem Trübsalblasen«, sagte er zu Agathe. »Es wird Zeit, dass wir selber ein bisschen aktiv werden.« Er machte eine fragende Handbewegung zum Wirt, der nickte, und ging dann zur Bühne, um sich eine Gitarre umzuschnallen.

»Was kommt denn jetzt?«, fragte Leitner betont gelangweilt und so laut, dass auch Irrgang ihn gehört haben musste.

Doch der ignorierte ihn, tippte ein paarmal kurz hintereinander auf das Mikrofon und sagte: »Liebe Gäste, jetzt kommt ein Song, den Sie in dieser Form noch nie gehört haben.«

Das Publikum lachte.

»Ich spiele nicht sehr oft, aber dafür sehr oft falsch.«

»Des macht nix!«, rief ein Gast.

»Wollen's hoffen«, sagte Irrgang. Er nahm ein Plektron von

der Halterung am Mikrofonständer und fing an, gefühlvoll die Gitarrensaiten in Schwingung zu versetzen.

Sofort erkannte das in Rock- und Popmusik bewanderte Publikum die ersten Takte von »End of the Line« von den Traveling Wilburys. Die Gäste wippten im Takt mit, und Irrgang schmetterte los.

»It's all right, riding around in the breeze, it's all right...«

Auch Agathe klatschte begeistert mit. »Das ist ja der Hammer, wie der spielt und singt!«

Leitner sah dem Treiben merklich distanzierter zu. »Na ja...«, brummte er. Um nichts in der Welt hätte er sich in diesem Augenblick die Wahrheit eingestanden, die ihm als langjährigen Musiker bereits bei den ersten Tönen von Irrgangs Song bewusst geworden war – dass Irrgang nämlich nicht nur gut, sondern tatsächlich exzellent spielte. »Die Gitarre stimmt nicht, die H-Saite ist zu hoch«, sagte er trocken. Damit hatte er zwar recht, aber das schien außer ihm niemand zu bemerken.

Nach dem Song wollte Irrgang die Gitarre beiseitestellen, doch das Publikum ließ ihn ohne Zugabe nicht von der Bühne. Irrgang bat mit großer Geste um Ruhe und zupfte das markante Intro von »Hotel California« an.

Ein »Wow!« der Bewunderung ging durch die Gäste.

»Hat er's dann jetzt?«, raunzte Leitner. »Fehlt nur noch, dass er als Nächstes ›Smoke on the Water‹ spielt.«

»Also, mir gefällt's«, sagte Agathe und würdigte ihren schmollenden Kollegen keines Blickes.

Leitner registrierte, dass Irrgang auch dieses Lied gut einstudiert hatte. Er hörte höflich eine Zeit lang zu, bevor er zu Agathe sagte: »Ich denke, wir werden es dann langsam packen, oder?«

Sie erwiderte nichts.

Mit wachsender Unlust trat Leitner von einem Fuß auf den anderen. Die Nummer der Eagles dauerte eine Ewigkeit. Dann kam zu Leitners Entsetzen von draußen auch noch ein anderer Gitarrist, der davor gespielt hatte, vom Rauchen zurück, schnappte sich sein Instrument und begann, ein glänzendes

Solo über Irrgangs Klangteppich zu legen. In dem Versuch, lässig zu wirken, sagte Leitner weltmännisch: »Na ja, der spielt ja wirklich ganz passabel.« Als Agathe auch hierauf nicht antwortete, fragte er: »Der Knabe hat es dir wirklich angetan, oder?«

Sie biss zurück: »Du weißt ja, dass heute mein Wohnungstag ist ...«

Leitner sah aus, als hätte man ihm ein Holzscheit über den Schädel gezogen. »Du willst ... heute ... bei uns?«

»Du kannst gern schon mal nach Hause fahren, wenn es dir hier doch sowieso nicht so recht gefällt.«

Die letzten Töne des Liedes verklangen, und Applaus brandete auf. Da die Gäste Irrgang immer noch nicht entlassen wollten, spielte er eine alte Albert-Hammond-Nummer.

Leitner fand seine Sprache wieder. »Ja ... und du? Du kommst dann später mit ihm heim, oder wie?«

Agathe drehte sich um und sah ihrem Mitbewohner geradewegs in die Augen. »Wir teilen eine Wohnung, Gerhard, nicht das Leben. Außerdem bist du nicht der Einzige, der eine heiße Nacht in Amberg verbringen kann.«

»Ich war in Rosenberg.«

»Was für ein Unterschied. Dann also bis morgen!«

Leitner ging zur Tür, wo er bis zum Ende von »Down by the River« stehen blieb. Als Irrgang schließlich die Gitarre aus der Hand legte, stahl er sich schnell hinaus.

Irrgang zog ein Papiertaschentuch aus seiner Hose und wischte sich den Schweiß von der Stirn. Er ging zu Agathe und nahm einen großzügigen Schluck vom irischen Schwarzbier. »Wo ist denn der Gerhard hin?«, fragte er.

»Der wollte heute etwas früher ins Bett. Es war ein anstrengender Tag für ihn.«

»Da schau her. Und du bist wohl noch nicht müde?«

»Nicht die Spur. Ich werde gerade erst so richtig wach.«

»Und wo wirst du dann heute Nacht schlafen? Ich vermute mal, Gerhard hat euren Wagen genommen.«

»Ich hatte gehofft, du könntest mir diesbezüglich weiterhelfen«, sagte Agathe unschuldig.

Irrgang gab vor, angestrengt nachzudenken. Dann setzte er eine Professorenmiene auf und sagte: »Ich denke, für dieses Problem wird sich schon eine Lösung finden lassen.«

Agathe genoss das Knistern, das sich zwischen ihren Blicken entwickelte.

»Darf's noch ein Guinness sein?«, fragte die Bedienung.

Als beide synchron antworteten: »Unbedingt!«, brachen sie in schallendes Gelächter aus.

22

Agathe war noch nicht zurück, als Leitner ihre Wohnung am nächsten Morgen wieder Richtung Rosenberg verließ. Er hatte schlecht geschlafen. Auch wenn sie keine feste Beziehung führten, wurmte es ihn doch maßlos, dass sie die Nacht anscheinend ausgerechnet mit diesem Möchtegernpapagallo verbracht hatte. Er versuchte sich das, was vermutlich geschehen war, nicht allzu detailreich vorzustellen, und lenkte seinen Mazda durch Amberg Richtung Westen.

Auf dem Brauereigelände beluden Jochen Dunk und Iris Staudinger gerade einen Kühlanhänger. Dunk stand im Inneren des Gefährtes, und Iris Staudinger fuhr ihm Getränkepalette für Getränkepalette mit dem Stapler hin und hob diese in entsprechende Höhe. Dunk schlichtete die Bier- und Limonadekisten möglichst platzsparend.

Leitner schlich sich am Hänger vorbei zum Getränkelager, wo Iris Staudinger gerade die nächste Palette aufladen wollte. Sie lächelte ihn an, und er brachte sie mit einer Geste dazu, ihre Arbeit kurz zu unterbrechen. »Und du bist dir immer noch sicher, dass es Dunk war, der mich im Tank eingesperrt hat?«, fragte er leise.

»Absolut.«

Leitner grinste triumphierend. »Dann bring mal schön die restlichen Getränke raus. Bei der letzten Fuhre müsstest du mir dann einen kleinen Gefallen tun.«

Iris Staudinger lauschte, was Leitner ihr ins Ohr flüsterte, und fing ebenso an, teuflisch zu grinsen.

Während sie weiter die Kisten verlud, wartete Leitner geduldig.

Auf dem Kühlanhänger schob Dunk endlich die letzten Kohlensäureflaschen an ihren Ort und sicherte sie mit speziellen Ketten. Nachdem er sie nochmals kontrolliert hatte, wollte er sich zur offenen Ladeluke begeben, als er erschrocken stehen blieb.

In gut eineinhalb Meter Höhe schwebte Leitner von der Seite heran.

»Was ... zum Teufel machst du da?«, rief Dunk, der nun erkannte, dass Leitner auf den Staplergabeln stand.

Leitner setzte sein süßestes Lächeln auf. »Ich wollte dir nur eine gute Reise wünschen.«

Dunk sah ihn verständnislos an. »Eine gute was?«

Statt einer Antwort kam ihm Leitners rechte Faust entgegengeflogen, die zwischen seiner Nase und dem linken Auge landete. Dunk stolperte nach hinten und fand an einem Stapel Spezi Halt. Sein Mund öffnete sich, aber er brachte kein Wort hinaus. Schon war Leitner bei ihm und holte zum zweiten Schlag aus, diesmal mit der linken Faust. Dunk fiel ohnmächtig in den schmalen Gang, den er zwischen den Kistenstapeln frei gelassen hatte, und blieb regungslos liegen. Leitner kletterte aus dem Anhänger, sah, wie der Fahrer eben das Büro verließ, um ins Führerhaus zu steigen, und stahl sich unbemerkt im Schutze des Staplers Richtung Halle davon.

»Passt alles?«, rief der Fahrer Iris Staudinger zu, die den Daumen hob und ihren Stapler hinter dem Lkw wegfuhr.

Hustend erwachte der Motor des Kühlgespanns zum Leben, und schon ratterte der Laster vom Gelände. Iris und Leitner standen nebeneinander und sahen ihm nach.

»Wo muss er eigentlich hin?«, fragte Leitner scheinheilig.

Mit einer Mischung aus Bewunderung für ihn und Genugtuung in der Stimme sagte Iris Staudinger: »Lauf an der Pegnitz ...«

»Das bedeutet eine gute Stunde Fahrt. Ich denke, Dunk muss sich nach meiner Narkose erst mal ausruhen, und die Kälte im Anhänger kann seiner Nase und seinen geschwollenen Augen ja nur guttun.«

Iris Staudinger nickte. »Ich habe übrigens gehört, dass die Sommergrippe wieder umgeht. Nicht dass Dunk aus Franken noch mit einer Erkältung zurückkommt.«

Leitner wollte sich eben auf den Weg ins Büro machen, als sie ihn zurückhielt: »Gerhard, was treibst du eigentlich wirklich hier? Du hast mir vorgestern keine Antwort gegeben.«

Leitner sah sie an und wusste nicht recht, was er erwidern sollte.

»Dass du nicht nur einen Brauerei-Job brauchst, das habe ich mir schon selber zusammengereimt. Also, raus mit der Sprache!«

»Ich arbeite für eine Versicherung«, begann er zögernd. »Wir wollen herausfinden, ob Johannes Grabinger durch einen Unfall gestorben ist oder ob jemand nachgeholfen hat.«

»Macht das nicht normalerweise die Polizei?«

»Wenn ein begründeter Verdacht vorliegt. Aber wir ...«

Sie setzte einen wissenden Blick auf. »Schon kapiert. Euch ist nur wichtig, ob ihr zahlen müsst oder nicht.«

Leitner nickte stumm.

Iris Staudinger wirkte wieder wie an den ersten Tagen, als Leitner sie kennengelernt hatte. »Na, dann wirst du ja wohl nicht mehr lange im Betrieb sein«, sagte sie und ließ ihre Handschuhe aneinanderklatschen.

»Jetzt muss ich noch ins Büro, weil ich mit Heinz Grabinger reden möchte«, sagte Leitner. »Aber vermutlich muss ich tatsächlich schon morgen woanders weiterermitteln.«

Iris Staudinger schmollte, tat dann aber so, als hätte sie die Unabänderlichkeit des Gesagten akzeptiert. »Ist schon gut. Jeder macht sein Ding.«

Leitner schwieg.

»Um dich ist es eh nicht schade«, sagte sie plötzlich wieder fröhlich. »Ein gescheiter Brauereikollege wärst du ohnehin nicht geworden.«

Er lachte.

Sie näherte sich seinem Gesicht und hauchte ihm ein Bussi auf die Wange. »Nach Feierabend warst du wesentlich talentierter ...«

»Wir können uns ja mal wieder treffen«, erwiderte er mit sonorer Stimme. »Auch in meinem Beruf machen wir Feierabend.«

Sie lächelte ihn an. »Schauen wir mal. Mach's gut!«

Er wollte sich ebenfalls verabschieden, aber da hatte Iris Staudinger ihn schon in den Magen geboxt. Als er sich von dem leichten Schlag erholt hatte, saß sie längst wieder auf dem Stapler und fuhr davon.

Leitner ging ins Bürogebäude und fragte, ob er den Chef sprechen könne. Kurz darauf stand er vor dem Schreibtisch, an dem Heinz Grabinger saß.

»Was gibt's, Herr Leitner?«

»Ich wollte Ihnen nur sagen, dass ich leider ab morgen nicht mehr kommen kann.«

Grabinger blickte auf. »Oha.«

»Verstehen Sie mich nicht falsch. Es hat sich für mich beruflich eine neue Möglichkeit ergeben, die ich einfach wahrnehmen muss.«

Grabinger setzte seine Brille ab und legte sie auf den Schreibtisch. »Das ist schade, aber wahrscheinlich besser für Sie. Denn lange wird es mit uns wohl nicht mehr weitergehen.«

»Sie hören auf?«

»Wir werden die Brauerei vermutlich verkaufen. Es lohnt sich wirtschaftlich einfach nicht mehr. Das hat mein Bruder leider nie eingesehen.«

»Das heißt, Sie werden die Brauerei an einen der großen Konzerne veräußern?«

»Wahrscheinlich nicht. Die waren zwar die Ersten, die Interesse gezeigt haben, aber da mein Bruder sie hat abblitzen lassen, kann man das, was sie mir jetzt bieten, nicht mehr als Kaufpreis, sondern nur noch als Beleidigung bezeichnen.«

Leitner bohrte weiter. »Es geht mich ja nichts an, aber … wer ist dann der Käufer?«

Grabinger musterte seinen ehemaligen Hilfsarbeiter eine Zeit lang und sagte dann: »Vielleicht will die Gemeinde das Grundstück haben oder ein Nachbar. Der hat sich auch schon gemeldet. Fest steht noch nichts, und ich bitte Sie auch, nichts davon in aller Welt herumzuposaunen.«

»Nein, natürlich nicht. Aber entschuldigen Sie, welcher Nachbar? In dieser Straße gibt es doch nur den –«

»Herrn Irrgang mit seiner IT-Firma, genau. Sie haben seine Halle bestimmt schon gesehen.«

»Allerdings. Nun, wie auch immer, ich danke Ihnen trotzdem herzlich, Herr Grabinger, und wünsche Ihnen alles Gute.«

Auch Grabinger bedankte sich und rief Leitner nach, als der schon in der Tür stand: »Wenn Sie den Herrn Dunk sehen, schicken Sie ihn doch bitte kurz ins Büro.«

Leitner zog die Brauen nach oben. »Der Herr Dunk hat sich kurz abgemeldet, soweit ich weiß. Ich schätze, er wird frühestens in zwei oder drei Stunden wieder hier sein.«

23

Agathe hatte sich nach ihrer Bahnfahrt nach Schwandorf kurz zu Hause umgezogen, sich ihren BMW geschnappt und war zu ihrem heutigen Ziel aufgebrochen. Wie schon im Zug vorher ergötzte sich Agathe auf ihrer Fahrt nach Ensdorf an der Schönheit der Landschaft, die mit ihrem satten Grün und den bunten Flecken der Felder und Bäume an ihr vorbeizog. An diesem Morgen sah sie die Welt mit träumerischen Augen. Sie summte den einen oder anderen irischen Folksong vor sich hin, den sie gestern noch in dem gemütlichen kleinen Pub gehört hatte. Dabei dachte sie an den entspannenden Spaziergang durch die Sommernacht mit Berthold Irrgang, und als sie sich jedes einzelne Detail der vergangenen sinnlichen Nacht in seiner Wohnung wieder in Erinnerung rief, durchrieselte ihren Körper ein wohliges Kribbeln. Sie wusste nicht, ob die Nacht richtig oder falsch gewesen war. Sie hatte auch keine Ahnung, ob und wie das mit ihnen weitergehen sollte. Aber all das zählte nicht, sondern nur, dass sie sich so wohl wie schon lange nicht mehr fühlte.

In Ensdorf war es nicht schwer, das Kloster zu finden. Den riesigen Gebäudekomplex umgab eine weiße Mauer. Als sie auf das Haupttor zuging, war es überraschend ruhig. Es fuhren keine Autos, nur die Vögel gaben ihren sommerlichen Gesang zum Besten, und aus einem Hinterhof in der Nähe drangen Sägegeräusche.

Agathe verspürte unweigerlich Abneigung, als sie, die Konfessionslose, in dem großen Klosterhof stand, die Kirche vor sich. Unwillkürlich hatte sie die Berichte über Missbrauch und Misshandlung in Institutionen wie dieser im Hinterkopf. Sie ging nach links zum Verwaltungsgebäude und las die verschiedenen Schilder. Einen Hinweis auf die »Schulleitung« oder Ähnliches suchte sie vergebens.

Also schlenderte sie durch den Korridor, in dem jeder ihrer

Schritte laut von den Wänden widerhallte. Sie hatte Nonnen erwartet, Brüder, die ihre Nase in die Bibel steckten und beteten, und dazwischen uniformierte Kinder, die schweigen mussten. Aber niemand war da, und endlich fiel Agathe ein, dass momentan Sommerferien waren. Vor einer Tür mit dem Schild »Verwaltung« blieb sie stehen und klopfte.

Da niemand antwortete, drückte Agathe die Klinke nach unten. Verschlossen. Ratlos blickte sie den Gang hinauf und hinunter und verließ das Gebäude wieder.

Auf dem Hof kam ihr ein junger Mann entgegen, nicht im liturgischen Gewand, sondern in Jeans und T-Shirt. Er ging zu einem im Fahrradständer abgestellten Mountainbike und öffnete das Schloss mit einem Schlüssel. Agathe sprach ihn an.

»Entschuldigen Sie bitte!«

Der junge Mann sah auf. Er mochte vielleicht Anfang dreißig sein, ein bisschen älter als sie selbst.

»Gehören Sie zum Haus?«, fragte Agathe.

»Kann man so sagen«, erwiderte er freundlich.

»Das trifft sich gut«, sagte sie lächelnd. »Ich bin auf der Suche nach einem Freund aus früheren Zeiten.«

Nun lächelte auch der Mann. »Na, so alt kann der Freund nun auch nicht sein.«

»Da haben Sie recht. Aber ich kenne ihn schon seit meiner Kindheit. Wir waren damals in der Gegend auf Urlaub, meine Eltern und ich«, log Agathe.

»Und wie heißt Ihr junger alter Freund?«

»Erich. Erich Bösl.«

Der Mann kratzte sich durch den Fahrradhelm am Hinterkopf. »Der Name sagt mir leider nichts.«

»Er muss damals hier zur Schule gegangen sein.«

»Zur Schule?«

Etwas an den zwei Worten ließ Agathe aufhorchen.

»Dann waren Sie aber wirklich schon längere Zeit nicht mehr hier.«

»Wieso?«

Der Mann lächelte abermals, doch diesmal ein eher nach

innen gewandtes Lächeln. »In dem Kloster gibt es keine Schule.«

Damit hatte Agathe nicht gerechnet. »Nicht? Aber ... ich dachte, hier wäre ein Internat untergebracht?«

»Das war auch so. Bis vor zehn Jahren. Damals musste es schließen, weil es keine Schüler mehr gab.«

»Ach so. Das ist natürlich ...«

Der Mann sah Agathe skeptisch an. »Sie haben in der letzten Zeit wohl auch nicht mehr viel Kontakt mit Ihrem Freund gehabt.«

»Darum war das ja meine Anlaufadresse. In der Verwaltung ist natürlich jetzt niemand, weil Urlaubszeit ist, stimmt's?«

Der Mann nickte.

»Waren Sie selbst auch hier auf der Schule?«, fragte Agathe neugierig.

»Nein, ich bin erst seit drei Jahren hier. Das Kloster ist jetzt ein Jugend- und Begegnungshaus. Wir veranstalten Seminare, Workshops, Tage der Orientierung, Schullandheimausflüge und dergleichen.«

»Verstehe. Dann können Sie mir anscheinend auch nicht weiterhelfen«, spielte Agathe den Mitleids-Trumpf aus. Und er stach.

»Vielleicht fragen Sie mal den Herrn Mederer. Der ist unser Hausmeister und schon längere Zeit hier.«

»Wo finde ich den?«

Der Mann deutete zu einer entfernten Ecke des Klostergebäudes. »Dort hinten hat er seine Wohnung, aber wahrscheinlich arbeitet er im Garten. Ich meine, ich hätte ihn vorhin dort gesehen.«

Agathe bedankte sich und machte sich auf die Suche nach Herrn Mederer.

Hinter der Front des Kirchen- und Klosterkomplexes lag ein weitläufiger Garten. In Beeten wuchs Gemüse, das Gras war in bestem englischen Stil kurz getrimmt, und in der Mitte der Wiese standen im Abstand von etwa zehn Metern zwei Tore aus Metallrohren, zwischen denen sich Wäscheleinen spannten. Eine Frau um die sechzig hing dort gerade Hemden auf.

»Grüß Gott!«, rief Agathe der Fremden entgegen, als die sie bemerkte. »Ich suche den Hausmeister, den Herrn Mederer.«

»Der ist im Keller unten, einen Bohrer schleifen. Ich bin seine Frau. Kann ich Ihnen helfen?«

»Das hoffe ich doch«, erwiderte Agathe im frischen nordischen Originalton und bemerkte, dass damit das Eis zwischen ihr und Frau Mederer gebrochen war. Sie erzählte ihr die gleiche Geschichte wie zuvor dem Radler.

»Erich Bösl …« Frau Mederer hatte ihre Arbeit unterbrochen und starrte auf den Rasen zu ihren Füßen. »Der Name sagt mir schon was. Ich habe die Jungen damals fast alle gekannt.«

»Ich habe Erich nach einigen Jahren aus den Augen verloren, und irgendwann hatte er eine neue Handynummer.«

»Der Erich …« Frau Mederer knabberte an ihrem Zeigefinger. Dann fiel bei ihr der Groschen. »Natürlich! Jetzt sehe ich ihn wieder vor mir. Er war ein etwas schmächtiger Knabe. Ein schlechter Esser und drum so schmal.«

»Genau, das ist er, der Erich«, stimmte ihr Agathe zu.

Die andere Frau hing immer noch ihrer Erinnerung nach. »Mein Gott, der hat lange gebraucht, bis es ihm hier gefallen hat.«

»Das hat er mir auch erzählt, dass es zu Beginn für ihn nicht so leicht war. Er wurde ja wohl gegen seinen Willen hergeschickt, richtig?«, pokerte Agathe.

Frau Mederer nickte. »Das hatte mit seiner Familie zu tun. Ich glaube, die Eltern waren überfordert, als nach Erich das zweite Kind kam.«

Agathe reizte ihr Blatt noch weiter aus. »Das war wirklich schwer für Erich.«

»Allerdings ist es nach seinem ersten Jahr in Ensdorf wesentlich besser geworden«, schob die Hausmeistersgattin den betrüblichen Gedanken zur Seite.

Doch Agathe ließ nicht locker. »Erich hat mir erzählt, dass ihn die anderen immer rumgeschubst hätten«, log sie.

Frau Mederer zuckte hilflos mit den Schultern. »Das ist schon vorgekommen. Da waren ein paar rechte Rabauken dabei.«

»Der Johannes Grabinger zum Beispiel?«, versuchte Agathe ihr Glück.

»Ja, der Johannes hat ihn schon gescheit malträtiert. Der und der Erich, die beiden waren wie Feuer und Wasser. Der eine lebensfroh, gut im Futter stehend und nie um einen derben Spruch verlegen und dagegen der Erich, der das Hundertste nicht essen wollte und immer schüchtern war. Was ich so mitbekommen habe, ging das später ähnlich weiter. Der Johannes hat schon recht früh angefangen, sich unter den Frauen umzuschauen.«

»Und der Erich?«

»Bei dem wär's ein Wunder, wenn er später überhaupt eine gefunden hätte. Und jetzt diese schlimme Geschichte auf dem Annaberg in Sulzbach. Das hätte auch niemand geglaubt, dass der Johannes so früh sterben würde. Haben Sie davon gehört?«

Agathe nickte. »Wenn Sie sagen, der Erich wurde von den anderen malträtiert, was muss ich mir darunter vorstellen?«

Frau Mederer sah Agathe peinlich berührt an. »Sie wissen doch, wie Jungs in dem Alter sind.«

»Wie denn zum Beispiel?«

Die ältere Frau nahm ein T-Shirt aus dem Wäschekorb und schüttelte es zweimal. Während sie es aufhängte, sagte sie leise: »Der Erich hat zum Beispiel das Fett am Kotelettrand nicht gemocht und hat es liegen lassen. In diesen Dingen sind unsere Patres sehr empfindlich gewesen, denn Verschwendung durfte es im Kloster nicht geben. Einmal hat der Johannes den Erich vor allen Schülern im Speisesaal gepackt und ihm den Fettrand in den Mund gestopft. Das konnte natürlich nicht gut gehen. Der arme Kerl hat den ganzen Boden vollgespien. Diese Lauser.«

Agathe war zu angeekelt von dem Verhalten, um etwas zu erwidern. Der Zusatz klang aus Frau Mederers Mund fast wie eine heimliche Bewunderung. »Und so etwas ist häufiger vorgekommen?«, fragte sie.

Die Hausmeisterin hängte das nächste Wäschestück auf, eine ausgeleierte Männerunterhose. »Ich sagte doch schon, dass andauernd irgendwas passiert ist.«

»Und der Erich war immer das Opfer?«

»Nein. Von Streichen dieser Art waren viele betroffen, das gehörte einfach dazu, dass man die Rangfolge unter sich klären musste. Außerdem bekam der Erich dann ja Hilfe.«

»Was heißt das?«

Frau Mederer schenkte Agathe einen überraschten Blick, als würde ihre Aussage keiner Erklärung bedürfen. »Es gibt immer einen von den Größeren, der den Schutzschild für die Jüngeren spielt, wenn's zu wild wird. Ich weiß nicht mehr, wie er hieß, aber ich seh ihn noch genau vor mir. Wenn der sich eingemischt hat, war schnell wieder Ruhe.«

Agathe forschte vorsichtig nach: »Gab es auch ... sexuelle Zwischenfälle?« Sie glaubte, in dem stummen Blick von Frau Mederer ein kurzes, aber bedeutungsvolles Zögern gesehen zu haben, und wollte noch etwas hinterherschieben, als hinter ihr eine tiefe Stimme dröhnte.

»Grüß Gott, was führts ihr denn da für ein Gespräch? Wer sind Sie?«

Agathe drehte sich um und sah einen Mann in Frau Mederers Alter, offenbar den Besitzer der eben aufgehängten Unterhose, in grauen Stoff-Shorts und durchgeschwitztem Unterhemd. »Mein Name ist Agathe Viersen, ich suche einen alten Freund.«

»Und dabei redet ihr über sexuelle Zwischenfälle?« Anscheinend hatte er die letzten Worte aufgeschnappt.

Agathe ahnte, dass das Gespräch in Kürze beendet sein würde. »Nun, wir haben uns über die Zeit unterhalten, als in dem Kloster noch ein Internat untergebracht war.«

Mederer ging auf Agathe zu und blieb erst wenige Zentimeter vor ihr stehen. »Das geht Sie gar nix an!«

»Aber wir haben doch nur ein bisschen geplaudert«, warf seine Frau ein.

»Siehst du denn nicht, dass das eine von RTL oder von der BILD ist? Die will dich doch bloß aushorchen, jetzt, wo es die Toten auf den Bergfesten gegeben hat.«

Erschrocken sah Frau Mederer zu Agathe. Es schien ihr in der Tat nicht in den Sinn gekommen zu sein, dass die Fremde eine Journalistin sein könnte, und Agathe gab sich keine Mühe, die falsche Behauptung aus der Welt zu räumen. Es hätte ihr im Augenblick eh niemand Glauben geschenkt.

»Schleichen Sie sich!«, brüllte der Hausmeister. Während Agathe sich wortlos von dem Ehepaar entfernte, hörte sie Mederer noch hinterherschimpfen: »Wenn ich Sie noch einmal hier sehe, hole ich die Polizei. Und wenn ich einen Fotografen erwische, stopf ich ihm seine Kamera eigenhändig ins Maul!« Dann wandte er sich an seine Frau: »Wie blöd bist du eigentlich, du Schaf! Das hat man doch gegen den Wind gerochen, dass das eine von der Presse war.«

Während der Fahrt nach Hause war in Agathe von dem Zauber der letzten Nacht nicht mehr viel übrig, und während sie sich ausmalte, wie ihr Mitbewohner gleich reagieren würde, wenn sie die Wohnung betrat, verflog auch der allerletzte Rest davon.

Als sie im Flur stand und feststellte, dass Leitner nicht daheim war, verspürte sie Erleichterung. Erst drei Stunden und eine erfrischende Dusche später kam ihr Kollege durch die Wohnungstür.

Er versuchte, desinteressiert zu wirken, als er Agathe flüchtig begrüßte, die seinen Gruß höflich zurückgab. »Heute Morgen warst du noch nicht wieder da«, sagte er.

»Du weißt doch, wie sich solche Abende in die Länge ziehen können«, erwiderte sie ohne Schuldgefühle.

»Das stimmt. Allerdings bin ich mir nicht sicher, ob das, was du da gerade machst, so schlau ist.«

Agathe beschloss, sich auf keine derartige Diskussion einzulassen. »Lass das mal meine Sorge sein«, sagte sie und wechselte schnell das Thema. »Ich glaube, wir sind heute einen guten Schritt weitergekommen.« Sie berichtete von ihrem Besuch im

Kloster Ensdorf und sagte, als sie geendet hatte, voller Eifer: »Siehst du nicht, wie die Schlinge sich immer enger um den Hals von Erich Bösl zusammenzieht? Wenn du so lange derart misshandelt wirst, müssen dir einfach ein paar Leitungen im Gehirn durchbrennen. Sollte die Beschreibung der Hausmeisterin von Bösl stimmen, war er noch nie ein starker Charakter. Das heißt, das Erlebte könnte deutliche Spuren in ihm hinterlassen haben.«

Leitner dachte schweigend darüber nach.

Agathe fügte hinzu: »Leider hat mir der Hausmeister dazwischengefunkt, als ich wissen wollte, ob die Schüler auch sexuell missbraucht wurden. Aber bei dem Blick, den die Frau mir zugeworfen hat, brauche ich eigentlich keine Antwort. Da ist ganz sicher jede Menge Schweinkram passiert, von dem wir nichts wissen. Und die vom Kloster werden natürlich auch nicht drüber reden, ist ja klar.« Da Leitner immer noch nicht reagierte, fragte Agathe ihn: »Wo warst du eigentlich bis jetzt? In der Brauerei?«

»Nur kurz, aber dort muss ich auch nicht mehr hin. Was ich in Erfahrung bringen konnte, habe ich erfahren.« Er schmunzelte leicht. »Und auch noch eine Rechnung beglichen.« Er erzählte Agathe von seiner Rache an Jochen Dunk.

Eigentlich, das war ihr bewusst, hätte sie vor Schadenfreude laut mit ihm darüber lachen müssen, doch in ihr hatte sich eine seltsame Leere breitgemacht. »Und wo warst du jetzt noch?«, fragte sie. »Eine Privatangelegenheit?«

Leitner schüttelte den Kopf. »Ich hab noch mal beim Radlbeck Mike in seinem Elektrogeschäft vorbeigeschaut.«

»Und warum?«

Leitner ließ sich schwer auf den Stuhl am Küchenfenster fallen. »Weil mir so manches noch nicht ganz klar war.«

»Wegen des Stromschlages?«

»Auch. Ich habe mir noch weitere Gedanken darüber gemacht, was man tun muss, damit jemand am Zapfhahn einen tödlichen Stromstoß bekommt.«

»Und deswegen warst du bei ihm?«

Wieder verfiel Leitner in diese Sorte von Männerschweigen, das Frauen schlichtweg wahnsinnig macht. Schließlich sagte er: »Mir gehen ein paar Sachen einfach nicht aus dem Kopf.« Agathe wollte den Dialog schon höflich beenden, weil sie doch nichts erfahren würde, da sagte Leitner: »Wann siehst du Irrgang eigentlich wieder?«

»Morgen, warum fragst du?«

»Weil ich mitkommen möchte.«

»Ich befürchte, deine Anwesenheit wird uns stören«, meinte sie sarkastisch.

»Das ist mein Ernst. Ich will noch mal mit ihm sprechen.«

Agathe stand auf und goss sich ein Glas Mineralwasser ein. »Gerhard, meinst du nicht, dass du ein bisschen zu weit gehst?«

»Zu weit?«

»Wir sind nur aus Kostengründen in diese Wohnung gezogen und waren uns einig, dass wir kein Paar sind. Jeder wollte dem anderen seine Freiheiten lassen.«

Leitner wiegelte ab. »Es geht hier nicht mehr um eine lose Bekanntschaft, mit der du oder ich uns mal in unseren Zimmern vergnügen, Agathe. Hier geht es um einen Ermittlungsfall.«

»Und?«

»Ich bin der Überzeugung, dass es nicht sehr schlau ist, Berufliches und Privates zu sehr zu vermischen. Ich halte es für falsch, solltest du dich auf diese Weise mit Berthold Irrgang weiterhin treffen wollen.«

Agathe knallte ihr Glas auf den Tisch, sodass das Wasser über den Rand schwappte. »Du meinst, dass ich mit niemandem schlafen soll, der ein Zeuge in einem Ermittlungsfall ist?«

»So ist es.«

Agathe lächelte zynisch. »Und das sagst ausgerechnet du mir, der du selbst noch vor zwei Tagen auf deinem breitärschigen Brauereipony durch die Nacht geritten bist?«

Leitner fiel keine Antwort ein und blieb stumm.

»Wenn du glaubst, dass das ein Privileg ist, das nur Männer haben, weil es sich für eine Frau vielleicht nicht schickt, dann bist du mit deinem Oberpfälzer Holzkopf ganz schön auf dem

Holzweg!«, kam sie in Fahrt. »Ich weiß ganz genau, was ich tue, und zwar vermische ich nicht Geschäft und Privatleben! Zudem drängt sich mir der Verdacht auf, dass du selbst deinen weisen Ratschlag nicht befolgt hast und nur deshalb um dich schlägst!«

Leitner rutschte auf seinem Stuhl hin und her. Es war nicht einfach, dem Feuer in Agathes Augen etwas entgegenzusetzen. »Ich halte es trotzdem für falsch«, rang er sich endlich ab.

Agathe kämpfte darum, ihren Atem und ihren Puls wieder in nicht gesundheitsgefährdende Gefilde zu bringen, was ihr jedoch nur schwer gelang. Endlich sagte sie einigermaßen beherrscht: »Das ist mir scheißegal, wofür du es hältst. Und von mir aus kannst du morgen auch gern mitkommen. Wir werden nochmals mit Berthold sprechen. Ich jedenfalls bin Profi genug, das eine vom anderen trennen zu können. Gute Nacht!« Sie stampfte aus der Küche in ihr Zimmer, jedoch nicht, ohne die Küchentür mit einem lauten Wumms hinter sich zugeknallt zu haben.

Auch Leitners Herzschlag beruhigte sich erst nach einiger Zeit. Dann dachte er über das Gesagte nach und wählte schließlich Iris Staudingers Nummer.

24

Berthold Irrgang lächelte seinen beiden Besuchern freundlich zu, während er sein Telefonat beendete. »*Yes, Glenn! I'm looking forward to seeing you! That big sand mountain is something you've never seen before! Good luck to you, too!*« Damit legte er auf. »Das wird eine Party, etwas Vergleichbares hat's noch nicht gegeben, das verspreche ich euch.«

»Ein *sand mountain*?«, fragte Agathe. »Also, ein Sandberg?«

»Der meint den Hügel bei Hirschau«, sagte Leitner. »Das ist der größte Sandberg in Bayern. Besteht aus Tonnen und Tonnen Kaolinsand.«

Irrgang führte weiter aus: »Der Sand ist im Prinzip ein Nebenprodukt des Kaolinabbaus. Aber ein sehr gewinnbringendes.«

»Kaolin?« Agathe sah die Männer fragend an.

Leitner übernahm wieder: »Das braucht man zur Herstellung von Porzellan und Fliesen, wird aber auch als Füll- und Pigmentstoff verwendet.«

Agathe wirkte beeindruckt.

»Der Monte Kaolino wird dir gefallen«, sagte Irrgang. »Allein der Kaolinabbau ist schon ein Anblick für sich, aber dann noch der hohe Berg aus knapp vierzig Millionen Tonnen Sand.«

»Und was hat es mit der Party auf sich?«, fragte Agathe interessiert.

Leitner schaltete sich ein: »Das gesamte Gebiet um den Kaolino herum ist ein großer Freizeitpark. Es gibt ein Schwimmbad, einen Campingplatz, Hochseilpark und so weiter. Und am Fuß eine Partylandschaft, die Beach-Feeling vermitteln soll.«

»Ach so.« Agathe nickte.

»Da finden viele Feiern statt«, sagte Irrgang. »Zum Beispiel bei den Ski-Meisterschaften.«

»Bitte? Jetzt sag mir nicht, dass ihr hier in der Oberpfalz auf Sandbergen Abfahrtsläufe veranstaltet!«

Irrgang tippte kichernd auf seiner Computertastatur herum, und auf einem der breiten Bildschirme erschien die Homepage des Monte Kaolino, auf der zahlreiche Bilder der dort veranstalteten Ski-Events durchwechselten.

Agathe trat näher an den Monitor. »Jetzt bin ich baff.«

»Wie gesagt, bei den Rennen feiern die Leute da unten die Skifahrer, sozusagen an der Talstation.«

»Und du?«

Irrgang warf sich in Pose, als wäre er verletzt, dass Agathe nicht sofort von selbst darauf gekommen war. »Ich feiere natürlich da, wo ich hingehöre. Auf dem Gipfel!«

Leitner wusste, dass diese Spitze ihm galt, und sie verfehlte ihre Wirkung nicht. Er verdrehte die Augen und ging ein paar Schritte durch die Halle von Irrgangs Firma.

»Ich gebe auf dem Kaolino eine Party, und alle werden sie da sein«, redete Irrgang weiterhin auf Agathe ein. »Die *big people*. Investoren, Zulieferer, Staatssekretäre, Bürgermeister, alles, was dazugehört. Dann machen wir es fix.«

»Deine Auto-Geschichte?«

»Wenn du es so nennen willst. Spätestens im Herbst wirst du davon in allen Zeitungen und den großen Magazinen lesen. Die Presse wird am nächsten Samstag auch da sein.«

»So viel Prominenz«, staunte Agathe.

»Und du!«

»Ich? Wieso?«

»Weil ich dich natürlich herzlich einlade. Das wird ein phantastischer Abend, die Aussicht vom Monte in der Nacht ist grandios!«

Leitner beendete hörbar schlurfend seinen Minirundgang und stellte sich wieder zu den beiden.

Da Agathe ihr Gesicht vor Leitner nicht verlieren wollte, meinte sie: »Wenn's passt, dann komme ich gern.«

Irrgang wandte sich an Leitner. »Ich weiß nicht, ob du auch ...?«

»Schau mich nicht so an, ich werde da auf keinen Fall auftauchen. Und eigentlich sind wir auch hier, weil wir noch mal unseren Fall mit dir besprechen wollen, und nicht, um auf irgendwelche Partys eingeladen zu werden.«

Irrgang setzte ein vergnügtes Gesicht auf, das auch ein Zirkusclown hätte machen können, der ein gelangweiltes Kind aufheitern wollte. »Keine Lust auf schlechte Zeiten, so heißt es doch immer, und das ist auch mein Motto. Aber gut, schieß los.«

»Ich war gestern im Kloster in Ensdorf«, kam Agathe Leitner zuvor. »Dort hat man mir berichtet, was Erich Bösl zu Schulzeiten angetan wurde.«

»Und?«

»Es sieht so aus, als wäre das, was er dir über seine Misshandlungen erzählt hat, wahr. Gerade mit dem Johannes Grabinger muss es einige Zwischenfälle gegeben haben.«

Irrgang drehte sich auf seinem Chefsessel langsam zum Schreibtisch. »Mist!« Er ließ einen Werbekugelschreiber durch die Finger gleiten und betätigte mehrmals den Druckknopf für die Mine.

»Was meinst du damit?«, fragte Agathe.

Irrgang drehte sich wieder zu seinen Besuchern. »Ich hatte ehrlich gesagt gehofft, dass ich mich täusche. Dass Erichs Gequatsche von seinem Rachefeldzug nur das Ergebnis von zu viel Alkohol war. Aber wenn du sagst, dass ihm diese Dinge wirklich widerfahren sind ...«

»Ich konnte nicht allzu viele Einzelheiten in Erfahrung bringen, aber es ist nicht auszuschließen, dass ihm jemand auch in sexueller Hinsicht auf die Pelle gerückt ist.«

Irrgang sah betroffen zu Boden. »Mist!«, entfuhr es ihm wieder.

Nach einer Pause ergriff Leitner das Wort. »Es gibt da noch eine andere Sache, die ich gern mit dir besprechen würde, Berthold.«

Sowohl Irrgang als auch Agathe sahen ihn überrascht an.

Leitner fuhr fort: »Du planst, Autos und ihre Software zu entwickeln und zu produzieren. Und wenn ich dich richtig verstanden habe, sollen sich die Teile besonders dadurch gegenüber der Konkurrenz durchsetzen, dass sie mit dem Internet verbunden sind?«

»Das ist etwas laienhaft und verkürzt ausgedrückt, aber im Grunde hast du recht. Warum?«

»Würdest du mit deinen Produkten auch Daten vom alltäglichen Verhalten deiner Kunden generieren können?«

»Ja.«

»Diese würdest du speichern und verwalten und dann mit speziellen Computerprogrammen berechnen, wie man den Alltag der Kunden noch bequemer gestalten kann. Wozu eine große Rechenkapazität notwendig wäre, was ebenfalls wieder gigantische Mengen an Daten produzieren würde.«

»Richtig.«

Agathe wurde dieses Verhör zu viel. »Worauf willst du hinaus, Gerhard?«

Er winkte ab und begann, auf und ab zu stolzieren.

Agathe war der Auftritt ihres Kollegen peinlich. Er erinnerte sie an eine der bei Hercule-Poirot-Filmen üblichen Schlussszenen, in welcher der Meisterdetektiv vor sämtlichen versammelten Verdächtigen eine halbe Stunde lang erklärt, wer den Mord begangen hat.

»Ich will darauf hinaus, dass diese Daten alle irgendwo gespeichert werden müssen«, fuhr Leitner fort. »Und dabei denke ich nicht an die Cloud oder einen anderen virtuellen Raum. Vielmehr an tatsächliche Metallkästen mit Speicherbänken.« Sein Blick schweifte über die Gerätschaften in Irrgangs Halle.

»Und was soll mit diesen Metallkästen sein? Jetzt komm doch endlich mal zum Punkt, Gerhard!«, fuhr Agathe ihren Kollegen an. Überhaupt, warum hatte er ihr seine Gedanken nicht bereits auf der Fahrt nach Sulzbach-Rosenberg mitgeteilt und stellte sie jetzt mit Irrgang auf die gleiche Stufe?

Leitner ging zu einem der Metallkästen, der brummte und blinkte. »Das hier ist doch eine Speicherbank, nicht wahr?«

Irrgang nickte.

»Würde so ein Teil ausreichen, um die anfallenden Daten zu speichern?«, fragte Leitner scheinheilig.

Nun schüttelte Irrgang den Kopf. »Nicht einmal ansatzweise. Ich denke, davon bräuchten wir schon dreißig, vierzig Stück. Warum?«

»Ich war gestern bei einem Bekannten, der sich in der Branche ein bisschen auskennt.« Leitner drehte sich zu Agathe. »Weißt du, was bei dem Betrieb dieser Speichereinheiten die Hauptkosten verursacht?«

Sie spielte das Spiel mit, obwohl sie stinksauer war, dass Leitner sie so vorführte. »Nein. Sag du es uns.«

»Kühlung und Sicherung. Stimmt's, Berthold?«

»Korrekt. Weil diese Anlagen Hitze produzieren.«

»Und mit Sicherung meine ich nicht, dass man sichergehen muss, dass die Software nicht abstürzt. Da bei einem solchen Geschäft wie dem deinen diese Daten bares Geld wert sind, müssen sie vor fremdem Zugriff geschützt werden. Sowohl online als auch hier, in dem Raum, wo die Geräte stehen. Deswegen willst du sie wahrscheinlich auch selbst verwalten und für die Daten nicht Speicherplatz von jemand anderem mieten.«

Auch jetzt stimmte Irrgang ihm zu. »Das wäre nun wirklich ziemlich töricht von mir, wenn ich meine Goldbarren sozusagen nicht bei mir, sondern bei jemand anderem lagern würde. Aber ich weiß immer noch nicht, was du mit dem ganzen Quatsch hier bezweckst.«

»Ich habe gestern Abend noch mal mit der Iris Staudinger geredet.«

»Ach, hattest du's so dringend nötig? Ich habe dich gar nicht mehr wegfahren hören«, schoss Agathe einen Pfeil aus Eis auf ihn ab.

Leitner blieb ruhig. »Was sie mir am Telefon erzählt hat, war völlig ausreichend. Es ging um den Verkauf der Brauerei. Auf dem Gelände gibt es unter anderem einen riesigen ehemaligen Gärkeller, der in den Boden geschlagen wurde.«

»Und was hat das mit Computerdaten zu tun?«, fragte Agathe, sichtlich mit ihrer Geduld am Ende.

»Dort herrscht Tag und Nacht eine Temperatur von konstant sieben Grad plus«, parierte Leitner. »Im Sommer wie im

Winter. Die Kühlung erfolgt sozusagen kostenlos! Und von außen können nur die berechtigen Personen in den Keller gelangen. Du willst wissen, was die Brauerei mit Computerdaten zu tun hat? Ich sage, dass allein das Vorhandensein des ehemaligen Gärkellers ein Motiv für einen Mord liefern könnte, wenn man ein Projekt wie deines plant, Berthold!« Da dieser und Agathe ihn nur mit aufgerissenen Augen ansahen, schloss er seine Argumentation ab. »Von Heinz Grabinger habe ich erfahren, dass unter den Interessenten für das Brauereigelände zu Lebzeiten von dessen Bruder nicht nur große Getränkekonzerne, sondern auch lokale Immobilienmakler und sogar ein Nachbar waren. Könnte doch gut sein, dass auch du, Berthold, ihm ein Angebot gemacht hast, weil du dein Geschäft hier aufbauen wolltest. Aber Johannes Grabinger lehnte ja alle ab.«

In der Halle herrschte Grabesstille. Agathe sah Leitner mit einem vernichtenden Blick an.

Nach einer Minute sagte Irrgang sichtbar erheitert: »Ich finde, du solltest unbedingt auf die Party auf den Monte Kaolino kommen, Gerhard. Ich würde dir gern Glenn Shaughnessy vorstellen, das war der Typ gerade am Telefon.«

Die unaufgeregte Art von Irrgang reizte Leitner, und er spürte, wie sich Unsicherheit in ihm ausbreitete.

»Glenn ist ein Entwickler, der so wie ich lange im Silicon Valley gearbeitet hat. Sein Spezialgebiet sind Memristoren, Speichermedien der nahen Zukunft.« Irrgang lächelte.

»Was soll das sein?«, fragte Leitner.

»Nun, im Prinzip geht es darum, dass die nächste Revolution im Computersektor von diesen Memristoren ausgehen wird. Einfach ausgedrückt, sind es Speicherchips, die keine Wärme mehr produzieren. Mit ihnen wird man leistungsfähigere Rechner bauen können, weil die auch übereinander angeordneten Platinen kaum mehr Hitze erzeugen. Außerdem werden künftig damit in jedem PC und jedem Laptop die lästigen Ventilatoren wegfallen. In einem Satz: Die Rechner werden keine Kühlung mehr brauchen.«

Leitner war perplex. Davon hatte ihm Mike Radlbeck nichts erzählt.

Als wäre der Vorwurf eines Mordmotivs nie gemacht worden, fuhr Irrgang fort: »Trotzdem hast du recht. Ich habe Johannes Grabinger ein Angebot gemacht, sein Grundstück zu kaufen. Denn freilich wäre es mir lieber gewesen, ich hätte mich hier an Ort und Stelle vergrößern können. Von daher lautet die Antwort auf deine nicht ausgesprochene Frage: Ja, der Tod von Grabinger könnte mir Vorteile bringen, wenn ich mir mit seinem Bruder noch handelseinig werde. Aber so groß, dass ich dafür einen Mord begehen würde, wäre der Nutzen auch wieder nicht. Tut mir fast leid für dich, Gerhard, aber wir leben in einer voll digitalisierten Welt. Zunächst wird es mich wohl ein paar Kröten mehr kosten, wenn ich nicht vor Ort produzieren und entwickeln muss, aber auf mittlere Sicht ist es mir vollkommen gleichgültig, ob mein Betrieb in Sulzbach-Rosenberg oder in Tschechien steht.«

Leitner suchte nach Argumenten, um sich von seiner Theorie nicht gänzlich verabschieden zu müssen, aber er hatte sein Pulver verschossen.

»Natürlich verstehe ich, dass du eurer Versicherung einen möglichst perfekten Fall übergeben willst«, sagte er großzügig. »Nicht nur die Fakten, sodass ihr nicht zahlen müsst, sondern auch gleich den Mörder.« Als das Festnetztelefon auf dem Schreibtisch klingelte, sagte Irrgang noch, bevor er abhob: »Aber bei mir bist du an der falschen Adresse, Gerhard.« Er wandte sich ab. »BI-Technologies, Berthold Irrgang am Apparat. – Servus, Franz! Wie steht's denn in München?«

Agathe ging zu ihrem Kollegen. »Du hast wohl jetzt vollkommen den Verstand verloren, Gerhard«, flüsterte sie. »Und außerdem: Wenn Berthold etwas mit dem Fall Grabinger zu tun gehabt hätte, warum hast du Idiot nicht vorher mit mir darüber gesprochen?«

Leitner blickte sie an und versuchte, heldenhaft zu wirken, was ihm misslang. Im Gegenteil, er sah so aus, wie er sich fühlte: wie ein Idiot.

»Maaaache ich!«, sang Irrgang im Hintergrund in den Hörer. »Ich freue mich auch auf nächste Wocheeee! Und Grüße an die Gertiiiieee!« Nachdem er aufgelegt hatte, sagte er wieder im normalen Tonfall: »Das war der nächste Gast für den Monte. Du kannst es dir ja noch überlegen, ob du dabei sein willst, Gerhard. Die Einladung steht. Mir ist gerade übrigens noch etwas eingefallen. Und zwar wegen dem Frohnbergfest.«

Das war das dritte größere Bergfest der Gegend in Hahnbach, wie Leitner wusste, aber im Moment lieber nicht laut verkündete.

»Wann hat man noch mal den ersten Toten auf dem Mariahilfberg gefunden?«, wollte Irrgang wissen. »Ich meine, an welchem Wochentag?«

Agathe ließ den Kalender vor ihrem geistigen Auge Revue passieren. »Das war an einem Donnerstag.«

Irrgang nickte kaum merklich, als würde sich damit seine Theorie erhärten. »Und Johannes Grabinger starb wann genau auf dem Annaberg?«

»Auch am Donnerstag«, sagte Leitner leise.

Irrgang streckte die Hände aus. »Da haben wir es doch. Erich begeht seine Vergeltungstaten offensichtlich immer an einem Donnerstag.«

Agathes Augen weiteten sich vor Schreck. »Aber dann müssen wir die Polizei warnen. Wann geht das Frohnbergfest los?«

Leitner sagte tonlos: »Das ist schon losgegangen. Am letzten Wochenende.«

»Und übermorgen ist Donnerstag.« Agathes Stimme war kaum zu hören.

Irrgang gab seinem Sessel wieder einen Schubs und rollte vor seine Tastatur. »Ich drucke euch mal ein Bild von Erich Bösl aus. Wenn nötig, kann ich es auch der Polizei per E-Mail schicken.« Er griff nach zwei DIN-A4-Blättern, auf denen ein schlanker blasser Mann abgebildet war, und reichte sie weiter. »Das ist er.«

»Wir müssen einen weiteren Mord unbedingt verhindern,

Gerhard«, sagte Agathe. »Auch wenn der nichts mit unserer Versicherung zu tun hat!«

Auf dem Heimweg telefonierte Leitner mit seinem alten Freund Bernhard Obermeier von der Polizeiinspektion Schwandorf und bestand darauf, ihn noch heute persönlich zu treffen.

»Und was sollen wir eurer Meinung nach machen?«, fragte Obermeier am Abend im Biergarten der Wirkendorfer Brauereiwirtschaft, wo er stets am Dienstag und, je nach Schicht, auch an ein bis zwei weiteren Abenden der Woche eine Stunde am Stammtisch verbrachte.

»Den Bösl suchen und festnehmen!«

Obermeier verzog ungläubig sein Gesicht, nahm einen Schluck Bier, stellte das Glas wieder ab und begutachtete einen Moment lang die grünen Blätter der Kastanien, die im Biergarten willkommenen Schatten spendeten. Bei ihrer Ankunft hatte Obermeier allein am Tisch gesessen, doch Leitner wusste, dass seine Stammtischbrüder – fast alle waren Fußballer von den »Alten Herren« – nicht mehr lange auf sich warten lassen würden. »Wie stellt ihr euch das denn vor?«, fragte Obermeier dann im Amtston. »Mit welcher Begründung soll ich zur Direktion gehen und um eine Mannschaft anfragen? Bislang gibt es keinen Hinweis darauf, dass sich ein Verbrechen ereignen wird.«

Agathe rückte ihren metallenen Klappstuhl näher an den Biertisch. »Aber auf zwei anderen Bergfesten gab es schon zwei Tote!«

Obermeier zuckte mit den Achseln. »Der erste ist an einem Hirnschlag gestorben und der zweite Opfer eines technischen Defekts geworden. Zumindest sieht es bislang danach aus.«

»Und was ist damit, dass beide zeitgleich im selben Internat waren?«

»Mei, Frau Viersen, das ist bei uns in der Gegend keine Seltenheit, dass zwei Leute auf dieselbe Schule gegangen sind. Deswegen genehmigen die mir kein SEK.« Als Obermeier sah, dass Agathe zur Erwiderung anhob, schnitt er ihr das Wort ab. »Schauen S', selbst wenn dieser Erich Bösl damit irgendwas zu tun hat und ich jetzt zur Urlaubszeit im August genügend Kollegen zugeteilt bekäme – wie sollten wir vorgehen? Der eine Mann ist auf der Kirchenempore verstorben, der andere am Zapfhahn im Bierzelt. Waren Sie schon einmal auf dem Frohnberg?« Da Agathe verneinte, sah Obermeier um Zustimmung heischend zu Leitner. »Dachte ich's mir doch. Das Gelände dort oben ist so dermaßen weitläufig, dass ein Mörder alle Möglichkeiten hätte zuzuschlagen: ob an einem der Standln, in der Gaststätte, in der Kirche, hinter dem Zelt oder im Scheißhaus. Ganz zu schweigen davon, dass ich sowieso nicht glaube, dass an dieser Geschichte auch nur irgendetwas dran ist.«

Agathe lehnte sich resigniert auf ihrem Stuhl zurück. »Sie wollen also nichts unternehmen und lieber einen weiteren Mord riskieren?«

»Wir schicken die Kavallerie nicht grundlos los«, erwiderte Obermeier. »Und ihr habt keine ernst zu nehmenden Hinweise.«

Leitner nickte stumm und erhob sich. Auch Agathe stand auf, jedoch nicht, ohne Obermeier einen Blick der Verachtung zuzuwerfen. Als sie den Biergarten verließen, kam ihnen ein junger Mann entgegen. Auch ohne Uniform erkannte Leitner in ihm sofort Polizeimeister Weinfurtner.

Leitner sprach ihn an. »Grüß Gott, Herr Polizeimeister. Jetzt sagen Sie nicht, dass Sie an unserem Auto wieder irgendwelche Mängel gefunden haben.«

Weinfurtner erschrak sichtbar, als er seinen Namen hörte, erkannte dann aber Leitner und Agathe Viersen wieder, mit denen er bei Agathes erstem Fall in der Oberpfalz des Öfteren auf der Straße zusammengetroffen war. »Nein, nein ...«, stotterte der junge Polizeibeamte. »Ich bin heute nur als Privatperson da.«

»Das ist gut«, erwiderte Leitner. »Und in Zivil schauen Sie sogar fast aus wie ein Mensch.«

Weinfurtner lachte gequält. »Jaja ... so ist es.«

»Wenn Sie privat hier sind, wird Sie vermutlich auch die schlechte Nachricht nicht sonderlich treffen: Ich habe meinen alten Opel nämlich verschrottet. Es gibt bei mir also leider nichts mehr für Sie zu ermitteln, von wegen Reifen oder TÜV.«

»Wir kommen uns jetzt eh nicht mehr ins Gehege«, sagte Weinfurtner hektisch. »Ich bin seit Kurzem in der Direktion in Regensburg, mache Innendienst!«

»Da schau her. Respekt. Aus Kindern werden Leute. Und jetzt halte ich Sie auch nicht länger auf, Sie wollen bestimmt zum Stammtisch.«

Weinfurtner verabschiedete sich und machte, dass er davonkam.

»So einer wie der hat noch nie in den Außendienst gehört«, sagte Leitner zu Agathe. »Der hockt jetzt bestimmt als Hiwi in der Pressestelle oder in der Telefonzentrale.«

Agathe hatte die Szene aus einigen Metern beobachtet, ging aber auf Leitners Bemerkung nicht ein. »Was brauchen die denn noch für Anhaltspunkte?«, fragte sie stattdessen. »Werden die erst aktiv, wenn der Nächste abgemurkst ist?«

»Ich kann das schon verstehen«, sagte Leitner, als sie schon im Auto saßen. »Die Hinweise sind wirklich recht dünn.«

Mit unüberhörbarer Schärfe zischte Agathe zurück: »Genau diese dünnen Hinweise haben dich vorhin doch auch nicht davon abgehalten, einen unschuldigen Menschen des Mordes zu verdächtigen!«

Leitner nahm sich bewusst einige Sekunden Zeit, um nicht den nächsten Fehler zu begehen. »Unsere Aufgabe ist es, herauszufinden, ob jemand ein Motiv gehabt hat, Johannes Grabinger umzubringen. Und Berthold Irrgang *hatte* ein Motiv.«

»Trotzdem hast du mich ziemlich blöd dastehen lassen.«

»Wenn ich dich vorgewarnt hätte, hättest du sicherlich versucht, mich von meinem Vorhaben abzubringen.«

Agathe schnaufte entnervt ein und schwer wieder aus. »Dass du das mit mir und Berthold nicht abkannst, das weiß ich inzwischen. Und dass du unsere Beziehung nicht gerade für professionelles Verhalten hältst, hast du mir auch schon deutlich gemacht.«

»Der Mann ist ein Verdächtiger in einem Mordfall!«

»Hat nicht dein Freund Obermeier gerade gesagt, dass es sich bei den Vorfällen wahrscheinlich eh um keine Morde handelt? Glaubst du ihm das etwa *nicht*? Und dass Berthold deine angebliche Theorie für ein Mordmotiv innerhalb von wenigen Sekunden in der Luft zerfetzt hat, ist dir auch egal?«

Leitner schwieg.

»Professionell wäre es, wenn wir mal bei Bösls Wohnung vorbeischauten«, sagte Agathe emotionslos. »Wenn die Polizei schon nichts in die Wege leiten will ...«

»Das könnte ich morgen übernehmen. Aber wenn er wirklich verschwunden ist, wie Irrgang gesagt hat, wird die Aktion nichts bringen.«

»Fahr bitte trotzdem vorbei.«

Leitner gab nach. »Na schön.«

»Dann werde ich der Hausmeistersfrau im Internat noch einmal einen Besuch abstatten«, fuhr Agathe fort.

»Tu das. Aber ich fürchte, die wird dir genauso wenig sagen können, wo sich Bösl aufhält.«

»Das vielleicht nicht.«

»Dann ist mir nicht ganz klar, was du sonst von ihr willst.«

Agathe hielt den Blick konzentriert auf die Straße gerichtet, als sie flüsterte: »Ich will von ihr wissen, wer das nächste Opfer sein könnte.«

25

Sulzbach-Rosenberg war nicht nur ein Zentrum für die Eisenverhüttung, sondern davor auch lange Zeit Stadt der Grafen und später des Herzogs gewesen; so weit reichten Leitners Geschichtskenntnisse noch in die Vergangenheit. Trotzdem hatten einzelne Viertel und Straßen noch immer das gleichförmige Erscheinungsbild einer früheren Arbeiterstadt. So auch die Hugo-Geiger-Straße, in der Erich Bösl seine Bleibe hatte. Die auf kleinen Grundstücken stehenden ebenso kleinen Häuschen sahen mit ihren eigenartig geschwungenen Dächern ein bisschen wie die Zipfelmützen der sieben Zwerge aus. Die Gärten einiger Häuser waren sehr gepflegt, aber in manchen überwucherten die Pflanzen die Zäune und die grauen Mauern. Der Garten der Nummer 21 – Bösls Adresse – gehörte zu den überwucherten.

Leitner stieg aus seinem Wagen und ging langsam zu dem kniehohen Türchen im verwitterten Holzzaun. Er sah sich um. Es war noch früher Morgen, niemand schien ihn zu beobachten, kein Passant war auf der Straße, kein Gesicht in den Fenstern der Nachbargebäude zu sehen. Er riskierte es, öffnete das Gartentürchen und ging um das Haus herum, das von der Größe her eher einer Hütte ähnelte. Leitner konnte sich vorstellen, dass es für viele Arbeiter, die hier früher dem schweren Eisenhandwerk nachgingen, trotzdem die Erfüllung eines Traumes gewesen sein musste, ein solches zu besitzen.

»Gärtner ist der Bösl jedenfalls keiner«, brummte Leitner, als er durch das knöchelhohe Gras stapfte. Von den Fensterrahmen blätterte großflächig der Lack ab, ein Kellerfenster war zerbrochen. An die Hinterseite des Häuschens schloss sich eine kleine gepflasterte Fläche mit einer Holzbank an, eine Art Terrasse. Die Tür des Hintereingangs sah nicht so aus, als wären höhere Kenntnisse des Einbruchshandwerks nötig, um sie zu öffnen. Leitner versuchte sein Glück und stand wenige Sekunden später in dem Haus von Erich Bösl.

Der Flur lag im Halbdunkel, weil alle angrenzenden Türen geschlossen oder angelehnt waren. Es roch nach altem Teppichboden. Zu seiner Linken entdeckte Leitner das Schlafzimmer. Auf dem alten Doppelbett lagen zwei Garnituren, aber nur ein Kissen und eine Daunendecke waren sichtbar benutzt. Die andere Hälfte des Bettes wirkte unberührt. Er ging in den nächsten Raum, das Bad. Ihm gegenüber lag die Küche, deren Fenster zur Straße hinausgingen. Er öffnete eine weitere Tür und fand sich in einem großen Raum wieder, der Bösl wohl als Arbeits- wie auch als Wohnzimmer diente. An einer Wand stand ein Schreibtisch mit einem PC. Der Computer lief, Leitner hörte ein leises Summen. Er schielte auf den Bildschirm, der im Stromsparmodus dunkel war, trat näher und klopfte mit dem Knöchel seines Zeigefingers an die Maus. Der Monitor erwachte zum Leben. Das Hintergrundbild des Desktops war Berthold Irrgangs Firmenlogo. Leitner war nicht Computerexperte genug, um gezielt durch die Dateien des Rechners zu pflügen, außerdem erschien es ihm sinnvoll, keine Fingerabdrücke zu hinterlassen oder bestehende zu verwischen, sollte Bösl denn tatsächlich etwas mit den Todesfällen auf den Bergfesten zu tun haben. Also nahm er einen Kugelschreiber aus der Brusttasche seines Hemds und zog mit dessen Hilfe die beiden Schubladen unter der Tischplatte auf. In der ersten befanden sich Druckerpatronen, Klebefilm und weiteres Bürozubehör. In der zweiten lagen unsortiert Briefe vom Finanzamt und anderen Behörden sowie ein Bilderrahmen, dessen Schutzglas nach unten zeigte. Leitner hob den Rahmen mit spitzen Fingern an, drehte ihn um und erkannte die Fotografie eines Hochzeitspaares. Der Mann war Erich Bösl, die junge Frau hatte sich bei ihm eingehakt und sah fröhlich in die Kamera. Warum hat zuvor niemand erwähnt, dass Bösl verheiratet ist?, fragte sich Leitner, während er den Bilderrahmen wieder zurücklegte und die Schübe schloss. Er ließ seinen Blick nochmals durch das Zimmer gleiten. Nirgendwo konnte er einen Hinweis darauf erkennen, dass hier ein Paar wohnte. Nichts sah so aus, als wäre es von einer Frau ausgesucht, dekoriert oder eingeräumt worden. Offenbar lebten die Bösls getrennt.

Minuten später stieg er wieder in seinen Wagen. »Kruzifix!« Der Fluch war der Tatsache geschuldet, dass sein Mobiltelefon nach dem unfreiwilligen Bad im Brauereitank den Geist aufgegeben hatte und er von der Jacortia-Versicherung immer noch kein neues erhalten hatte. Somit war Leitner weder imstande, seiner Kollegin von seiner Entdeckung zu berichten, noch jemand anderen zu kontaktieren, der ihm hätte mitteilen können, wie Erich Bösls Frau hieß und wo sie wohnte. Liebend gern hätte Leitner auf dem Heimweg an einem der Elektromärkte in Amberg angehalten und sein Kommunikationsproblem behoben, doch er musste warten, dass die Mühlen der Verwaltung mahlten. Und das taten sie auch bei der Jacortia nun mal sehr langsam.

Zur etwa gleichen Zeit ging Agathe durch das Tor des Klosters Ensdorf und schnurstracks zur Wohnung des Hausmeisterehepaares. Da heute niemand im Garten arbeitete, betätigte sie die Klingel.

Frau Mederer öffnete, nahm jedoch sofort eine Abwehrhaltung ein, als sie Agathe sah. »Was wollen Sie schon wieder hier? Wir sprechen nicht mit der Presse, die nur unseren guten Ruf beschmutzen will!«

Agathe hörte den Hausmeister aus der Frau sprechen. Sie versuchte, Frau Mederer zu beschwichtigen. »Ich bin nicht hier, um einen guten Ruf zu zerstören. Vielmehr geht es mir darum, ein Menschenleben zu retten, und dafür brauche ich Ihre Hilfe.«

Im Gegensatz zu ihrer abweisenden Körpersprache strahlten Frau Mederers Augen Offenheit aus. Trotzdem blieb sie hart. »Was soll das heißen? Glauben Sie etwa, ich falle auf Ihre billigen Haustürtricks herein?«

»Wenn Sie mir eine Minute zuhören wollen, erkläre ich Ihnen gern, worum es geht. Darf ich reinkommen?«

Frau Mederer wurde lauter. »Nein!« Dann warf sie die Tür ins Schloss, und Agathe gab diese Runde verloren.

Sie blieb noch mehrere Sekunden stehen, um sich zu sammeln, als sich die Tür der Hausmeisterwohnung abermals öffnete.

Frau Mederer trat heraus und deutete auf eine Bank an der Hauswand, die in der mittäglichen prallen Sonne stand. »Setzen wir uns hier draußen hin. Mein Mann ist gerade nicht da, und ...«

Agathe trat zur Holzbank. »Kein Problem, Frau Mederer«, erwiderte sie. »Ich will Ihnen wirklich nichts Böses.« Sie nahm Platz, während die Hausmeisterin stehen blieb. Anscheinend hatte die Frau so eher das Gefühl, die Situation kontrollieren zu können. Agathe begann, von den Toten auf den Bergfesten zu erzählen. Am Schluss angekommen, sagte sie: »Und darum denken wir, dass Erich Bösl morgen seine nächste Rachetat ausführen wird. Halten Sie das auch für möglich?«

Frau Mederer ließ sich wie in Zeitlupe auf der Bank nieder, ihren Handrücken fest gegen die Lippen gepresst. Sie schien in sich eine Art Kampf auszutragen, ob sie Agathe antworten sollte oder nicht. Nach geraumer Zeit flüsterte sie: »Sie haben ihm damals übel mitgespielt, dem Erich.«

»Was genau meinen Sie damit?«

Wieder zögerte die Hausmeistersfrau, bevor sie erwiderte: »Viele Neuankömmlinge mussten erst einmal eine ziemlich harte Zeit überstehen. Die Kinder ... na ja, viele waren ja schon eher junge Männer, jedenfalls hat jeder immer geschaut, dass er von den anderen nicht untergebuttert wird. Das war eine einzige Keilerei, um festzulegen, wer wo in der Hackordnung steht. Aber es ist Teil des Lebens, dass man sich seinen Platz erkämpfen muss. Auch später, nach der Schulzeit.«

Agathe hörte den Ausführungen von Frau Mederer über die Stählung junger Männer kommentarlos zu.

»Ich habe mir nichts weiter dabei gedacht, wenn sie ein bisschen miteinander gerangelt haben«, fuhr diese fort. »Die meisten haben gut aufs Leben vorbereitet unsere Schule verlassen.«

»Aber nicht alle?«

»Nein. Leider nicht. Es waren immer auch einige Buben

darunter, die dem Druck nicht standgehalten haben. Die haben sich alles sehr zu Herzen genommen.«

»Und zu denen gehörte Erich Bösl?«

Frau Mederer sprach ohne sichtbare Regung im Gesicht weiter. »Man hat die immer daran erkennen können, dass sie sich zurückgezogen haben. Verstört sind sie allein dagesessen. Weil sie Angst hatten vor den größeren und älteren Rowdys. Der Erich war vom Körperbau halt eher schmal, was die Älteren geradezu angespornt hat. Manchmal hat diese Schwäche sie aber auch richtiggehend wütend gemacht, dann haben sie ihn erst recht in die Mangel genommen.«

»Ist er geschlagen worden?« Agathe bereitete sich darauf vor, die Antwort mit Fassung zu tragen.

»Auch. Das gehört nun einmal dazu, wenn man in einem Internat wohnt.«

»Und er hat sich nicht gewehrt?«

Mit bitterem Lächeln wandte sich Frau Mederer ab. »Mei, gewehrt ... Gewehrt hat er sich schon, aber wenn die anderen einen halben Zentner mehr wiegen als man selbst, kommt man gegen sie kaum an. Der Grabinger war einer von der schlimmeren Sorte. Hat seinen Bauernschädel immer durchsetzen wollen.«

»Gab es auch etwas, das Erich Bösl Heinrich Merz heimzahlen wollte? Dem Bruder Georg?«, erkundigte sich Agathe nach dem Toten auf dem Amberger Bergfest.

Diesmal antwortete Frau Mederer ohne Zögern: »Der Johannes Grabinger, der war für den Bruder Georg so etwas wie sein Lieblingsschüler. Wenn ihm etwas nicht gepasst hat, hat er häufig den Grabinger losgeschickt, um in seinem Sinne wieder Ordnung herzustellen.«

»Johannes Grabinger war so etwas wie Bruder Georgs Hilfssheriff?«

»So könnte man es sagen. Ich kann mir also durchaus vorstellen, dass der Erich mehr als einmal eigentlich wegen Bruder Georg Ärger mit dem Grabinger bekommen hat.«

Agathe konnte kaum fassen, was sie gerade erfahren hatte.

Aber was half es jetzt, der Hausmeistersfrau Vorwürfe zu machen, weil sie damals nichts unternommen hatte? Der Internatsbetrieb war seit Jahren eingestellt, das Kloster Ensdorf genoss einen außerordentlich guten Ruf, und Frau Mederer war wahrscheinlich durch ihre Ehe mit ihrem Gatten gestraft genug. Jetzt ging es um etwas anderes. Darum, einen weiteren Mord zu verhindern. »Frau Mederer«, sagte sie, »nach allem, was ich jetzt weiß, ist es sehr wahrscheinlich, dass Erich Bösl seine Vergeltungsserie morgen fortführt.«

Frau Mederer fächelte sich mit ihren Händen nervös Luft zu. »Aber dann müssen wir die Polizei verständigen! Um Himmels willen!«

Agathe beherrschte sich nur mühsam, nicht ausfällig zu werden. Auf sie wirkte der plötzliche Aktionismus, den die andere Frau an den Tag legte, zynisch, nachdem sie früher bei so vielen Gelegenheiten stillgehalten hatte. Sie legte ihren Arm auf den von Frau Mederer: »Wir sind schon mit der Polizei in Kontakt. Aber bevor wir etwas veranlassen, wäre es hilfreich, wenn Sie uns verraten könnten, wer während der Schulzeit noch zu Erich Bösls Feinden gehört hat.«

Frau Mederer stand von der Bank auf und begann, jeweils zwei Schritte nach vorne und wieder nach hinten zu gehen. »Zu seinen Feinden?«

Agathe erhob sich ebenfalls und stellte sich in Frau Mederers Weg. »Verstehen Sie denn nicht? Wenn es noch jemanden gegeben hat, der Erich Bösl damals misshandelt hat, dann müssen wir denjenigen sofort warnen.«

Erst jetzt schien bei Frau Mederer der Groschen zu fallen. »Sie meinen – derjenige ist sein nächstes Opfer? Der Nächste, den Erich Bösl umbringen wird?«

»Richtig. Deshalb überlegen Sie jetzt bitte genau.«

Sämtliche Spannung wich aus den Muskeln der Frau, sie sackte in sich zusammen, als hätte sich das Gewicht der Verantwortung wie ein Amboss auf sie gelegt.

»Gab es noch einen Mitschüler, der ihn gepiesackt hat?«, wollte Agathe ihre Erinnerung wecken. »Oder jemand anderen vom Lehrkörper?« Sie suchte nach der kleinsten Reaktion in Frau Mederers Gesicht, aber vergeblich. »Hat man Erich Bösl vielleicht auch ... anderweitig belästigt?«

»Anderweitig?«

»Damit meine ich sexuell.«

Die Frau sah sie fassungslos an.

»Mittlerweile hört man aus beinahe jedem Internat und aus jedem Kloster solche Geschichten. Es könnte doch gut sein, dass dergleichen auch hier passiert ist.«

Die Hausmeistersfrau schüttelte energisch den Kopf. »Nicht bei uns. Das hätte Bruder Vinzenz nie geduldet!«

»Wer ist Bruder Vinzenz?«

»Er war unser Schulleiter.«

»Aber kann es nicht sein, dass die Schulleitung von solchen Übergriffen nichts mitbekommen hat?«, warf Agathe ein.

»Unmöglich. Bruder Vinzenz wusste von allem, was im Internat passierte! So etwas hätte er nie und nimmer durchgehen lassen!«

In diesem Moment setzten sich die Puzzleteile in Agathes Vorstellung zu einem Gesamtbild zusammen. »Dann müssen wir sofort Kontakt mit Bruder Vinzenz aufnehmen. Es ist gut möglich, dass Erich Bösl ihn zu seinem nächsten Opfer auserkoren hat.«

»Aber wieso?«

»Sollte damals im Internat kein sexueller Missbrauch stattgefunden haben, kann ich Sie und auch alle ehemaligen Schüler dazu nur beglückwünschen. Aber wenn ich Ihnen glaube, dass Bruder Vinzenz über jegliche Vorgänge gut informiert war, wäre das ein Motiv für Erich Bösl!«

»Ich verstehe immer noch nicht.«

Agathe nahm ihr Smartphone und entsperrte das Display. »Wenn Bruder Vinzenz wirklich über alle Vorgänge informiert war, dann auch über die Misshandlungen von Erich Bösl.«

»Und?«

»Er hat nichts dagegen unternommen. Stellen Sie sich Bösls Enttäuschung und Wut vor, wenn er wegen dieser Sache bei ihm gewesen war, danach aber nichts passierte und er von Grabinger und Bruder Georg in aller Ruhe weitervertrimmt wurde.«

Frau Mederer versuchte sich das, was Agathe eben gesagt hatte, zu verdeutlichen. Daraufhin schlich sich der Ausdruck einer höheren Stufe von Schrecken in ihr Gesicht.

Agathe fragte: »Haben Sie eine Telefonnummer von Bruder Vinzenz? Wie ist sein richtiger Name?«

»Ich habe keine Nummer von ihm und kenne auch seinen bürgerlichen Namen nicht.« Sie zuckte mit den Schultern.

Agathe glaubte zu träumen. »Sie wissen nicht, wie der Leiter der Schule hieß?«

»Nein«, sagte Frau Mederer, und es klang fast wie ein Flehen. »Danach habe ich nie gefragt, wir nannten ihn immer nur Bruder Vinzenz.«

Agathe steckte ihr Handy weg. »Wissen Sie wenigstens, wo er heute wohnt?«

Auch diesmal musste Frau Mederer passen, machte Agathe dann aber ein überraschendes Angebot. »Mein Mann sollte das alles wissen. Gehen Sie jetzt, und nachher, wenn er zurück ist, werde ich das Gespräch auf Bruder Vinzenz lenken. Sobald ich die Informationen habe, rufe ich Sie an.«

Noch immer erstaunt über Frau Mederers Reaktion ließ Agathe ihr ihre Nummer da und machte sich auf den Weg zurück nach Schwandorf.

26

Am späten Mittwochnachmittag saßen Leitner und Agathe in der Küche ihrer Wohnung und tauschten ihre neuen Informationen aus.

»Jetzt können wir nichts weiter tun, als zu warten, bis dieser Hausmeister mit der Sprache rausrückt«, beendete Agathe ihre Erzählung.

»Das wäre schon gut, wenn er das täte«, sagte Leitner, während er lustlos die Werbeprospekte mit den Sonderangeboten der Supermärkte durchsah. »Ansonsten haben wir keinen Plan, wie wir morgen auf dem Fest vorgehen sollen.« Er stieß einen tiefen Seufzer aus.

»Ich weiß, dass du nicht restlos begeistert von diesem Vorhaben bist.«

Leitner legte ein Faltblatt zur Seite. »Es ist halt alles so undurchsichtig und unausgegoren. Warum soll es Bösl – wenn er überhaupt für die zwei Toten verantwortlich ist – jetzt ausgerechnet auf diesen Bruder Vinzenz abgesehen haben? Er könnte doch auch auf einen x-beliebigen ehemaligen Mitschüler einen Hass haben, von dem noch überhaupt niemand etwas weiß.«

»Hast du eine bessere Idee?«

Leitner musste passen. »Nein«, sagte er nach einer kurzen Pause. »Trotzdem wäre es gut, wenn wir ein paar mehr Anhaltspunkte hätten.«

Es klingelte an der Wohnungstür, und Agathe erhob sich und ging zur Sprechanlage. »Vielleicht haben wir die ja gleich«, sagte sie über ihre Schulter hinweg und betätigte den Türöffner.

»Wie das?«

»Berthold war in Schwandorf unterwegs, und da habe ich ihm gesagt, er soll vorbeikommen, wenn er seine Geschäfte erledigt hat.«

»Na, wunderbar.«

Agathe ging zu Leitner zurück und drohte ihm mit ihrem

Zeigefinger. »Mach jetzt bloß keine neue Szene! Deine Polizeifreunde lassen sich ja nicht zu einer Überwachung des Festgeländes überreden, also können wir froh sein, dass wir wenigstens zu dritt sind.«

Vom Gang her erklangen bereits Schritte, als Leitner brummte: »Jaja, schon gut. Beruhig dich mal wieder.«

»Hallo?«

»Wir sind hier, einfach gerade durch!«, dirigierte Agathe den Neuankömmling.

Irrgang betrat die Küche, den Raum, den die beiden Versicherungsdetektive in ihrer Wohnung am häufigsten nutzten. »Servus! Schön habt ihr es hier.«

Agathe gab ihm einen Kuss auf die Wange, während Leitner sich nur zu der verhaltensten aller Begrüßungen, einem Zunicken, überwinden konnte.

Irrgang trat an das Fenster, das zur Klosterstraße hinausging. »Tolle Aussicht. Von hier aus habt ihr den totalen Überblick.«

Leitner erhob sich und bot Irrgang seinen Stuhl an. »Magst du was trinken?«, fragte er gastfreundlich.

Irrgang nahm Platz. »Wenn du einen Schluck Mineralwasser hättest? Bei der Hitze klebt einem nach so langem Reden wie gerade auf dem Termin direkt das Maul zusammen.« Er trank das gereichte Wasser in einem Zug, bevor er sich erkundigte: »Seid ihr schon weitergekommen? Was sagt die Polizei?«

Agathe berichtete ihm von dem ergebnislosen Gespräch mit Bernhard Obermeier.

Irrgang machte eine wegwerfende Handbewegung. »Das hatte ich schon befürchtet. Die Beamten machen sowieso schon chronisch Überstunden, und jetzt sind auch noch große Ferien.«

Dann erzählte Leitner von seinem Besuch in Bösls Haus und dem gefundenen Hochzeitsfoto.

»Verheiratet?«, wiederholte Irrgang verblüfft. »Davon hat er nie etwas gesagt.«

»Nun, nichts in dem Haus hat so ausgesehen, als hätte da in den letzten Monaten eine Frau gewohnt. Und das Foto stand auch nicht auf seinem Schreibtisch oder dem Nachtkästchen, sondern lag mit dem Bild nach unten in einer Schublade.«

»Da schau her, so erfährt man immer wieder etwas Neues«, meinte Irrgang. »Das wird dann wohl Erichs Ex-Frau sein. Wäre bestimmt interessant, mit ihr zu sprechen.«

»Das werden wir auch tun«, sagte Agathe, »aber jetzt geht es erst mal darum, dass morgen auf dem Frohnbergfest niemand ermordet wird.«

»Was kam denn bei deinem Gespräch mit der Hausmeisterin heraus?«

Leitner schluckte. Dass Irrgang diese Frage stellte, bedeutete, dass Agathe ihn über ihre Ermittlungen auf dem Laufenden hielt, was ihm zutiefst widerstrebte.

Agathe antwortete mit einer Gegenfrage. »Hat dir Erich Bösl jemals etwas über einen gewissen Bruder Vinzenz erzählt?«

Irrgang griff auf seine Datenbank im Gehirn zu. »Bruder Vinzenz? Natürlich, das war doch der Name des ehemaligen Schulleiters. Dann ist er das nächste Opfer?«

»Du bist dir aber ziemlich sicher«, sagte Leitner forsch.

Irrgang fixierte eine Fuge im Laminatboden mit seinem Blick. »Ich kann dir auch sagen, warum ich denke, dass Erich es auf Bruder Vinzenz abgesehen hat. Der Erich hat mir nämlich mal erzählt, dass der Grabinger ihn gezwungen hat, Fleisch zu essen, das er nicht mochte.«

»Das hat die Hausmeisterin auch gesagt«, warf Agathe ein. »Der Bösl musste vor versammelter Mannschaft den Fettrand eines Koteletts hinunterwürgen und hat anschließend den Speisesaal vollgekotzt.«

»Das war aber noch nicht alles«, fuhr Irrgang fort. »Daraufhin muss Bruder Georg den Grabinger angestachelt haben, sodass der dann eine Zeit lang jeden Abend mit alten Fleischresten aus der Küche zu Erich aufs Zimmer gegangen ist und ihn gezwungen hat, Fettränder und Knorpel zu essen.«

Agathe merkte, wie ihr flau im Magen wurde. »Und wie?«

»Ich weiß auch nur das, was Erich im Suff gelallt hat«, sagte Irrgang. »Demnach hat der Grabinger ihm das Zeug in den

Mund gestopft und sich dann auf sein Gesicht gesetzt, und zwar so lange, bis er schließlich alles runtergewürgt hatte.«

»Mein Gott, das ist ja widerlich.«

»Das stimmt. Der Grabinger war wohl schon zu Schulzeiten ein ganz schönes Kraftpaket.«

»Und Frau Mederer hat gesagt, dass Erich Bösl dünn und schwächlich war.«

Leitner meldete sich zu Wort. »So weit, so ekelhaft. Aber was hat die Geschichte mit Bruder Vinzenz zu tun?«

»Der Erich ist nach einiger Zeit, während der er auf diese Art gemästet wurde, zum Schulleiter gegangen«, sagte Irrgang, »und hat ihm davon erzählt.«

Agathe hatte eine böse Vorahnung. »Hört sich nicht danach an, als wäre das die Lösung für Erichs Probleme gewesen.«

»Die Aktion ging nach hinten los«, sagte Irrgang. »Nachdem er Bruder Georg und Johannes Grabinger hingehängt hatte, kamen an jenem Abend beide zusammen in sein Zimmer, aber nicht, um ihn zu füttern.«

»Sondern?«, fragte Agathe und stellte sich schon auf weitere Grausamkeiten ein.

»Wenn ich es richtig in Erinnerung habe, haben sie Erich nachts in die Kirche gebracht. Dort sollte er seine Sünde des Verrats beichten und bereuen. Er hatte natürlich Angst, hat aber geglaubt, damit wäre die Sache gegessen. ›Ich dachte tatsächlich, es würde nach der Beichte aufhören‹, hat er zu mir gesagt. Aber es hat nicht aufgehört.«

»Was haben sie mit ihm gemacht?«

Irrgang räusperte sich. »Sie haben ihm die Hände zusammengebunden und ihn unter die Kirchenorgel gesteckt.«

»Was?«

»Unter jeder Kirchenorgel befindet sich ein kleines Kabuff, in dem die Technik und die Verankerung der Orgelpfeifen untergebracht sind. Saueng ist es da.«

»Ein Freund von mir ist Orgelrestaurator«, sagte Leitner. »Der hat mir schon mal davon erzählt. Da drinnen findest du jede Menge Staub und Mäusedreck.«

Agathe lief vor Ekel eine Gänsehaut über den Rücken.

»Außerdem muss es darin wahnsinnig laut sein, wenn jemand Orgel spielt«, sagte Irrgang.

»Freilich. Ist ja meistens alles aus Holz, ein einziger Resonanzraum.«

»Und wie lange haben die ihn da drin gelassen?«, wollte Agathe wissen.

»Der Erich hat mir erzählt, sie hätten ihn am nächsten Morgen erst nach der Frühmesse befreit.«

»Dann hat er die ganze Nacht gefesselt und noch dazu im Dunklen und Kalten dort verbracht, bevor er am nächsten Morgen auch noch der vollen Dröhnung der Orgel ausgesetzt wurde. Nicht zu fassen.«

Da Irrgang sah, dass Agathe die Geschichte naheging, kam er wieder auf die Gegenwart zu sprechen. »Ich glaube also, dass Erich Bruder Vinzenz als nächstes Opfer auserkoren hat, weil seine Gefangennahme durch Grabinger und Bruder Georg eine direkte Reaktion darauf gewesen sein muss, dass er, Erich, sich in seiner Not an den Schulleiter gewandt hat. Erich hat sich Vinzenz anvertraut, und der hat wahrscheinlich wiederum dafür gesorgt, dass ihm eine Nacht mit Gratis-Orgelkonzert spendiert wurde. Der ehemalige Schulleiter muss also auf jeden Fall gewarnt werden. Wisst ihr, wo er wohnt?«

Agathe sagte, dass sie noch auf den Anruf der Hausmeisterin Mederer warte.

»Ich habe keine Ahnung, wie es euch geht, aber ich würde gern eine Kleinigkeit essen. Vielleicht könnten wir so die Wartezeit überbrücken?« Irrgang blickte in die Runde und schlug, da Agathe und Leitner nichts dagegen hatten, vor: »Was haltet ihr von der Weinstube am Weinberg?«

»Da kann man schön draußen sitzen«, sagte Leitner.

»Dann ist das abgemacht. Ihr seid auch eingeladen!«

Wenig später folgten Agathe und Leitner Irrgang auf dem kurzen Weg von der Kloster- über die Schwaiger- bis zur Weinbergstraße.

Bald darauf hatten sie im Garten des Lokals einen Tisch gefunden und nippten an ihren kühlen Getränken. Irrgang hatte Mineralwasser bestellt, Agathe Weißwein und Leitner ein Bier. Als die Speisekarte kam, studierte Letzterer sie mehrere Minuten lang. »Ich weiß nie, was ich bestellen soll. Aber ich glaube, heute möchte ich ein Wiener Schnitzel.«

Agathe schaute zu Irrgang, der weltmännisch erwiderte: »Nimm, was du möchtest.«

Im gleichen Augenblick summte der Vibrationsalarm von Agathes Telefon. Sie blickte aufs Display. Es war eine ihr unbekannte Festnetznummer.

»Hallo? – Ach, guten Abend, Frau Mederer!«

Die beiden Männer rutschten auf ihren Stühlen näher an Agathe heran.

»Ich verstehe. Sein bürgerlicher Name ist …« Sie bedeutete Leitner, ihr etwas zu schreiben zu reichen.

Er griff in Agathes Handtasche und fischte einen kleinen Block und einen Werbekuli der Jacortia-Versicherung heraus.

»Natürlich bin ich noch dran. Rupert Willfurth. Ist er wieder in einem Kloster oder …? – Aha, also in Reichenbach.« Sie machte eine fragende Geste zu Leitner, der nickte, den Ort also kannte. »Dann vielen Dank, Frau Mederer. Sie haben uns sehr geholfen. Auf Wiederhören!«

»Reichenbach liegt hinter Nittenau, knapp dreißig Kilometer von hier«, klärte Leitner Agathe auf, nachdem sie aufgelegt hatte.

»Laut Frau Mederer wohnt dieser Bruder Vinzenz dort in einem Kloster.«

»Kann gut sein. In dem Kloster in Reichenbach leben Benediktiner, wenn ich mich nicht irre. Ist Bruder Vinzenz denn noch im Dienst?«

»Frau Mederer sagte, er sei emeritiert.«

Leitner stellte sein halb volles Bierglas ab und erhob sich. »Ich fahre sofort dorthin. Ihr könnt gern noch sitzen bleiben und in Ruhe essen, aber ich hatte eh keinen allzu großen Appetit.«

»Nimm mein Handy mit, dann kannst du uns über Bertholds Telefon erreichen, wenn du etwas herausgefunden hast!«, rief Agathe ihm hinterher.

Etwas mehr als eine halbe Stunde später stand Leitner vor dem prächtigen Kloster Reichenbach und läutete an der Pforte.

Ein junger Mönch öffnete. »Wie kann ich Ihnen helfen?«

»Ich müsste dringend mit Rupert Willfurth sprechen. Sein geistlicher Name ist Bruder Vinzenz.«

Der junge Frater sah sich unsicher um. »Haben Sie eine Verabredung mit ihm? Wir sind kurz vorm Vesperläuten.«

Leitner wusste, dass die Vesper das Abendbrot der Mönche war. Danach musste im Kloster, zumindest soweit ihm bekannt war, Ruhe herrschen. »Es ist sehr wichtig.«

»Und wenn Sie morgen Vormittag noch mal vorbeikommen?«, schlug der Frater vor.

Leitner trat einen Schritt auf ihn zu. »Hören Sie, Bruder, es geht um eine äußerst dringliche Angelegenheit. Ich fürchte, sogar um eine von Leben und Tod.«

Mit wenig Euphorie murmelte der junge Mönch ein leises »Moment, bitte!« und schloss die Tür.

Leitner vertrat sich die Füße und nutzte die Gelegenheit, die schöne Klosteranlage in der frühabendlichen Sonne zu betrachten. Dann knarrte die Tür hinter ihm, und ein älterer Mönch erschien.

»Sie suchen Bruder Vinzenz?«, fragte er mit dröhnendem Bass.

Leitner gab ihm die Hand. »Ja. Er wohnt doch hier?«

»Bruder Vinzenz hat sich nach seiner Zeit im Kloster Ensdorf bei uns zur Ruhe gesetzt. Natürlich hilft er uns noch bei der einen oder anderen Aufgabe. Wie Sie sicher wissen, kümmern wir uns sehr stark um Inklusion.«

Leitner war das zwar neu, fand es aber wunderbar, dass sich das Kloster dem Zusammenleben von Behinderten und Nichtbehinderten widmete. »Schön zu hören, dass Pater Vinzenz noch Gutes tut. Trotzdem müsste ich ihn sehr dringend sprechen.«

»Worum geht es denn genau?«

»Das ... kann ich Ihnen auf die Schnelle nicht erklären. Aber Sie sind doch ein Mann Gottes, das heißt, Sie müssen vertrauen. Und genau darum bitte ich Sie hiermit inständig. Vertrauen Sie mir und lassen Sie mich mit Bruder Vinzenz reden.«

Der ältere Mönch musterte Leitner, als wollte er sich darüber klar werden, ob er vertrauenswürdig war. Dann sagte er: »So leid es mir tut, aber ich fürchte, Bruder Vinzenz ist nicht da.«

Zur selben Zeit hatten Agathe und Irrgang ihr Essen beendet – beide hatten sich für einen leichten Sommersalat mit Putenstreifen entschieden – und unterhielten sich bei einem Espresso.

»Es wird das Schlaueste sein, wenn wir uns aufteilen. Tauchen wir zu dritt auf dem Gelände auf, könnte das Erich abschrecken, sich zu zeigen«, überlegte Irrgang.

»Mag sein, aber Gerhard und ich, wir kennen Erich Bösl nicht so gut, als dass wir ihn ohne Weiteres identifizieren könnten«, gab Agathe zu bedenken. »Wahrscheinlich wird er sich tarnen.«

»Auch richtig. Andererseits fallen Einzelpersonen, die nach jemanden suchen, auf dem Frohnbergfest nicht so stark auf wie Gruppen. Es passiert doch alle naselang, dass jemand seine Begleitung verliert.«

Agathe war davon nicht überzeugt. »Wir werden über unser Vorgehen morgen spontan entscheiden«, beschloss sie. »Herrgott noch mal, wo sind eigentlich die Bullen, wenn man sie mal braucht! Wir zu dritt auf dem riesigen Festgelände, das ist doch irre!«

Irrgang tätschelte ihren Unterarm. »Beruhige dich. Vielleicht passiert ja gar nichts, wenn es Gerhard gelingt, Bruder Vinzenz vorher zu warnen. Aber solange er sich nicht meldet, können wir ohnehin nichts tun.«

Sie lächelte ihn an. »Du hast ja recht.« In der darauf folgenden Stille überlegten beide, worüber sie als Nächstes reden

wollten oder sollten. Es war Agathe, die letztlich die Initiative ergriff. »Ich freue mich schon sehr auf deinen Empfang auf dem Monte ... Verdammt, ich vergesse einfach immer wieder den Namen. Wie heißt der Sandhaufen noch mal?«
»Monte Kaolino. Ist aber wesentlich größer als ein Haufen. Ich glaube, dir wird der Abend gefallen.«
»Ganz bestimmt. Und da sind dann auch wirklich wichtige Geschäftsleute aus den USA dabei?«
Irrgang stellte sein Tässchen ab. »Nicht nur aus den USA. Auch aus Asien. Dazu noch alle, die hier in der Gegend Rang und Namen haben. Bundestagsabgeordnete, Landtagsabgeordnete, Landräte, Bürgermeister ... alles.«
Agathe sah ihn bewundernd an. »Das ist ja der reinste Wahnsinn. Woher kennst du die alle?«
Irrgang lächelte. »Es kommt vielmehr darauf an, dass sie dich kennen. Aber um deine Frage zu beantworten, die ersten Kontakte haben sich auf der Jagd ergeben.«
»Du bist Jäger?«
»Eine gute Möglichkeit, Menschen kennenzulernen und Kontakte zu pflegen. Bei uns in der Oberpfalz werden viele Geschäfte auf der Jagd gemacht oder angebahnt.«
Agathe fragte lauernd: »Ihr plaudert also über euer Business, während ihr Bambi massakriert?«
Irrgang lachte laut. »Dramatischer hättest du dich wohl nicht ausdrücken können, oder? Aber im Ernst, wir sind keine wild gewordenen Waffennarren, die alles abknallen, was ihnen vor die Flinte läuft. Da gibt es ganz klare Vorschriften.«
»War ja auch nur eine Frage.«
»Jedenfalls ging es damals so für mich los. Jemand hat mich jemand anderem vorgestellt, der dann wieder einen kannte, und so weiter und so fort. Ich musste aus diesen Begegnungen eigentlich immer nur die richtigen Schlüsse ziehen und die nächsten Schritte unternehmen, die dann letztlich dazu führten, dass ich jetzt auf ein großes Netzwerk zurückgreifen kann.«
Agathe versuchte, sich Irrgangs Projekt in seiner ganzen

Größe vorzustellen. »Wenn man an die Autobranche von früher denkt«, sagte sie, »dann wusste man, dass die in Stuttgart die mit dem Stern sind, die in München die mit dem weiß-blauen Emblem, im Westen saß Opel, und der Norden wurde von VW beherrscht. Und jetzt soll etwas von ähnlichen Ausmaßen hier in der Oberpfalz entstehen?«

»Haargenau. Man muss die Vorteile der heutigen Zeit nur richtig deuten und umsetzen können, dann wird man auch erfolgreich sein.«

»Aber dass du hier komplette Autos bauen willst –«

»Ist immer mehr eine Frage der Vernetzung. Auch die Marken, die du gerade aufgezählt hast, produzieren ihre Autoteile schon lange nicht mehr selber, sondern kaufen sie von Zulieferern aus aller Welt. Die meisten von denen bieten ein Standardteil für alle Marken an, weil sich dessen Produktion sonst nicht rentieren würde. Genauso werde ich es auch machen. Aber eigentlich geht es um den wahren Schatz der heutigen Zeit ... Daten. Und darum, wie man Daten sinnvoll verknüpft, austauscht, veräußert.«

Agathe nahm den letzten Schluck Espresso. »Ich kann mir das immer noch nicht recht vorstellen«, sagte sie. »Wie weit bist du mit deinen Planungen?«

»Je nachdem, was die Gespräche auf der Feier bringen, könnte ich noch in diesem Jahr loslegen.«

»Ich bin gespannt. Wie lange warst du eigentlich in Amerika?«

»Fünfzehn Jahre. Ich bin nach dem Abitur sehr schnell rüber, weil ich meinen Horizont erweitern wollte. Damals konnte man in der Computer- und Technologiebranche nur in Amerika die richtigen Leute treffen.«

»Und ich dachte immer, Deutschland ist das Land der Erfinder.«

»Leider ein Trugschluss. Zwar wird fast jede zukunftsweisende technische Neuerung wesentlich von Deutschland aus erforscht; aber wenn du die Erfindungen dann produzieren und umsetzen möchtest, werden die Deutschen geizig mit der

Kohle.« Er lächelte bitter. »In den USA gibt es nicht umsonst Firmen, die ausschließlich neu gegründete Start-up-Unternehmen fördern. Sie wissen, dass jeder Cent, den sie da hineinstecken, im Idealfall viele große Brüder namens Dollar oder Euro generiert. Wie auch immer, zuerst habe ich ja Maschinenbau studiert und bin anschließend nach Boston ans MIT gegangen.«

»Was bedeutet MIT gleich wieder?«

»Das ist die Abkürzung für Massachusetts Institute of Technology. Eine exzellente Schmiede und ein sicherer Stich für dich, wenn du diese Adresse als Trumpfkarte ausspielen kannst. Ich war dort elf Jahre lang.«

Agathe stützte die Ellbogen auf den Tisch und legte ihr Kinn in die Hände. »Wie ging es weiter?«

»Eines Tages kamen zwei lässig aussehende Herren mit einem kleinen Koffer auf mich zu und erzählten mir, sie hätten meine Arbeit seit Jahren verfolgt und würden mich gern abwerben. Ich sollte nach San Francisco ins Silicon Valley wechseln und in der Forschung arbeiten.«

»Und in dem Koffer war Geld drin?«

»Ein paar Scheine waren es schon. Ihr Auftritt kam mir vor wie eine Szene aus einem Agentenfilm, aber er hat seine Wirkung nicht verfehlt.«

»Du bist nach Kalifornien gegangen?«

»So war es. Dort habe ich sehr schnell gemerkt, wo die Reise hingeht, wenn man die *big deals* machen will.«

»Und weswegen bist du nicht drüben geblieben?«, wollte Agathe wissen. »Hattest du plötzlich zu große Sehnsucht nach der alten Heimat?«

»Heimweh hatte ich tatsächlich die ganze Zeit, während ich in den Staaten lebte. Ich hänge sehr an der Oberpfalz.«

Agathe bemerkte, dass sich der Tonfall von Irrgang verändert hatte. Er klang ernster als vorher. »Aber Heimweh war nicht der eigentliche Grund, oder?«

»Leider nicht. Meine Mutter wurde sehr krank. Meine Eltern brauchten Geld, und das habe ich natürlich nach Deutschland überwiesen.«

»Aber sie ist nicht gesund geworden«, sprach Agathe leise ihre Vermutung aus.

»Sie ist gestorben. Kaum dass ich wieder hier war. Ich kann nicht sagen, dass ich zuvor ein sehr inniges Verhältnis zu meinen Eltern gehabt hätte. Oder sie zu mir. Meine Mutter konnte nach mir keine weiteren Kinder bekommen, und das hat sie mich spüren lassen. Wahrscheinlich unbewusst.«

»Und dein Vater?«

Irrgang zuckte mit den Schultern. »Der hat natürlich zu meiner Mutter gehalten. Versteh mich nicht falsch, ich habe nie Groll gegen meine Eltern gehegt. Deshalb bin ich auch nach Deutschland zurückgeflogen, als es meiner Mutter immer schlechter ging. Bauchspeicheldrüsenkrebs, verstehst du?«

Agathe legte ihre Hand auf seinen Arm und schwieg pietätvoll einige Minuten. »Lebt dein Vater noch?«, fragte sie schließlich.

»Der hat den Tod meiner Mutter nicht verkraftet. Er ist ihr nachgegangen – wie man bei uns so sagt.«

Agathe verzog das Gesicht. Dann hatte Berthold Irrgang in kürzester Zeit also beide Elternteile verloren. So tief in seine Seele hatte sie mit der Frage über seinen Werdegang eigentlich nicht vordringen wollen.

Als Irrgang bemerkte, dass sich Agathe unwohl fühlte, setzte er ein Lächeln auf. »Mach dir deshalb keinen Kopf. Ist alles schon wieder drei Jahre her. War keine schöne Zeit damals, aber wir beide sind ja noch hier, und es gibt keinen Grund, warum wir unser Leben nicht genießen sollten.«

Sie bewunderte seine Art, Katastrophen als normalen Bestandteil des Lebens zu akzeptieren, um sich dann mit Elan der Zukunft zuzuwenden. »Wie du damit umgehst! Ich weiß nicht, ob ich das so könnte.«

»Alles auf eine Karte und Vollgas. Wir haben nur einen Versuch im Leben.« Sein Handy klingelte, und Agathes Name erschien auf dem Display. Irrgang reichte Agathe das Telefon.

Sie hob ab. »Und?«, erkundigte sie sich nach dem Sachstand. Etwa drei Minuten lang stellte sie keine Zwischenfragen, bevor sie mit einem knappen »Machen wir!« wieder auflegte. »Kennst du das Vienna House Hotel in Amberg?«, fragte sie.

»Freilich. Das ist hinten beim Kurfürstenbad. Warum?«

»Gerhard hat gesagt, dass Bruder Vinzenz eine Einladung für morgen auf das Frohnbergfest erhalten hat. Er müsste bereits sein Zimmer im Vienna House bezogen haben.«

Irrgang schlug mit der flachen Hand auf den Tisch. »Nicht dein Ernst.«

»Wenn ich's dir doch sage! Mehrere Brüder vom Kloster Reichenbach haben Gerhard alles erzählt, nachdem er ihnen gesagt hatte, worum es geht. Bruder Vinzenz hat vor einigen Tagen eine Nachricht bekommen, in der er auf den Frohnberg eingeladen wurde. Das Schreiben muss ihn wohl sehr gerührt haben, denn er hat gleich zugesagt.«

Irrgang winkte der Bedienung. »Zahlen!« Zu seiner Tischnachbarin sagte er: »Das ist aber merkwürdig. Ich meine, ich hätte nicht gedacht, dass sich ein Benediktiner-Mönch für ein Hotel entscheiden würde.«

»Hat er ja nicht.«

Als die Rechnung beglichen war, eilten Irrgang und Agathe aus dem Biergarten zu ihrer Wohnung. Dabei erzählte Agathe, was Leitner noch gesagt hatte. »Bruder Vinzenz hätte beim Gemeindepfarrer sozusagen um Asyl gebeten, jedoch bestand sein Gastgeber darauf, den Klosterbruder würdig und mit Komfort unterzubringen.«

»Hat Gerhard den Brief mit der Einladung gesehen?«

»Es war eine Einladung per E-Mail, die an die Hauptadresse von Kloster Reichenbach geschickt wurde. Gerhard hat einen Ausdruck bekommen.«

Irrgang hielt die Luft an, als er fragte: »Und wer ist der Absender?«

»Erich Bösl.«

Die Fahrerin des weißen BMW X5 hatte Glück, dass an diesem Abend auf der B 85 am Pittersberg nicht geblitzt wurde. Ansonsten wäre sie ihren Führerschein wegen zu hoher Geschwindigkeit für vier Wochen los gewesen. Irrgang brauste ihr mit demselben waghalsigen Tempo in seinem Wagen hinterher, allerdings durch den Elektroantrieb seines Autos bedingt wesentlich leiser.

Agathe parkte direkt vor dem Eingang des Hotels und rannte flugs ins Foyer, Irrgang hinterher. »Bitte«, schnaufte sie am Rezeptionstresen, »bitte ... wohnt hier ein Klosterbruder?«

»Ich habe nicht verstanden?«, erwiderte der junge Hotelangestellte pikiert.

»Ein Klosterbruder ... Sie wissen schon, ein Mann mit Kutte und Seil um den Bauch!«

Der Rezeptionist wandte sich Irrgang zu und schien ihn stumm zu fragen, ob die schnaufende Dame noch alle Tassen im Schrank hatte.

»Ist bei Ihnen ein Mann namens Rupert Willfurth zu Gast?«, wollte der wissen.

Tatsächlich begann der junge Mann sofort, etwas in seinen Computer zu tippen, erkundigte sich aber näselnd: »Sind die Herrschaften von der Polizei?«

»Nein«, sagte Irrgang. »Aber wir müssen Herrn Willfurth in einer sehr wichtigen Angelegenheit sprechen. Wenn er also da ist, dann wäre es –«

»Leider nicht«, fiel der Rezeptionist Irrgang ins Wort.

Der bohrte nach: »Was jetzt? Sie haben keinen Gast namens Willfurth, oder er ist gerade nicht da?«

»Uns liegt eine Reservierung für ihn vor, aber der Gast hat noch nicht eingecheckt.«

»Dann muss er noch kommen«, sagte Agathe. »Ich warte hier im Hotel auf ihn.«

Irrgang überlegte einige Sekunden und stimmte ihr schließlich zu. »Das ist wahrscheinlich das Vernünftigste. Ich glaube nicht, dass die Polizei einen Beamten dafür abstellen wird.«

»Ich melde mich bei dir, sobald sich hier etwas ergibt«, sagte Agathe.
»Und wie? Gerhard hat doch noch dein Handy.«
»Mach dir mal keine Sorgen. Die werden mich schon ein kurzes Telefonat führen lassen.« Damit blieb Agathe im Foyer zurück und sah Berthold Irrgang nach, wie er das Hotel durch die Eingangstür verließ.

27

Mit einer Mischung aus düsterer Vorahnung und Wut machte sich Agathe Viersen zusammen mit ihrem Kollegen Gerhard Leitner auf den Weg von Schwandorf nach Hahnbach zum Frohnbergfest. Sie war enttäuscht, weil sich Bruder Vinzenz am Abend zuvor nicht hatte blicken lassen. Kurz vor Mitternacht hatte der Rezeptionist sie schließlich gebeten, sich entweder ein Zimmer zu nehmen oder seinem ihr gegebenen Versprechen zu glauben, dass sich ein Hotelmitarbeiter telefonisch melden würde, sollte Bruder Vinzenz noch einchecken. Also war ihr nichts weiter übrig geblieben, als die Heimreise anzutreten und auf einen Anruf aus dem Vienna House zu warten. Der jedoch nicht erfolgt war. So hatten sie und Gerhard sich schließlich mit Berthold Irrgang um Punkt zehn Uhr am Eingang des Geländes vom Frohnbergfest verabredet.

Am Fuße des Frohnbergs lag der erste von zwei Parkplätzen, der um diese Uhrzeit noch leer war. Agathe fuhr weiter und stellte ihren Wagen auf dem zweiten, oberhalb gelegenen ab, der so früh am Morgen erst spärlich besetzt war. Dort erblickten die Detektive ihren Mitstreiter, der neben seinem Elektroauto bereits auf sie wartete.

»Um diese Zeit sind nur sehr wenige Besucher hier, das seht ihr ja«, begann Irrgang. »Ich kann mir nicht vorstellen, dass Erich jetzt schon zuschlagen wird. Erstens werden die vielen Gäste, die nach Feierabend auf das Fest strömen, eine gute Deckung für ihn sein, und zweitens will er wahrscheinlich auch Zuschauer dabeihaben.«

»Dann können wir uns jetzt ja einen Überblick verschaffen«, drängte Agathe.

Sie gingen über die Rasenflächen des Wallfahrerbergs und standen wenig später mitten auf dem Festgelände. Die weitläufige Wiese war vollgestellt mit Biergarnituren, an welchen vereinzelt schon die Ersten saßen und an ihren Bieren nippten.

Agathe kniff die Augen zusammen und scannte die Umgebung. Rechts von ihr waren vor dem Waldrand die Toilettenwagen aufgestellt worden. Nicht ganz einhundert Meter davon entfernt begannen die Bierausschänke und die Bratwurststände, an die sich der große Biergartenbereich anschloss. Ganz links verlief die Straße, in welcher es Süßigkeiten zu kaufen gab.

Irrgang deutete auf die Wallfahrtskirche Unserer Lieben Frau, die am hinteren Ende des Geländes in die Höhe ragte.

»Gehen wir mal ein bisschen.«

»Aussichtslos. Das kann überall passieren«, murmelte Leitner, während sie zu dritt langsam in Richtung Gotteshaus schlenderten.

»Was meinst du damit?«, fragte Agathe.

»Dass es kein Muster dafür gibt, wo die Morde passieren. Den Merz hat man bereits tot in der Kirche gefunden, aber der Grabinger starb auf dem Annabergfest sozusagen live und vor Publikum. Wo also sollen wir jetzt aufpassen? In der Kirche oder an einem ganz anderen Ort? Am Toilettenhäusl zum Beispiel oder an der Entenbraterei? Wird er in der Öffentlichkeit töten oder im Verborgenen zuschlagen?«

»Ich verstehe«, sagte Agathe, »und fürchte, uns bleibt nur eine Möglichkeit: Wir müssen uns irgendwo positionieren, von wo aus wir alles im Blick haben, und dann genau aufpassen, ob wir etwas Verdächtiges bemerken.«

»Aber zunächst beenden wir unseren Rundgang«, wandte Irrgang ein. »So können wir zumindest einen großen Teil des Geländes schon mal vorab kontrollieren. Später sollten wir in regelmäßigen Intervallen unseren Standort wechseln, um die größtmögliche Fläche zu beobachten.«

Agathe und Leitner nickten, und das Trio ging zur Frohnberg-Wirtschaft, welche ganzjährig geöffnet hatte. Leitner schaute von außen durch die Fenster und warf dann einen Blick auf die Terrasse, doch weder im Biergarten noch in der Gaststube saßen Besucher. Schließlich betraten die drei die Kirche, in der einige Menschen verstreut in den Bänken saßen und still beteten. Agathe ließ ihren Blick rundum und dann zur Decke schweifen. Sie ging einige Schritte Richtung Altar, drehte sich um und blickte nach hinten zur Orgel. Von dort wanderte ihr Blick zu den Beichtstühlen und schließlich zur Tür, durch die soeben ein älterer Herr hereinkam, der kurz seine Hand ins Weihwasserbecken tauchte und sich dann bekreuzigte. Um die andächtige Stille nicht zu stören, gingen die drei wieder nach draußen.

»Also, mir ist nichts aufgefallen«, sagte Agathe, und die Männer teilten ihre Ansicht.

»Dann wollen wir uns mal einen hübschen Beobachtungsposten suchen«, sagte Irrgang.

Leitner zeigte auf eine Biergarnitur, die am Rande des Gastbereichs, aber in der Mitte des Festgeländes stand. »Jetzt, wo noch kaum Gäste hier sind, sehen wir von dort aus jeden kommen und gehen.«

»Dann setzt euch schon mal hin, und ich hole uns einen Kaffee. Was haltet ihr davon?«

Der Vorschlag Irrgangs stieß auf Zustimmung, und so saß einige Minuten später das ungleiche Terzett zum dritten Male innerhalb weniger Wochen zusammen an einem Biertisch auf einem Bergfest. Die Käichln, die Schmalznudeln, die Irrgang vom Kaffeestand mitgebracht hatte, dienten sowohl Agathe als auch Leitner an diesem Tag als Frühstücksersatz.

In der folgenden Stunde unterhielten sich die drei kaum. Jeder konzentrierte sich darauf, die Gegend zu überwachen. Da jedoch nichts passierte, stellte sich bald eine gewisse Ermüdung ein. Also wechselten sie wie besprochen den Standort und saßen kurz darauf am oberen Ende der Wiese nahe der Kirche. Später wollten sie dann in die Nähe des Hauptzugangs umziehen.

Irrgang holte sein Smartphone hervor und las seine E-Mails. »Entschuldigung«, sagte er, als er fertig war, »aber wenn ich auch nur wenige Stunden nicht im Büro bin, läuft ganz schön was auf.«

»Ich könnte im Augenblick gar nicht so wichtig sein«, bemerkte Leitner. »Ich muss erst wieder ein Handy haben.« Er erzählte Irrgang, dass er sein bisheriges Telefon beim Bad im Brauereitank eingebüßt hatte, dann folgte eine Unterhaltung, in welcher man sich über die Veränderungen austauschte, die die Digitalisierung bereits mit sich gebracht hatte. Interessiert hörten Agathe und Leitner Irrgang zu, der ganz in seinem Metier war.

Mittags kamen schon mehr Gäste, und gegen Abend war der Festplatz voll. Wie bei jedem anderen der Bergfeste ließen es sich viele Unternehmer, Handwerker und Dienstleister der Frohnberger Umgebung nicht nehmen, ihre Mittagspause oder den frühen Feierabend bei würzigen Bratwürsten und einem Bier zu verbringen.

Leitner sah sich um. »Wir sollten uns einen anderen Platz suchen«, sagte er.

Sie erhoben sich, und während sie zum unteren Ende des Bergfestes Richtung Parkplatz schlenderten, überprüfte Irrgang abermals die eingegangenen Nachrichten auf seinem Handy. Plötzlich blieb er wie vom Donner gerührt stehen. »Das gibt's doch nicht ...«, flüsterte er fassungslos.

»Was ist?«, fragte Agathe und tippte Leitner an.

Irrgang hielt den Versicherungsdetektiven sein Handy hin.

»Er hat schon wieder zugeschlagen«, hauchte Agathe.

Leitner wollte gerade nach Irrgangs Smartphone greifen, als von der Kirche her ein spitzer Schrei ertönte. Mehrere Menschen liefen zum Haupteingang. »Das Bild habe ich doch schon mal gesehen, verdammt!«, fluchte Leitner, dann sprinteten er, Agathe und Irrgang in Richtung des Tumults.

Zwei Männer stützten eine Frau und führten sie vorsichtig vor die Kirche, wo sie ihr halfen, sich auf die Wiese zu legen. Eine Schar Schaulustiger beobachtete neugierig das Geschehen. Die Frau war leichenblass und zitterte am ganzen Körper.

»Die lebt aber noch«, sagte Agathe, und ihr Kopf wandte sich blitzschnell zur Kirche. Wie auf Kommando liefen ihr Irrgang und Leitner zum Gotteshaus hinterher. Sie sahen es schon, als sie im Eingangsbereich standen. Der Boden war verschmiert mit schwarzrotem Blut, das in der Abendsonne glänzte. Sie folgten der Blutspur, die in einem großen roten See vor einem Beichtstuhl mündete. Darin stand fassungslos ein Mann in dunkler Kleidung und hielt sich an der Tür des Beichtstuhls fest, die er zuvor geöffnet haben musste.

Irrgangs Stimme glich der eines Roboters, als er sah, wer in der kleinen Holzkabine saß. »Bruder Vinzenz ... Er hat ihn gerichtet.«

Agathe und Leitner konnten nun ebenfalls einen Blick auf die Leiche erhaschen, die in einer fremdartigen Ruhe an der Beichtstuhlwand lehnte. Der Mann war etwa Mitte sechzig und trug ein Mönchsgewand. Seine Hände lagen ausgestreckt auf seinem Schoß, sein Kopf war nach hinten gekippt, die Augen geschlossen, der Mund halb geöffnet. Aus seiner Kehle ragte der Griff eines Messers, und das ausgetretene Blut hatte den gesamten Hals mit tiefem Rot überzogen. Seine Kutte schimmerte dunkel und feucht.

Wortlos wandte Agathe sich ab und ging durch den Seiteneingang nach draußen. Als auch Leitner und Irrgang neben ihr im Freien standen, fuhr ein Krankenwagen mit Blaulicht vor dem Hauptportal der Kirche vor.

»Den Sanka können sie sich sparen«, sagte Leitner mit rauer Stimme. »Der Bruder braucht keinen Rettungswagen mehr.«

Agathe trat wütend gegen einen Abfalleimer. »Und den Leichenwagen hätten *wir* ihm ersparen können!«

Irrgang wollte sie beruhigen, doch Leitner hielt ihn zurück. Er wusste, dass der Versuch erfolglos gewesen wäre. Stattdessen fragte er ihn: »Was war das vorhin für eine Nachricht auf deinem Handy?«

Irrgang zog das Telefon hervor und berührte mehrmals dessen Display, bevor er es Leitner gab. Er hatte eine E-Mail aufgerufen:

Lieber Berthold,
nun ist es fast vollbracht. Ich habe dir oft geschildert, was mir alles widerfahren ist. Mit Bruder Vinzenz hat der letzte meiner Peiniger seine gerechte Strafe erhal-

ten. Jetzt herrscht die Gerechtigkeit auf Erden, die ich all die Jahre vermisst habe. Es bleibt mir nur noch, eine allerletzte Aufgabe zu erfüllen, um den Zyklus endgültig abzuschließen. Denn es ist mir klar, dass man nicht töten soll. Um das fünfte Gebot des Herrn einzuhalten, ist es für mich zu spät. Ich kann nur mich selbst hingeben, um meine Sünden zu sühnen. Du wirst mich bis zum Tage meines Todes nicht mehr wiedersehen. Ich weiß, dass du der Einzige bist, der mich verstehen kann, und hoffe, dass du mir im Vertrauen auf den Herrn vergibst. Gehe hin und künde meine Botschaft.
Erich

28

»Immerhin ist es beruhigend, dass er keinen weiteren Menschen töten will. Das heißt, außer sich selbst«, sagte Hauptkommissar Deckert, nachdem er die E-Mail auf Irrgangs Smartphone gelesen hatte. Er reichte ihm das Telefon zurück und vermerkte etwas handschriftlich auf einem Notizblock, der auf seinem Schreibtisch im Dienstzimmer des Hauptgebäudes der Kripo Amberg lag. Es war später Nachmittag geworden, bis alle Formalitäten vor Ort auf dem Frohnberg erledigt worden waren und sie sich zur Aufnahme der Aussagen beim Hauptkommissar in Amberg eingefunden hatten. »Damit ist offensichtlich, dass auch Heinrich Merz, der erste Bergfesttote, einem Verbrechen zum Opfer gefallen ist. Bislang sah alles nach einem Gehirnschlag aus.«

Agathe schnaubte. »In diesem Fall hat wohl ziemlich viel anders ausgesehen, als es dann tatsächlich war. Wären Sie mit einer Mannschaft von Polizeibeamten angerückt, hätte der Mord an Bruder Vinzenz vielleicht verhindert werden können!«

Deckert warf die Hände in die Luft. »Warum wir so gehandelt haben, muss ich Ihnen als ehemaliger Kollegin doch wohl wirklich nicht erklären, oder?«

Agathe zog es vor zu schweigen.

Stattdessen fragte Leitner: »Haben Sie schon einen Hinweis darauf, wo Erich Bösl sich aufhalten könnte? Weit kann er ja nicht sein.«

»Wir überwachen natürlich sein Haus, aber große Hoffnung habe ich nicht, dass er dort auftauchen wird. Er kann sich ja ausrechnen, dass wir jetzt hinter ihm her sind. Alle Tageszeitungen und größeren Internetportale werden von uns mit einem Foto von ihm versorgt, das wir von Ihnen, Herr Irrgang, erhalten haben, und dann wird er zur Fahndung ausgeschrieben.«

»Was ist mit seiner Ex-Frau? Wird die auch überwacht?«, wollte Leitner wissen.

»Wir fahren selbstverständlich zu ihr und befragen sie. Aber Ferienzeit ist Ferienzeit, und ich habe nicht die Manpower für eine Rund-um-die-Uhr-Observation. Da sie ja seine Ex-Frau ist, wird sie uns hoffentlich benachrichtigen, sollte sich Bösl bei ihr melden. Und Sie«, der Kriminalbeamte deutete auf Berthold Irrgang, »melden sich bitte auch, wenn Sie noch einmal etwas von ihm hören. Immerhin hat er mit Ihnen zuletzt Kontakt gehabt.«

Irrgang nickte.

»Und Bösls Ex wohnt auch in Sulzbach-Rosenberg?«, erkundigte sich Leitner.

»In Hiltersdorf in ihrem Elternhaus. Wie gesagt, morgen Vormittag sind wir vor Ort.«

Sie standen vor dem Gebäude der Kriminalpolizei, als Agathe sagte: »Damit ist der Fall für uns abgeschlossen, Gerhard. Das heißt, es bleibt uns nur noch eine tolle Aufgabe zu erledigen.« Mit ihren Fingern hatte sie bei dem Wort »toll« Anführungsstriche in die Luft gezeichnet.

Leitner verstand. »Vielleicht ist unsere Chefin morgen dann ja besser gelaunt als sonst, wenn sie erfährt, dass unsere Ermittlungen erfolgreich waren und die Jacortia im Fall Grabinger nicht zahlen muss.«

»Wollen wir es hoffen.«

Irrgang drehte sich zu ihr. »Wie sieht es aus mit einem Abendprogramm? Nach so einem aufregenden Tag sollte man sich erholen.«

Agathe lächelte. »Ich weiß wirklich nicht, wo du die Energie hernimmst, Berthold. Aber ich bin müde, und du hast übermorgen dein großes Fest, deshalb denke ich, dass es besser ist, wenn jeder seiner Wege geht.«

Leitner räusperte sich zaghaft. »Nun«, wandte er ein, »so blöd ist Bertholds Idee gar nicht. Ich meine, du könntest ja morgen früh in Schwandorf vorbeifahren und mich nach Regensburg mitnehmen.«

Agathe dämmerte, dass Leitner am heutigen Donnerstag das

alleinige Nutzungsrecht der Wohnung hatte und davon auch Gebrauch machen wollte.

Irrgang hatte das Spiel durchschaut und setzte sein gewinnendstes Lächeln auf. »Siehst du, Agathe? Zwei zu eins gegen dich! Na komm, wir machen uns einen gemütlichen Abend auf meiner Terrasse, und Gerhard kann in Ruhe Erdbeeren zählen.«

»Na gut, eigentlich hast du ja recht.« Kichernd ging sie mit Irrgang zu dessen Wagen und ließ Leitner stehen.

Der stemmte die Hände in die Hüften und rief ihnen hinterher: »Was sollte denn diese Bemerkung mit den Erdbeeren schon wieder? Klärt mich da mal jemand auf?«

29

Während der Fahrt zur Regensburger Dependance der Jacortia beobachteten sich Leitner und Agathe lediglich aus den Augenwinkeln. Beide trugen ein merkwürdiges Halblächeln auf den Lippen, und jeder bemerkte, dass der andere ihn musterte. Es mussten also keinerlei Worte gewechselt werden, um Agathe wissen zu lassen, dass Leitner nun in puncto Erdbeeren auf dem neusten Stand war, und ihn wiederum darüber zu informieren, dass Agathe sich in der Annahme von Berthold Irrgangs hohen Energiereserven nicht getäuscht hatte.

»Jetzt kann uns eigentlich nur noch die Chefin das bevorstehende Wochenende verhageln«, grinste Agathe.

»Das erlauben wir ihr einfach nicht. Von mir aus kann sie sticheln und rumnörgeln, warum wir den Fall nicht schon früher aufgeklärt haben oder dass wir in einem Bericht einen Formfehler gemacht haben, aber ich werde sie schön ins Leere laufen lassen.«

So gewappnet und als Team eingeschworen, gingen Agathe und Leitner freundlich grüßend an der Vorzimmerdame vorbei zur Tür des Chefbüros. Chris Wendell rief nach dem Klopfen »Herein!«, und die beiden Versicherungsdetektive nahmen vor ihrem Schreibtisch Platz.

In gewohnt frostiger Manier wünschte man sich höflich einen Guten Tag, dann sagte Chris Wendell: »Das haben Sie ja in Rekordgeschwindigkeit erledigt!«

Da Agathe und Leitner unsicher waren, ob es sich bei dem Satz um ein ehrliches Lob oder um Ironie handelte, erwiderte Leitner vorsichtig: »Nun ja, wir haben halt versucht, allen Spuren nachzugehen, weshalb sich die Sache natürlich ein bisschen hingezogen hat.«

Ihre Chefin winkte ab. »Sie brauchen sich nicht zu verteidigen, Herr Leitner. Es war mir durchaus ernst. Und wenn man berücksichtigt, dass die Polizei Ihnen so gut wie überhaupt nicht geholfen hat, ist die Leistung Ihrer Arbeit tatsächlich als noch größer zu bewerten. Sie haben unserem Haus eine hohe Zahlung erspart.« Da Agathe Chris Wendell immer noch mit stechendem Blick ansah, fügte diese rasch hinzu: »Das Lob gilt natürlich Ihnen beiden.« Doch trotz ihrer Worte hätte man sich in der kühlen Atmosphäre des Büros eine Erkältung holen können.

»Ja, äh … danke schön«, stammelte Leitner unbeholfen und konnte sich seine Unbehaglichkeit nicht erklären. War jetzt alles in Ordnung oder nicht?

Chris Wendell tippte kurz ein paarmal auf ihre Tastatur und hob dann wieder den Kopf. »Ich habe veranlasst, dass Ihnen fünfzehn anstatt der üblichen zehn Prozent der eingesparten Summe als Bonus angewiesen werden.«

In Agathes Gehirn begann es zu rattern. Eine Erhöhung der Bonuszahlung ohne vorangegangene Verhandlungen? So etwas passierte im Versicherungsbetrieb schlicht und einfach nicht.

Chris Wendell schien ihre Gedanken lesen zu können, denn sie erklärte: »Ich kann Ihre Verwirrung verstehen. Aber wenn wir es realistisch sehen, entspricht diese kleine Aufmerksamkeit ganz real der Wertschätzung Ihrer Arbeit. Die Erhöhung der Bonuszahlung ist, um es flapsig auszudrücken, nur fair. Und genau so muss unser Arbeitsverhältnis sein. Fair.«

Leitner und Agathe wussten nicht, was die für einen solchen Sinneswandel angemessene Reaktion gewesen wäre, aber bevor sie noch länger überlegen konnten, fuhr Chris Wendell bereits fort: »Ich bin stinksauer auf Sie beide!«

Beide Köpfe zuckten wieder in Richtung Chefin. »Eigentlich hatte ich diesen Posten als Zwischenstopp in meiner Laufbahn gedacht. Die Oberpfalz ist schließlich nicht wirklich eine Region, in der ich alt werden möchte. Aber der Vorstand hat meine gute Arbeit im Fall Grabinger – also, genau genommen Ihre Arbeit – zur Kenntnis genommen und mir deshalb für die nächsten Jahre diesen Platz zugedacht. Den Posten in München, den ich im Winter antreten wollte, bekommt nun ein Kollege aus Mannheim.«

Agathe und Leitner mussten ein schadenfrohes Grinsen unterdrücken.

»Wir werden also noch einige Zeit miteinander zu tun haben, und ich will zu der künftigen guten Zusammenarbeit auch meinen Teil beitragen. So einfach ist das.«

Getreu dem bayerischen Motto, dass man auf besiegte Gegner nicht auch noch drauftritt, bedankten sich Agathe und Leitner. Dann sagte Letzterer ermunternd: »Na, das werden wir wohl überstehen, Frau Wendell. Ist ja schon mal ein Riesenvorteil, dass die Regensburger Jacortia keine Tiefgarage hat.« Er erhob sich, und Agathe tat es ihm gleich.

»Wieso?«, fragte Chris Wendell spitz.

»Weil Sie hier, selbst wenn Sie es wollten, nicht zum Lachen in den Keller gehen können. Also bleibt Ihnen nur, das Lachen überirdisch zu lernen.«

»Dann auf Wiedersehen und schönes Wochenende«, war die kurze Antwort von Chris Wendell.

Beim Hinausgehen flüsterte Agathe noch Leitner zu: »Bis die das Lachen lernt, sind wir beide längst pensioniert.«

Auf Höhe Ponholz auf der A 93 sagte Leitner zu Agathe: »Ich werde morgen Abend übrigens nicht auf dem Monte Kaolino dabei sein. Ist nicht ganz meine Veranstaltung, und ich glaube, du und Berthold, ihr amüsiert euch auch besser ohne mich.«

»Das habe ich mir schon gedacht. Ist vielleicht vernünftiger so. Ich werde heute Abend schon zu ihm fahren, weil seine ersten Gäste ja bereits heute ankommen. Er will mich ihnen vorstellen. Morgen muss er noch diesen Glenn vom Flughafen abholen. Du erinnerst dich, das ist der, mit dem er telefoniert hat, als wir da waren.«

Leitner sah stumm auf die weißen Mittelstreifen, die sich mit mathematischer Präzision ihrem Wagen näherten und dann seitlich an ihnen vorbeirauschten.

Da er nichts erwiderte, fragte Agathe keck: »Und was treibst du dann an diesem freien Wochenende? Empfängst du wieder hochgeistigen Besuch? Stehen neue Lektionen auf dem Lehrplan, vielleicht diesmal mit Bananen?«

»Kann sein.« Er lächelte frivol. »Aber heute Abend werde ich mich erst mal mit dem Fritz treffen.«

»Dem Journalisten? Willst du ihm die Morde auf den Bergfesten etwa verkaufen?« Agathe kannte Leitners Schulfreund und späteren Bandkollegen Fritz Detter, der Chefredakteur des Wirkendorfer Anzeigers war, ganz gut.

»Diese Story braucht man wirklich nicht mehr künstlich aufzublasen, die ist an sich schon ein gefundenes Fressen für die Presse.« Leise fügte Leitner hinzu: »Mich interessieren nur noch ein paar Einzelheiten …«

Am Abend saß Leitner bei Detter auf dessen Terrasse und beobachtete, wie sein Freund den Schraubverschluss eines italienischen Weines öffnete. An der Flasche liefen Kondenswassertropfen hinunter, und das hauchdünne Weinglas beschlug sofort, als Detter Leitner einen kleinen Schluck Pinot Grigio eingoss.

»Das darfst du aber schon noch auffüllen!«, beschwerte sich Leitner.

»Du sollst doch erst mal probieren, ob er dir überhaupt schmeckt, du Hirsch!« Detter seufzte.

»Ach so.« Leitner leerte das Glas. »Ja, passt schon.«

Detter kapitulierte vor Leitners Manieren und schenkte eine normale Menge Weißwein in die Gläser. Als er sich auf den Bastsessel gegenüber setzte, sagte er: »Das wird ein Spitzenartikel. Kann man ewig weit ausholen: Morde in den Wallfahrtskirchen, im Kloster et cetera pp. Und was natürlich nicht vergessen werden darf: Das Mausbergfest steht auch noch an. Das wird dann richtig interessant. Die Polizei sucht den Bösl nach seinem Bekennerschreiben jetzt ja fieberhaft. Wäre fast schade, wenn die Beamten ihn vor dem Mausbergfest erwischen täten.«

»Ein Showdown auf dem Mausbergfest vor tausend Leuten wäre dir natürlich lieber, was?«

»Jetzt warte erst mal ab. Die Chancen, dass Bösl sich noch lange verstecken kann, sind doch eher gering. Vor allem deshalb, weil sein Foto auf den verschiedensten Kanälen verbreitet wird. Bei uns prangt es morgen auch auf der Titelseite.«

Leitner stellte sein Glas auf den Tisch. »Was wisst ihr bisher denn über ihn?«, fragte er. »Ihr habt doch bestimmt Recherchen angestellt.«

Auch Detter stellte seinen Wein ab und nahm sich aus einem länglichen Glas ein paar Grissini, die er unter lautem Knuspern und Krümeln verspeiste. »Eigentlich gar nicht so viel. Erich Bösl war, wie du ja auch weißt, auf dem Klosterinternat in Ensdorf und hat dort das Abitur gemacht. Unseres Wissens hat er nicht studiert, sondern ist gleich zu Siemens nach Amberg gegangen. Dort folgte der ganz normale Aufstieg im siemensianischen Beamtentum. Bösl wurde zu keinem höheren Tier oder so. Er war kurz verheiratet –«

»Mit wem?«, fuhr Leitner neugierig dazwischen.

Detter kniff die Augen zusammen und überlegte. »Die hat geheißen ... Sandra. Sandra Walther. Wohnt in Hiltersdorf. Sie waren nicht lange zusammen, hatten keine Kinder.«

»Und beruflich?«

»Bösl hat vor etwa drei Jahren zur Firma BI-Technologies nach Sulzbach-Rosenberg gewechselt. Bisher haben wir mit der Firmenleitung leider noch nicht sprechen können, aber das holen wir nach. Eigentlich verwunderlich, dass jemand von Siemens zu einem privaten Unternehmen wechselt. Da muss er sich verdiensttechnisch gehörig verbessert haben.« Detter rieb die Finger aneinander.

Leitner dachte an Irrgang und dessen für den folgenden Tag geplantes Fest, das Investoren anlocken sollte. »Anscheinend ist er finanziell wirklich nach oben gefallen.« Einen Augenblick lang spielte er mit dem Gedanken, seinen alten Freund in sein Wissen über BI-Technologies und dessen Chef einzuweihen, nahm dann aber davon Abstand. Fritz Detter würde nicht anders können, als sofort die Maschinerie seiner Zeitung anzuwerfen und ihn, Leitner, noch nach dem kleinsten Detail auszupressen. Also behielt er das Kapitel Berthold Irrgang zunächst für sich.

Unterdessen kam Detter mit seinem Bericht zum Ende: »Jetzt bin ich natürlich gespannt, was sich an Einzelheiten über seine Zeit im Internat herausfinden lässt.«

»Schon klar«, murmelte Leitner und verschwieg auch, was sie darüber bereits in Erfahrung gebracht hatten. »Weißt du eigentlich, wo die Ex-Frau vom Bösl wohnt? Ich meine, die genaue Adresse?«

Detter nickte und gab sie an seinen alten Spezl weiter. »Ich habe dein Münchner Nordlicht seit eurem ersten Fall kaum noch gesehen«, wechselte er dann das Thema. »Wie geht es euch in der gemeinsamen Wohnung?«

Leitner schilderte die aktuelle Situation, und Detter konnte sich ein herzhaftes Lachen nicht verkneifen. »Also, mir wäre das zu dämlich, wenn ich *dafür* einen Stundenplan bräuchte. Wen hat denn die Agathe am Start, wenn mit dir schon nichts läuft?«

»Eine Zeit lang hatte sie den Alfred –«

»Den Ingelstetter?«, fragte Detter bestürzt. »Der war doch in der Schule schon so dumm wie ein Stück Weißbrot!«

»Stimmt, und das ist er immer noch. Aber sie hat sich ja auch von ihm getrennt. Jetzt gibt es da einen ... aus Amberg.« Leitner gab sich vage, weil er der journalistischen Spürnase seines Freundes nicht zu viel zu tun geben wollte.

Detter nahm einen Schluck Wein und ging zum gemauerten Grill am Terrassenrand. Er legte einen würfeligen weißen Grillanzünder in die Feuerstelle und entfachte die Flammen. Während die Briketts zu glimmen begannen, fragte er: »Und was ist mit dir? Triffst du noch die Wanninger Veronika?«

»Nein, schon lange nicht mehr. Die ist jetzt mehr in Regensburg unterwegs.«

»Und mit wem dann?«

Leitner erzählte von Nadine Berger und ließ dabei kein noch

so zotiges Detail aus. Überhaupt war es besser, dass an diesem Abend keine Frauenbeauftragte zugegen war, die die Gespräche über die guten alten Zeiten, die daraufhin folgten, belauscht hätte.

30

Hiltersdorf war ein kleines Nest an der B 85. Am Westufer des Haidweihers musste man genau gegenüber vom alten Puff abbiegen. Da Agathe am Wochenende ohnehin verplant und der gemeinsame Auftrag zu aller Zufriedenheit erledigt war, hatte Leitner ein ausgiebiges und sehr obstlastiges Frühstück zu sich genommen und war dann durch Schwandorf geschlendert. Normalerweise herrschte an einem Samstagmorgen reges Treiben auf den Straßen, doch im August glich Schwandorf einem kleinen verlassenen italienischen Städtchen. Im Geiste ging Leitner mehrmals die Ereignisse durch, die ihn und seine Kollegin nun schon seit einigen Wochen beschäftigten. Und kam zu dem Schluss, dass ihm irgendetwas fehlte. Als langjähriger Musikant war er es gewohnt, dass Dinge über einen Anfang, einen Mittelteil und einen Schluss verfügten. Endete ein schönes Musikstück mit einem kläglichen Schlussakkord, machte ihm dies den ganzen Genuss kaputt. Und je länger er über die Morde nachdachte, desto stärker wurde das Gefühl der Unvollkommenheit. Wenn man es genau nahm, war der Fall noch nicht beendet. Wohl hatten Agathe und er ihre Aufgabe erfüllt, aber Erich Bösl war noch auf freiem Fuß, und es gab keinen Hinweis auf seinen Aufenthaltsort. Leitner war sich darüber im Klaren, dass alles Weitere in den Händen der Polizei lag, und dennoch kamen seine Gedanken nicht zur Ruhe. Schließlich folgte er seinem besten Ratgeber in solchen Situationen, seinem Bauchgefühl. Er setzte sich in seinen Wagen, um zu Erich Bösls Ex-Frau zu fahren.

In Hiltersdorf fand er bald die richtige Straße und das betreffende Haus. Es war ein einfacher grauer Kasten, dem man den Sechziger-Jahre-Stil deutlich ansah. Das tönerne Namensschild verriet, dass hier in der Tat Familie Walther wohnte. Leitner hatte sich keinen Vorwand zurechtgelegt, warum er mit der Frau sprechen wollte.

Nach zweimaligem Klingeln öffnete eine junge Frau die Tür, die Leitner sofort als die Braut auf dem Foto in Bösls Schreibtischschublade erkannte. »Wer sind Sie? Polizei oder Presse?«, fragte sie harsch.

»Weder noch, entschuldigen Sie bitte, Frau Bösl«, sagte Leitner beruhigend.

»Walther, das steht doch am Namensschild!«

»Ich weiß schon. Das bedeutet, Sie haben Ihren Mädchennamen wieder angenommen?«

Sandra Walther blickte Leitner abschätzend an. »Also, wer sind Sie, und was wollen Sie?«

»Ich habe Ihr Foto in der Wohnung Ihres Ex-Mannes entdeckt und vor zwei Tagen auf dem Frohnbergfest versucht, ihn davon abzuhalten, einen weiteren Mord zu begehen.«

»Sind Sie ein Freund von Erich?«

»Nicht direkt.«

»Das würde mich auch wundern, denn ich kenne alle seine Freunde.«

Leitner deutete Richtung Nachbargrundstück, wo eine Frau mittleren Alters den Rasen sprengte. Seit seinem Eintreffen verteilte sie das Wasser ausschließlich in Hörweite. »Wollen wir nicht kurz reingehen? Wie gesagt, ich komme weder von der Kripo noch von der Zeitung.«

Sandra Walther verschwand im Haus, ließ aber die Tür offen. Leitner ging ihr hinterher ins Wohnzimmer.

Die junge Frau nahm eine Zigarettenschachtel vom Couchtisch. Sie trug ein zerknittertes T-Shirt, das aussah wie von einem Klamotten-Discounter, eine abgeschnittene Bluejeans und war barfuß. Nachdem sie in der Schachtel herumgefingert hatte, sagte sie enttäuscht: »Leer. Das war die letzte.« Sie knüllte den dünnen Karton zusammen. »Sie rauchen wohl nicht zufällig?«

Leitner verneinte.

»Na gut, dann muss es eben ohne gehen. Lassen Sie es uns hinter uns bringen. Wer sind Sie, und was wollen Sie von mir wissen?«

Leitner klärte sie über seine Rolle in den Mordfällen der Bergfeste auf.

Während seiner Ausführungen presste Sandra Walther immer wieder mit den Fingern der rechten Hand ihr rechtes Ohrläppchen zusammen, bis sie schließlich in dieser Position verharrte. »Was haben Sie denn dann noch mit dem Fall zu schaffen?«, fragte sie, als Leitner zum Ende gekommen war. »Ihr Job ist doch erledigt.«

»Im Prinzip schon. Aber für mich passen immer noch so viele Sachen nicht zusammen. Vielleicht können Sie mir helfen, klarer zu sehen.« Als sie schwieg, schoss Leitner seine erste Frage ab: »Trauen Sie Ihrem Ex-Mann das zu? Eine solche Mordserie?« Er beobachtete sein Gegenüber genau.

Sandra Walther ging wie in Trance einige Schritte am Sofa entlang und strich mit ihren Fingern über die Polsterbezüge, die nun als Beschäftigungsersatz für ihre Finger herhalten mussten.

Aus ihrem Schweigen schloss Leitner, dass er der Erste war, der diese Frage gestellt hatte. »Eine Planung von einer solchen Mordserie erfordert große Sorgfalt und Entschlossenheit.«

»Erich hat schon immer alles sehr genau geplant. Er war kein spontaner Mensch.«

»Aber Mord?«

Sie atmete tief durch. »Damals im Internat hat er wohl einiges durchgemacht. Ich weiß nicht, ob es schlimm genug war, um einen unschuldigen Menschen in einen Mörder zu verwandeln.« Bitter fügte sie hinzu: »Aber es hat gereicht, um unsere Ehe zu zerstören.«

Leitner ließ eine ihrer Aussage angemessene Zeit verstreichen, bevor er fragte: »Ist er … gewalttätig Ihnen gegenüber gewesen?«

Sandra Walther bedachte Leitner mit einem Blick, der ihm wohl klarmachen sollte, dass er vom Gesamtzusammenhang nicht viel Ahnung hatte. »Nie. Eher das Gegenteil.«

»Und das bedeutet was?«

Die Frau lehnte sich mit verschränkten Armen an die Wand. »Ich wollte immer Kinder haben, aber es kamen keine.«

»War er … Gab es medizinische Gründe?«

»Biologisch war alles in Ordnung. Bei mir und auch bei ihm. Wir haben uns untersuchen lassen, aber es passierte nichts.«

»Das hört man ja manchmal, dass medizinisch alles in Ordnung ist, und trotzdem klappt es nicht sofort. Das soll daher kommen, dass man sich zu sehr unter Druck setzt, es zu sehr will.«

»Nun ja, ich wollte es, Erich nicht unbedingt. Wenn Sie es genau wissen wollen, haben wir es nach den ersten paar Malen überhaupt nicht mehr probiert.«

»Oh!«, entfuhr es Leitner. »Ich verstehe …«

»Das glaube ich nicht. Ich rede nicht davon, dass wir jedes Jahr nur an meinem Geburtstag oder am ersten Weihnachtsfeiertag miteinander geschlafen haben. Wir haben es nie mehr getan. Nie. Außer eben am Anfang.« Sie ging zur Schrankwand, ließ beide Fäuste gegen sie fallen, machte wieder einen Schritt zurück und blieb mit den Händen gegen die Wand gestützt stehen. Einer Katze ähnlich bog sie ihren Rücken durch. Es schien Leitner, als hätte sich durch dieses sehr intime Geständnis ein Gewicht von Sandra Walthers Schultern gehoben, welches schon Jahre auf ihr gelastet hatte.

Als sie sich wieder aufrichtete, sprudelten die Worte fast aus ihr heraus. »Beim Arzt oder allein an seinem Computer funktionierte alles einwandfrei. Aber sobald er mit mir zusammen war, waren seine Komplexe von früher zu groß. Ich konnte machen, was ich wollte.« Verstohlen wischte sie eine kleine Träne aus ihrem Gesicht.

»Ist das der Grund, weshalb Sie nicht mehr verheiratet sind?«, wollte Leitner behutsam wissen.

Sie nickte.

»Es ist vielleicht eine blöde Frage, aber warum haben Sie und Erich überhaupt geheiratet, wenn er diese … diese Störungen doch schon immer hatte?«

Sandra Walther stieß ihren Atem flach und schnell aus, als würde sie damit ein Stück Schmerz auf die Reise schicken. »Aus Mitleid? Weil ich darin eine Aufgabe sah? Eine Mission? Suchen

Sie es sich aus. Ich habe immer gehofft, dass es besser werden würde. Sie wissen schon, dass man miteinander wachsen würde. Aber je mehr Verständnis ich ihm entgegenbrachte, umso minderwertiger fühlte er sich. Schließlich habe ich es nicht mehr ertragen, ihn so leiden zu sehen. Darum bin ich gegangen.«

»Sie wollten nicht Grund für ein weiteres Problem sein, zusätzlich zu denen, die er eh schon mit sich herumtrug.«

Ihr Schweigen war Antwort genug.

Leitner resümierte nüchtern und hoffte, dadurch die angespannte Atmosphäre etwas aufzulockern. »Dann wäre es also durchaus möglich, dass Ihr Ex-Mann unter seinen Misshandlungen von früher so sehr gelitten hat, dass ein normales Leben nicht möglich war. Und dass er deswegen auch noch seine Ehefrau verlor, war vielleicht der Tropfen, der das Fass zum Überlaufen brachte. Der Startschuss für Erich Bösls Todesserie war gefallen.«

»Ich hoffe nur, dass Sie mit dieser Theorie nicht recht haben«, erwiderte sie tonlos. »Damit könnte ich nicht leben.«

Leitner wechselte das Thema. »Kennen Sie die Namen seiner früheren Mitschüler? Oder von den Lehrern oder Mönchen?«

Sandra Walther schüttelte energisch den Kopf. »Er hat nicht oft von der Zeit gesprochen. Und wenn, dann meistens im Suff. Und nach den ersten Malen habe ich auch nicht mehr wirklich zugehört, wenn ich ehrlich bin.«

Leitner nickte und wollte sich verabschieden und pietätvoll zurückziehen. »Jemand hat erwähnt, dass Erich eines von zwei Kindern ist«, sagte er, als er schon kurz vor der Haustür stand. »Hat er sonst noch Verwandte?«

»Nein, nur seine Schwester. Sie ist behindert und wohnt im Heim.«

»Körperlich oder geistig behindert?«

»Körperlich. Erich hat nie viel für sie übriggehabt. Seine Eltern haben sich fast ausschließlich um sie gekümmert. Ich glaube, er machte insgeheim seine Schwester dafür verantwortlich, dass er ins Internat geschickt wurde.«

»Wie heißt sie?«

»Lena.«

Leitner versuchte sein Glück. »Und wo kann ich Lena finden?«

Keine Viertelstunde später stieg Leitner vor den Gebäuden der Amberger Lebenshilfe aus seinem Wagen. Am Haupteingang erkundigte er sich nach Lena Bösl bei einem jungen Mann in weißen Hosen und blauem T-Shirt, der mit ihm in den Garten hinter dem Haus ging.

Leitner bog um die Ecke und erblickte etwa ein Dutzend Menschen, vier davon im Rollstuhl sitzend. Manche dösten im Schatten der Bäume, andere unterhielten sich in der lauten und unstrukturierten Art, die bei Menschen mit geistiger Behinderung häufig ist.

Der Mann zeigte auf eine bestimmte Frau. Sie mochte Anfang dreißig sein, trug eine leichte pfirsichfarbene Bluse und dazu eine dreiviertellange Sommerhose in hellem Beige. Neben Lena Bösl saß eine Mitarbeiterin der Lebenshilfe, die mit ihr eine Partie Mühle spielte.

»Frau Bösl?«, fragte Leitner, und die Frau im Rollstuhl sah auf.

»Ja?«

»Mein Name ist Gerhard Leitner. Sie kennen mich nicht, aber ich müsste dringend mit Ihnen über Ihren Bruder reden.«

Über ihre Augen legte sich sofort ein trauriger Glanz. Leitner fand es schwer, ihrem Blick standzuhalten. Dann drehte sie sich zu der anderen Frau und sagte: »Ich würde mich sehr freuen, wenn wir gleich weiterspielen könnten. Mein Gespräch mit Herrn Leitner wird nicht lange dauern.« Sie betätigte einen Knopf auf dem Bedienfeld an der Seite ihres Rollstuhles und dirigierte damit den Stuhl weg vom Tisch. »Gehen wir ein paar Schritte«, wendete sie sich wieder an Leitner.

Dieser wusste nicht, ob Lena Bösl einfach nur eine Redewendung gebraucht oder den Satz sarkastisch gemeint hatte, und schwieg daher, während er langsam neben dem leise vor sich hin summenden Rollstuhl herging.

»Ich habe mich schon gefragt, wann der Erste kommt und mich nach Erich fragt«, ergriff sie schließlich wieder das Wort.
»Sie wussten davon?«
»Na ja, sein Bild ist ja riesig in der Tageszeitung abgebildet. Und auch im Internet wurde sein Foto veröffentlicht.«
Leitner konnte in ihrer Stimme keinerlei Emotionen ausmachen, sie klang teilnahmslos. »Dann ist Ihnen auch bekannt, wessen man ihn verdächtigt?«, fragte er.
Sie antwortete kühl: »Des Mordes an seinen Peinigern von früher.«
»Halten Sie es für möglich, dass er es getan hat?«
»Möglich … was heißt das schon? Aber ja. Wenn Sie mich so fragen: Ich halte es für möglich. Schließlich hat Erich immer schon andere für sein Leben verantwortlich gemacht.«
»Wie meinen Sie das?«
Lena Bösl ließ den Joystick ihres Rollstuhls los, sodass dieser stehen blieb, und drehte ihr Gefährt auf der Stelle, um Leitner ansehen zu können. »Wie Sie sehen, bin ich auf Hilfe angewiesen. Meine Beinmuskeln haben sich nie ausgebildet, schon als Kind musste ich getragen werden. Sie können sich vorstellen, dass ein guter Teil der Zeit und der Aufmerksamkeit meiner Eltern auf mich verwendet wurde.« Sie hielt kurz inne. »Erich hat mich dafür gehasst. Er konnte es nicht akzeptieren, immer nur die zweite Geige zu spielen.«
»Kann ich mir denken. Ist ja in anderen Familien auch häufig schwer, dass sich die Erstgeborenen daran gewöhnen, an zweiter Stelle zu stehen.«
»Zweifellos. Erich hat mir immer sehr deutlich gezeigt, wie sehr es ihm gegen den Strich ging. Und dafür habe wiederum ich ihn gehasst. Es ist nämlich nicht so, als hätte ich mir meine Behinderung ausgesucht. Ich konnte und kann nichts für meinen Zustand. Aber je häufiger meine Eltern versuchten, Erich das zu erklären, desto wütender wurde er.«
Leitner sah betreten zum Lebenshilfe-Gebäude hinüber. »Haben Ihre Eltern ihn deswegen ins Internat gesteckt?«
Lena Bösl nickte. »Irgendwann waren sie mit zwei Kindern

überfordert, von denen eines ein Pflegefall war. Also musste Erich nach Ensdorf. Dass es ihm dort nicht gefallen hat, können Sie sich denken.«

Leitner tastete sich behutsam an seine nächste Frage heran. »Wenn das alles stimmt, was wir bis jetzt in Erfahrung gebracht haben, dann muss er dort schreckliche Dinge erlebt haben. Die Fratres und seine Mitschüler haben ihm den Erzählungen zufolge ganz schön zugesetzt.«

»Das mag wohl stimmen, aber viel weiß ich darüber nicht.«

»Wie ging es mit Ihnen und Ihrem Bruder weiter?«

»Ich habe ihn meistens nur in den Ferien gesehen. Aber auch nicht immer, weil ich als Kind und auch später noch häufig operiert werden musste und im Krankenhaus war. Gebracht hat es, wie Sie sehen, nicht allzu viel. Erich und ich haben uns im Laufe der Zeit entfremdet. Eben weil wir so oft getrennt waren. Erst später, als unsere Eltern gestorben waren, hat er wieder Kontakt zu mir aufgenommen.«

»Sind Sie gleich nach dem Tod Ihrer Eltern hierhergezogen?«

»Das schien am vernünftigsten. Die Pfleger und Mitarbeiter kümmern sich hervorragend um uns.«

»Und Erich?«

Lena Bösl wendete den Rollstuhl wieder und ließ ihn zurück zu dem Tisch fahren. »Erich ist anfangs nur sehr selten gekommen. Aber dann wurden seine Besuche häufiger. Er unterstützt mich. Finanziell, meine ich, sonst könnte ich mir einen solchen Rollstuhl nie und nimmer leisten.«

»Und seit wann greift er Ihnen unter die Arme?«

Sie überlegte kurz. »Vielleicht seit drei Jahren?«

Leitner glich im Kopf die Daten ab. Der Beginn der finanziellen Unterstützung fiel mit dem Jobwechsel von Erich Bösl zu Berthold Irrgang zusammen. »Hatte das etwas mit seiner Arbeit zu tun?«

»Ja, er hatte Siemens verlassen und war zu BI-Technologies gegangen. Beim Irrgang hatte er wohl einen gut bezahlten Posten ergattert. Aber so ist Berthold. Er hat ihm immer geholfen, wenn Not am Mann war.«

Leitner war überrascht zu hören, dass Lena Bösl Irrgang anscheinend kannte. »Dann waren das ja drei gute Jahre für Sie und Ihren Bruder, seit er bei Herrn Irrgang arbeitet«, sagte er beiläufig.

Lena Bösl lächelte zum ersten Mal während ihres Gesprächs. »Der Berthold war für Erich auch schon früher immer da, wenn er ihn brauchte.«

Leitner blieb stehen. »Inwiefern?«

Sie drehte den Rollstuhl um die eigene Achse in Leitners Richtung. »Gleich nach der Schule wollte Erich mit Berthold eine Computerfirma aufmachen, aber das hat nicht geklappt, weil er nach Amerika gegangen ist.«

»Das heißt, Ihr Bruder und Berthold Irrgang kennen sich schon seit der Schulzeit?«

»Natürlich. Sie waren zusammen auf dem Internat.«

Die Information schlug bei Leitner ein wie eine Bombe. »Die beiden waren Schulfreunde ...«

»Sogar mehr als das. Erich war Bertholds Schützling.«

»Was soll das heißen?«

»Jeder Neuling wird im Internat erst einmal herumgeschubst. Ist man stark, erkämpft man sich seinen eigenen Platz in der Hierarchie. Aber Erich war es nicht. Und weil er sich nicht selbst wehren konnte, ist ihm häufig der Berthold zu Hilfe gekommen.«

Leitner stolperte zu einer Steinbank am Gartenweg und setzte sich. »Berthold Irrgang war so etwas wie Erichs Schutzengel?«, fragte er wie benebelt.

»So könnte man es sagen. Berthold war als Jugendlicher schon immer sehr fit. Das hat ihm geholfen, sich durchzuboxen. Ich wünschte nur«, sie kämpfte gegen ihre Tränen, »Berthold hätte meinem Bruder auch gegen die Mönche helfen können. Aber gegen sie war selbst er machtlos. Und jetzt«, ihr Körper bebte im Takt ihres Weinkrampfs, »jetzt hat sich der Hass bei Erich so aufgestaut, dass er ein Ventil suchte und diese schrecklichen Morde begangen hat. Ach bitte, Herr Kommissar, können Sie ihn nicht retten? Können

Sie Erich nicht finden, damit er endlich Frieden mit seinem Leben macht?«

Leitner ließ Lena Bösl in dem falschen Glauben, dass er von der Polizei war.

Sie sah ihn flehend an. »Mein Bruder ist kein böser Mensch. Die wahre Schuld für die Morde tragen die, die ihm das vor Jahren angetan haben!«

Leitner stand auf und gab Lena Bösl kurz die Hand. »Ich denke, damit haben Sie recht.« Dann spurtete er zu seinem Wagen, als wäre der Teufel hinter ihm her.

31

Berthold Irrgang winkte einem achtsitzigen Bus hinterher, als Leitner auf den Hof der Technologiefirma fuhr und ausstieg. »Das war der letzte Shuttle«, sagte er. »Jetzt kann es losgehen. Gibt's Neuigkeiten?«

Leitner musterte ihn aufmerksam. »Allerdings.«

»Dann komm halt schnell rein. Ich ziehe mir nur noch ein anderes Hemd an, dann muss ich auch zum Monte Kaolino fahren. Agathe ist bereits vor Ort.«

»Aha, als Gastgeberin sozusagen?«, stichelte Leitner, während er Irrgang in dessen Büro folgte.

Dort öffnete dieser eine in die Wand eingelassene Tür. »Ach, Gerhard, du solltest dich nicht zu sehr mit der Agathe und mir beschäftigen. Unter uns gesagt: Das geht dich nämlich überhaupt nichts an.«

Hinter der Tür erspähte Leitner einen überschaubaren Waschraum mit einem kleinen Schrank, in dem Irrgang offensichtlich Kleidung und Leibwäsche für den Notfall deponierte. Während dieser sein Hemd aufknöpfte, suchte er die an einer kurzen Stange hängenden Hemden nach passendem Ersatz ab. Leitner blieb in einiger Entfernung zum Waschraum im Büro stehen und sagte: »Eigentlich ist mir das auch völlig wurscht.«

»Na schau, und so schnell haben wir ein Problem weniger auf dieser Erde.«

»Dafür ist ein anderes riesengroßes Problem dazugekommen.«

Irrgang schlüpfte in ein längs gestreiftes Seidenhemd. »Bitte komm zum Punkt, es pressiert nämlich.«

»Jaja, du musst zu deiner IT-Party mit den wichtigen künftigen Geldgebern. Da sollte man natürlich ein blütenweißes Hemd vorweisen können. Ein großer dunkler Fleck käme bei denen vermutlich gar nicht gut an.«

Irrgang kontrollierte im Spiegel seine Frisur und brachte sie mit einigen Spritzern Haarwasser in Form. »Was willst du eigentlich von mir, Gerhard? Du sagst, du hast kein Problem mit mir und Agathe, und trotzdem –«

»Es geht um Erich Bösl.«

Irrgang lächelte. »Also wirklich, das ist doch jetzt Sache der Polizei. Dafür habe ich gerade überhaupt keinen Kopf.«

Leitner betrachtete ihn und sagte spitz: »Wirklich schön schaut er aus, der Bub!«

Irrgang war immer noch in bester Feierlaune: »Ja mei, wenn man die Weltelite der Branche zu Gast hat, sollte man schon ein bisschen was hermachen.«

»Wenn es etwas gibt, was du perfekt beherrschst, dann ist es die Wahrung des schönen Scheins«, sagte Leitner mit gespieltem Respekt.

Irrgangs Miene wurde ernst. »Worauf willst du hinaus? Du hast doch gerade noch gesagt, es geht um Erich.«

»Um deinen alten Schulfreund, ja.«

Irrgang schreckte zusammen und sah Leitner angstvoll in die Augen.

»Aus irgendeinem Grund hast du in den letzten Wochen uns gegenüber gar nicht erwähnt, dass ihr euch schon so lange kennt.«

»Irgendwie … war nie der richtige Moment dafür.«

Leitner wackelte mit einem Zeigefinger in Richtung Irrgang und sagte mit gespielter Erleichterung: »Siehst du, habe ich es mir doch gedacht. Es hat sich einfach nicht ergeben, dass wir über eure Beziehung gesprochen haben.«

Irrgang lächelte wieder, aber gezwungen. »Das stimmt. Und ja, wir waren eine Zeit lang zusammen in Ensdorf. Aber nicht sehr lange, weil ich nach Metten gewechselt bin.«

»Ich dachte mir doch, dass du einfach nur vergessen hast, es uns mitzuteilen.« Leitner ging langsam auf Irrgang zu. »Was für einen Grund hättest du sonst auch haben können, dieses interessante Detail vor uns geheim zu halten? Dass ihr Schulfreunde wart. Dass du Erich quasi beschützt hast. Das zu verschweigen ergäbe ja nur einen Sinn, wenn nicht Erich die Morde auf den Bergfesten geplant hätte, sondern jemand anders.«

Irrgang wurde stocksteif.

»Vielleicht jemand, der Erich früher so oft vor den anderen Rowdys im Internat in Schutz genommen hat, dass der sich ihm schließlich verpflichtet fühlte«, sagte Leitner nach einer Pause. »Jemand, für den Erich Bösl alles getan hätte. Jemand, der ihm Befehle erteilen konnte, die er dann blind und hörig, wie er war, ausführte.« Leitner stand nun keine Armlänge mehr von Irrgang entfernt. »Ich weiß nicht, Berthold. Fällt dir jemand ein, auf den diese Beschreibung zutrifft?«

Irrgang brach den Blickkontakt ab und sah auf seine Armbanduhr. »Es ist wirklich schon spät, Gerhard. Ich kann mich nicht um deine Räuberpistolen kümmern. Auf dem Monte warten wichtige Leute, Banker, IT-Ingenieure und Journalisten von Weltrang. Bei der Veranstaltung geht es für mich um alles.« Er verschwand nochmals in seinem Bad und nahm etwas aus einem Schrankfach.

»Na klar, immer das Geschäft vor Augen und schauen, dass man gute Presse bekommt. Ich bin ganz zuversichtlich, dass dein Name demnächst sehr häufig in der Zeitung stehen wird, aber nicht wegen des Erfolgs deiner Firma.« Leitner ließ seinen Blick durch die Halle schweifen. »Und auch nicht wegen der von dir gesammelten Daten.«

Als er wieder zu Irrgang blickte, schob sich ihm etwas Hartes in den Mund, bevor eine harte Faust mit seinem Kinn kollidierte. Leitner taumelte einen Meter zurück und hatte einen fremden chemischen Geschmack im Mund.

Als er ausspuckte, sah er auf dem Boden eine kaputte Kapsel liegen, deren Inhalt in Verbindung mit seinem Speichel zu schäumen begann. Er spuckte abermals aus, konnte aber seine Lippen nicht mehr kontrollieren. Er versuchte, sich aufzurichten, um einen möglichen weiteren Angriff abzuwehren, doch Berthold Irrgang machte keine Anstalten. Er stand ruhig vor ihm und sah ihm dabei zu, wie seine Kräfte langsam aus seinem Körper wichen. Leitner sank wieder auf die Knie.

Irrgang drehte sich zum Spiegel in dem Waschraum, nahm von der Ablage eine Flasche mit Rasierwasser, öffnete sie und benetzte mit der Flüssigkeit seine Wangen.

Leitner wollte etwas sagen, hörte sich selbst aber nur hilflos stöhnen. Er hatte keine Schmerzen, aber kein Muskel in seinem Körper gehorchte mehr seinem Willen.

Irrgang kam auf ihn zu und beugte sich zu ihm hinunter. »Ich habe jetzt keine Zeit, mich um dich zu kümmern. Der Monte Kaolino ruft. Aber mach dir keine Sorgen, das war nur eine Kapsel Ketamin. Du wirst jetzt etwas länger tief schlafen. Übrigens die gleiche Substanz, die ich Bruder Vinzenz verabreicht habe, weshalb er mehrere Stunden friedlich im Beichtstuhl auf dem Frohnberg vor sich hin gedöst hat, bevor ich ihn erstochen habe. Du und ich, wir werden uns nicht mehr wiedersehen, zumindest nicht bei beiderseitigem Bewusstsein. Von daher darf ich mich jetzt für immer von dir verabschieden. Wünsche, wohl zu ruhen!«

Leitners Augen starrten ins Leere. Trotz des Nebels, der in seinem Gehirn herrschte, verspürte er den Wunsch, dass auch sein Gehör seinen Geist aufgegeben hätte. So aber war das Letzte, was er noch wahrnahm, dass Berthold Irrgang mit einem leisen Schließgeräusch die Tür des Waschraums zweimal absperrte, in den er ihn zuvor hineingezerrt hatte.

32

Es war wirklich ein erhebender Anblick, der sich einem bot, wenn man vor dem riesigen Massiv aus weißem Sand stand. Agathes Blick glitt über den Bergkamm, der, von der Abendsonne beschienen, kitschig-schön pastellrosa leuchtete, bevor sie vom Shuttlebus, mit dem sie von Irrgangs Firma in Sulzbach zusammen mit einem Teil seiner Gäste nach Hirschau gefahren war, die Promenade entlangging. Von rechts drangen ein Plätschern und das Gejohle der letzten Freibadgäste an ihr Ohr.

Schon auf dem Parkplatz am Fuß des Monte Kaolino hatte Agathe Musik mit stampfenden Rhythmen gehört. Sie rührte, wie sie jetzt merkte, vom Gipfel her, denn die Disco-Beats wurden immer lauter. Die Promenade wurde von Fahnen mit Irrgangs Logo gesäumt, und auch an der Talstation der Seilbahn prangte ein riesiges Firmenbanner.

Eine Hostess im schicken rot-weißen Kostüm trat auf Agathe zu und fragte freundlich: »Möchten Sie das Wüstenschiff benutzen oder den Monte Kaolino lieber zu Fuß bezwingen?«

Agathe sah sich unsicher um. Die fünf Männer, die ihre Reisegesellschaft bildeten, waren unterschiedlicher Nation. Zwei aus Asien, so viel war erkennbar, zwei, die sich in amerikanischem Englisch unterhalten hatten, und einer, den Agathe seiner steifen Art zu urteilen nach Großbritannien verortete. Die Herren diskutierten kurz und einigten sich schließlich unter lautem Gelächter darauf, den Berg per pedes erklimmen zu wollen.

Die Hostess erläuterte, dass es sinnvoll sei, Schuhe und Socken auszuziehen, weil man sonst oben am Gipfel den halben Sandberg darin vorfinden würde.

Agathe sah an ihrem apricotfarbenen Sommerkleid hinab. Es war trägerlos, schmiegte sich perfekt an ihre Figur und endete knapp über dem Knie. Erst am Vormittag waren sie und Irrgang in Amberg gewesen, um sie für den Abend adäquat einzukleiden. Sie entschloss sich, ihren neuen Look nicht gleich durch eine Wandertour eine Sanddüne hinauf zu ruinieren, und entschied sich als Einzige der Gruppe für das Wüstenschiff, einen flachen Holzkarren, der an Stahlseilen geführt die Besucher auf den Gipfel transportierte.

An der oberen Plattform stieg sie aus und ging zu einer großen Tanzfläche. An deren Stirnseite stand das Pult des DJs, der damit beschäftigt war, sich mit der einen Hand eine Kopfhörermuschel ans Ohr zu halten, während er mit der anderen auf dem Laptop herumtippte. Wild hüpfend war er bereits in Partystimmung.

Agathe sah sich um. Im Augenblick befanden sich neben ebenso vielen Angestellten etwa zwanzig Gäste auf dem Gipfel des Monte. Es würden an die hundert werden, hatte Irrgang ihr gesagt. Einer der Kellner, ein sehr junger Mann mit adretter Frisur, offerierte Agathe ein Glas pinkfarbenen Prosecco, in welchem Johannisbeeren munter hin und her tanzten. Da sie niemanden kannte, machte sie sich mit dem Drink in der Hand ein Bild von der Location der Feier.

Sie schlenderte an der Tanzfläche vorbei zu einem Abhang, wo während des normalen Tagesbetriebes der Schlepper die Schlitten der Sommerrodelbahn nach oben zog. Die Metallschienen führten hinter dem DJ-Pult vorbei wieder in die Tiefe. Agathe genoss kurz den Ausblick und überquerte dann die Tanzfläche, auf die Punktstrahler schon wilde Muster zeichneten. Jeden Gast, dem sie begegnete, lächelte sie freundlich an, teils sogar so, als würde in dem Lächeln bereits die Einladung für die After-Show-Party inklusive sein. Dort, wo Agathe wieder den Sandboden betrat, teilte ein Maschendrahtzaun das Gipfelplateau. Gelbe Rundlichter verrieten, dass nun der Bereich begann, wo der Abbau des Kaolins stattfand. Auf der Fahrt zum Monte hatte Agathe die genauso riesigen wie tiefen Abbaustollen bemerkt, die bei Tageslicht schon von Weitem grellweiß leuchteten. Sie wandte sich um und ging wieder zu der Seite des Berges, an der das Freibad, der Campingplatz und der Hochseilpark lagen. Ihr Blick schweifte über die weiten Waldflächen, in denen sich alle erdenklichen Grüntöne vermengten. Nach den Aufregungen der letzten Tage sog sie die beruhigende Aussicht in sich auf. Sie sah nach rechts zum Parkplatz, der um diese Uhrzeit schon recht leer war. Allerdings näherten sich von der Hauptstraße zwei weitere Shuttlebusse und ließen auf der Piazza del Monte, wie das Areal hieß, die Gäste aussteigen. Agathes Blick wanderte weiter und fiel auf die Bar vor dem DJ-Pult. Die Barkeeper mussten mit dem Rücken zur Aussicht arbeiten, die den Gästen vorbehalten war.

Sie ließ sich auf einem der chromfarbenen Barhocker nieder, stellte ihr Glas neben sich ab und genoss die wärmende Abendsonne. Sie wollte es sich heute richtig gut gehen lassen. Ohne Arbeit, ohne Versicherung, ohne Tote, ohne Erdbeeren und auch ohne Gerhard Leitner. Über eine halbe Stunde bewegte sich Agathe nicht von der Stelle. Dann erspähte sie Berthold Irrgang, der mit einer weiteren Gruppe im Wüstenschiff nach oben gefahren war.

Nachdem er seine Gäste in den Partybereich geleitet hatte, ging er zu Agathe. »Ich habe es schon vorhin gewusst, dass du in diesem Kleid einfach hinreißend aussehen wirst.«

Sie erhob sich und erwiderte seinen Kuss auf ihre Wange. »Ich hätte es nicht gedacht, aber ich fühle mich darin tatsächlich wohl.«

»So soll es sein.« Er verschaffte sich einen schnellen Überblick darüber, wer seiner Gäste wo stand und wer sich mit wem unterhielt. »Hast du schon ein paar Bekanntschaften gemacht?«

»Noch nicht. Vermutlich haben sich die Herrschaften unter sich erst mal genug zu erzählen.«

Irrgang unterdrückte ein Grinsen. »Allerdings wird hier heute einiges besprochen. Ich kann dir das Motto dieses Abends verraten. Es heißt: Alles oder nichts!«

Agathe war sich unsicher, wie Irrgang, der ihr jetzt tief in die Augen schaute, das gemeint hatte. In seinem Blick nahm sie etwas wahr, das sie vorher noch nie bei ihm gesehen hatte. War es ein Hauch von Nervosität? Oder Unsicherheit? Andererseits wäre das bei diesem Anlass nur allzu verständlich. Sie sah wieder zu der Gästeschar hinüber.

»Komm!«, forderte Irrgang sie auf. »Jetzt trinken wir einen schönen Cocktail, und dann stürzen wir uns ins Getümmel!«

Der Abend schritt voran. Die Sonne versank hinter den Baumwipfeln in der Ferne, und die Lichtanlage sandte wilde Blitze in den Nachthimmel. Agathe hatte Glenn Shaughnessy kennengelernt, der schon bei seinem vierten Whisky war. Agathe fand ihn dennoch angenehm. Sie erzählten sich gegenseitig Witze auf Englisch, was nicht immer einfach war. Aber auch über die Erklärung eines missglückten Scherzes konnten sie sich amüsieren. Plötzlich wurden die Lichter gedimmt, die ihre Farbe zugleich von Rot und Gelb in Violett und Blau veränderten. Aus unsichtbaren Rohren quoll weißer Bodennebel. Die Musik wurde zu einem dumpfen Brummen, aus dem nur der rhythmische Bass hervorstach. Stroboskopblitze flimmerten und ließen die Bewegungen der Gäste abgehackt erscheinen. Als eine sonore Stimme über die Lautsprecher erklang, glaubte Agathe, sie als die eines Synchronsprechers aus Hollywoodfilmen zu erkennen. Gehörte sie zu Pierce Brosnan? Oder sprach da der deutsche James Franco?

»*Ladies and gentlemen*, *Messieurs dames*, meine sehr verehrten Damen und Herren! Wir heißen Sie herzlich willkommen zur großen Nacht von BI-Technologies!« Ein lauter Schlag von Pauken und Becken folgte der Begrüßung, dann erloschen sämtliche Lichter auf dem Gipfel, und am Nachthimmel erschien ein sich drehendes 3D-Laserbild des Firmenlogos.

Die Besucher applaudierten und jubelten laut, als majestätische Musik das Lichtspiel begleitete. Nachdem die Musik verstummt war, verglomm auch das Laserbild, und die Lichter an der Tanzfläche gingen wieder an. Ein Spot war auf Berthold Irrgang gerichtet, der, mit einem modernen Headset-Mikrofon ausgestattet, auf einer kleinen Holzbühne vor dem DJ-Bereich stand. Auf der LED-Videowand hinter dem DJ erschien sein Bild mit einigen Sekundenbruchteilen Verzögerung. »Ihr habt es gehört, liebe Freunde! Seid willkommen im Herzen der

Oberpfalz, dort, von wo aus in Zukunft eine ganze Branche beherrscht werden wird.«

Die Gäste, teils mit Kopfhörern ausgestattet, über die sie der Simultanübersetzung lauschten, applaudierten wieder frenetisch.

»Früher war die Erde ein sehr, sehr großer Ort«, fuhr Irrgang fort. »Amerika und Asien waren weit entfernt, und in Bayern gab es nichts außer Franz Josef Strauß. Wobei, später gab es zur Lederhose noch den Laptop.« An dieser Stelle lachten vor allem die Kommunalpolitiker. »Doch heute ist die Welt überschaubar geworden. Wenn ich mit meinen ehemaligen Kollegen in den USA sprechen möchte, muss ich nur zum Smartphone greifen, egal, wo ich mich aufhalte, und wenn ich live sehen will, was gerade auf dem Platz des Himmlischen Friedens passiert, kann ich das via Webcam tun. Dann sehe ich das, was die chinesische Zensur freigibt. Entschuldigt bitte, meine Freunde!« Irrgang deutete zu den beiden Asiaten, mit denen Agathe sich den Shuttlebus geteilt hatte. Sie lachten so zurückhaltend, wie es ihnen unter ihrer Regierung wohl erlaubt war. »Was ich damit sagen möchte: Die Kraft, ein neues Produkt auf den Markt zu bringen, ist nicht mehr an den Ort A, B oder C gebunden. Sie kann überall dort sein, wo Menschen ihr Schicksal in die Hand nehmen und etwas Großes erschaffen wollen. Und genau darum geht es, liebe Freunde! Wir sind heute Abend hier, um gemeinsam etwas Großes zu erschaffen. In den letzten Jahren habe ich mit euch viele Einzelgespräche geführt, und jetzt ist die Zeit reif. Wir werden neue Wege gehen. Neu für die Oberpfalz, neu für unsere Branche und, das ist am wichtigsten, neu für unsere Kunden. Um ihr Leben zu verbessern, schließen wir uns zusammen und beginnen eine neue Ära!«

Während Agathe den Worten Irrgangs lauschte, fühlte sie sich immer unwohler in ihrer Haut. Die Rede klang für sie nach Großmannssucht. Aber gut, sie kannte seine Branche nicht, und vielleicht war das Usus, eine normale Taktik, um sich die Begeisterung der anderen zu sichern.

»Arbeiten!«, fuhr Irrgang fort. »Arbeiten ist immer noch

etwas, das Menschen am besten können. Keine Maschine und kein Computer können den Wert menschlicher Arbeit ersetzen.«

In diesem Moment vibrierte Agathes Telefon in ihrer kleinen Handtasche. Schnell kramte sie es hervor. »Oh nein«, flüsterte sie kaum hörbar und entfernte sich von den Zuhörern, um den Anruf entgegenzunehmen.

Auch als Leitner seine Augen öffnete, verschwand die Dunkelheit nicht. Benommen drehte er sich auf dem Boden von einer Seite auf die andere, erst nach einigen Minuten waren seine Sinne zumindest halbwegs wieder zurückgekehrt. Er wusste nicht, wie lange er bewusstlos im Waschraum gelegen hatte, aber er erinnerte sich an jedes Wort von Berthold Irrgang, bevor der ihn in die Nasszelle eingesperrt hatte. Sein Mund schmeckte immer noch ein wenig metallisch nach dem komischen Pulver. Offenbar habe ich nicht so viel geschluckt wie geplant, denn ansonsten wäre ich nicht schon wieder zu mir gekommen, dachte Leitner. Er ertastete das Waschbecken und zog sich daran in den Stand. Einige Sekunden später spürte er starke Übelkeit in sich aufsteigen. Es war ein Glück für die Inneneinrichtung, dass er nah am Waschbecken stand.

Als er sich anschließend mit kaltem Wasser das Gesicht gewaschen und seinen Mund mehrmals ausgespült hatte, suchten seine Finger neben dem Becken nach einem Lichtschalter. Erfolglos. Doch er gab nicht auf und fand direkt an der Leuchtstoffröhre über sich einen kleinen Kippknopf.

Leitner erschrak vor seinem eigenen Antlitz, welches in dem kalten Neonlicht fahl wie eine Leiche wirkte. Er sah sich um, ob er irgendetwas zur Flucht benutzen könnte. Ein Einwegrasierer sowie einige Tiegelchen mit Cremes und Haargel weckten keine große Hoffnung. Auf einer Medikamentenschachtel las er: »Ketamin«. Das musste das Zeug sein, womit Irrgang ihn kurzzeitig ausgeschaltet hatte. Er besah sich die Tür seines Gefängnisses. Unglücklicherweise öffnete sie sich nach innen, das hieß, er würde zusätzlich zum Schloss den gesamten Rahmen heraustreten müssen. Sein Gefühl sprach unmissverständlich dafür, dass dieses Vorhaben keinen Erfolg haben würde.

Er versuchte trotzdem sein Glück. Mit aller Kraft trat er gegen die Türfüllung. Diese gab zwar ein beleidigtes Scheppern von sich, rührte sich aber ansonsten keinen Millimeter. Ein zweiter Versuch endete mit dem gleichen Resultat. Schließlich warf sich Leitner auch noch dagegen, was außer Schmerzen in seiner rechten Schulter ebenfalls nichts bewirkte. Enttäuscht ließ er sich auf den geschlossenen Klodeckel sinken, um seine Gedanken zu ordnen.

Nachdem Agathe ihr Telefonat beendet hatte, fühlte sie sich, als hätte man ihr den Boden unter den Füßen weggezogen. Verloren stand sie am Rande der Besucherschar, die zum Schluss von Irrgangs Begrüßungsrede wieder tosenden Applaus spendete. Während sie wie in Zeitlupe zurück zur Tanzfläche ging, verarbeitete sie, was sie eben am Telefon gehört hatte.

Irrgang nahm gerade das Mikro ab, reichte es einem Mitarbeiter und schüttelte dann zahlreiche Hände. Agathe verfolgte die Inszenierung und wehrte sich nicht mehr gegen die Schlussfolgerungen, die sich aus dem ergaben, was sie gerade erfahren hatte. Ein kalter Schauer rieselte über ihren Rücken, als die Einzelinformationen sich wie ferngesteuert zu einem klaren Bild der Ereignisse zusammensetzten, an welchem es nicht mehr den geringsten Zweifel gab. Sie beobachtete Irrgang, der ihren Blickkontakt suchte, sich aber nur langsam seinen Weg zwischen den Menschen hindurchbahnen konnte. Jeder hielt ihn auf, um ihm zu gratulieren oder etwas Wichtiges zuzuflüstern. Agathe wartete geduldig, bis er seine Ehrenrunde gedreht hatte.

Leitner hatte auch in dem kleinen Garderobenschrank nichts entdecken können, was ihm bei seiner Flucht hilfreich gewesen wäre. Auch mehrere Schreie hatten nichts gebracht. Er schalt sich einen Narren, diesen Versuch überhaupt unternommen zu haben. Niemand hörte ihn hier. Die Nachbarschaft bestand aus anderen Firmen, wo am Samstagabend niemand arbeitete. Er verfluchte die Mühlen der Bürokratie, die dafür gesorgt hatten, dass er kein Handy besaß, und legte sein Ohr an die Tür. Nur das dumpfe Surren der Rechner war zu hören. Plötzlich durchfuhr es ihn wie ein Blitz. Wie hieß noch mal dieser Blechheini, den Irrgang zusammengebaut hatte? Kepler? Newton? Nein! »Kopernikus!«

Leitner lauschte angestrengt, rief noch einmal: »Kopernikus!«

Wieder nur das Summen der Kühlventilatoren. Doch halt, jetzt war da noch ein anderes Geräusch, ein mechanisches Surren. Wie das des Elektroantriebs des kleinen Roboters. Leitner hörte, wie die Maschine vor der Badezimmertür stehen blieb.

»Was kann ich für Sie tun?«, erklang die künstliche Stimme. »Möchten Sie Musik hören? Oder darf es ein Kaffee sein?«

»Ich möchte telefonieren!«, schrie Leitner.

Keine Sekunde später antwortete die Stimme: »Mit wem soll ich Sie verbinden? Bitte nennen Sie mir die Telefonnummer oder den Namen des Teilnehmers.«

Leitner konnte sein Glück nicht fassen. »Eins, eins, zwei!«

»Einen Moment, bitte!«

Leitner ging auf die Knie, um sich auf Höhe des Mikrofons des Roboters zu begeben. Schließlich wollte er, dass die Beamten in der Notrufzentrale ihn verstanden. Er hörte ein Knacken, während er verbunden wurde, dann zweimaliges Tuten.

»Die Notrufzentrale der Polizei, mein Name ist Weinfurtner. Wer spricht?«

Leitner presste sich gegen die Tür. Weinfurtner? Der, der ihn in Wirkendorf immer wegen seines klapprigen Autos aufgehalten hatte?

»Hallo? Hier spricht Polizeimeister Weinfurtner, wer ist dort?«

Leitner musste kurz durchschnaufen. Noch nie war er so froh gewesen, die ihm so vertraute amtsmäßige Stimme zu hören. »Herr Weinfurtner!«, schrie er aus Leibeskräften. »Hören Sie mich?«

»Ja, aber die Verbindung ist sehr schlecht! Wer ist denn da?«
»Hier spricht Gerhard Leitner!«
»Herr Leitner? Das ist ja eine Überraschung.«
»Für mich auch. Aber zur Abwechslung mal eine angenehme! Hören Sie bitte gut zu …«

Auf dem Monte Kaolino war Berthold Irrgang gerade in ein Gespräch mit einem Anzugträger vertieft. Agathe stand keine drei Meter von den beiden Männern entfernt. Irrgang lächelte ihr an seinem Gegenüber vorbei zu, aber sie erwiderte sein Lächeln nicht, sondern wartete reglos, bis die Unterhaltung beendet war.

»Das war der Landrat«, sagte Irrgang, als er zu ihr trat. »Wirklich ein aufregender Abend, nicht wahr? Es tut mir leid, dass ich so wenig Zeit für dich habe, aber das holen wir morgen nach, versprochen.« Als sie nicht versöhnlich reagierte, fragte er nach: »Was hast du denn?«

Agathe kam ohne Umschweife zum Punkt. »Wo hast du Erich Bösls Leiche versteckt?«

Irrgang sah sie an, als zweifelte er an ihrem Verstand. »Was redest du für einen Blödsinn?« Peinlich berührt fasste er Agathe fest am Oberarm.

»Ich habe gerade einen Anruf von meinem Ex-Freund erhalten.«

»Von was für einem Ex-Freund?«

»Von Alfred. Das ist der, der bei unserem Besuch auf dem Mariahilfberg von unserem Tisch auf deinen Schoß gesegelt ist.«

»Ach, der Suffschädel? Ja und? Was ist mit dem?«

Ein Mann mittleren Alters mit halb offen stehendem Hawaii-Shirt und weißem Panamahut kam auf Irrgang und Agathe zu. »Phantastisch, Börthould. Absolut phantastisch.« Er sprach den Vornamen seltsam aus. Offenbar ein Amerikaner.

Schnell löste Irrgang seinen Griff um Agathes Arm.

»Wir haben uns entschlossen, den Deal zu machen«, sagte der Amerikaner. »Jetzt du kannst wirklich feiern, Börthould!«

Er wandte sich an Agathe: »Und wir feiern mit, *shall we*?«
Nachdem er Irrgang einen Klaps auf die Schulter gegeben hatte, nahm er Agathes Hand und führte sie zur Bar.

»*Great, great, Jack.*« Irrgang wollte ihnen folgen, doch schon trat der nächste Gast zu ihm. Er fertigte ihn ab, ging danach ebenfalls zur Bar und stellte sich neben Jack. »Du musst unbedingt unser gutes Oberpfälzer Bier probieren!« Er warf einen schnellen Blick auf das Namensschild des Barkeepers. »Jack, das hier ist David, er wird dich kompetent beraten. David, bitte kredenze unserem Gast eine Halbe, aber eine perfekte, verstanden?«

»Aber natürlich.«

Irrgang nutzte den kurzen Moment, in dem Jack abgelenkt war, um Agathe hinter die LED-Videowand zu zerren. »Was war das gerade für ein Gefasel von einer Leiche?«, fragte er scharf. »Was hat dir dieser Alfred gesagt?«

»Er hat schon damals behauptet, er hätte eine Leiche am Zaun hinter der Kirche entdeckt. Erinnerst du dich?«

»Ja und?«

»Als man dann den Toten an der Kirchenorgel fand, musste Alfred ihn identifizieren. Und schwor Stein und Bein, dass dieser Tote nicht derjenige war, den er zuvor gesehen hatte.«

»Agathe«, versuchte es Irrgang wieder auf die versöhnliche Art, »bitte rede keinen Blödsinn!«

»Das ist kein Blödsinn. Genauso wenig, wie Alfred damals Blödsinn erzählt hat. Er hat nämlich inzwischen die Leiche identifiziert, die er gesehen hat.«

»Und wie?«

»Er hat den Mann in der Zeitung gesehen. Erich Bösl war der Tote, den Alfred hinter der Kirche gefunden hat.«

Irrgang suchte nach Worten, doch Agathe kam seiner Erwiderung zuvor: »Du brauchst es nicht mehr zu leugnen. Ich habe mir alles noch mal durch den Kopf gehen lassen. Auf dem Amberger Bergfest habt ihr zuerst zu zweit am Tisch gesessen, später warst du allein. Ich kann mich nicht mehr genau erinnern, vermute aber stark, dass dein verschwundener Gesprächspartner Erich Bösl war.«

Eine Hostess schaute um die LED-Wand herum. »Herr Irrgang, die Gäste fragen schon nach Ihnen!«

»Ich komme gleich!«, raunzte er sie an, ließ Agathe los und ging schwer atmend einige Meter auf und ab. Als er stehen blieb, sah er über den dunklen Horizont und fuhr sich mit seiner Hand durch seine grauen Locken. »Wie kann ich dir das erklären, damit du es verstehst, Agathe?«

»Ich glaube nicht, dass es da viel zu erklären gibt.«

Irrgang sah sie nicht an, als er sagte: »Du kapierst die Zusammenhänge nicht, Agathe. Es geht um so viel.«

»Allerdings. Um vier Menschenleben.«

»Nein!«, fuhr er sie an. »Um Tausende von Menschenleben! Für wen, glaubst du denn, veranstalte ich das ganze Brimborium da vorne? Das ist eine echte, reelle Chance, unsere Region voranzubringen. Wir könnten Führer in einem neuen Markt werden und das Leben nicht nur von Tausenden, sondern von Millionen von Menschen rund um den ganzen Erdball verbessern. Wir haben es in der Hand. *Ich* habe es in der Hand!«

Agathe wurde fassungslos Zeugin, wie sich Irrgang um Kopf und Kragen redete.

»Und jetzt hast es auch du in der Hand. Denn du kannst dich entscheiden, Agathe!« Er ging auf sie zu. »Du kannst Teil von dieser großen Sache werden. Aber dafür musst du auch etwas tun.« Er umfasste ihre beiden Handgelenke und sprach wie ein Hypnotiseur auf sie ein. »Nämlich die Wahrheit sagen. Aber die ist nicht immer so einfach. Die Morde auf den Bergfesten, das war nicht ich. Das war Erich. Er hat die drei Männer aus Rache getötet, und in wenigen Tagen wird auf dem Mausbergfest die Leiche von ihm gefunden werden. Er wird Suizid begangen und sich verbrannt haben. Und dann haben alle, was sie brauchen, verstehst du denn nicht?«

Agathe schauderte. Irrgangs warmer, beschwörender Tonfall stand in krassem Gegensatz zur Kälte in seinen Augen.

»Dann hat Erich endlich seinen Seelenfrieden gefunden, die bösen Peiniger von damals sind noch auf Erden bestraft worden – und bei Gott, Agathe, sie haben es verdient! –, und die

Welt wird einen Schuldigen haben, der seiner gerechten Strafe auch nicht entgangen ist«, flüsterte er.

»Und du hast endlich das Gelände, das du für die Verwirklichung deines großen Traums so dringend brauchst«, ergänzte sie. »Denn darum ging es dir doch die ganze Zeit in Wirklichkeit, nicht wahr? Du wolltest nur das riesige Brauereigrundstück!« Irrgang gab ihre Hände frei, und sein Schweigen verriet Agathe, dass sie recht hatte. »Wie, Berthold? Wie hast du es geschafft, drei Morde zu begehen, sie Erich Bösl in die Schuhe zu schieben und ihn dann auch noch umzubringen?«

»Das ist unwichtig. Es geht jetzt nicht darum, in der Vergangenheit zu wühlen, sondern um deine Entscheidung, die die Zukunft bestimmt, Agathe. Willst du ein Teil des großen Ganzen sein oder nicht? Und bevor du antwortest: Am Schluss werden fünf Menschen ihr Leben gelassen haben, denn um Gerhard werde ich mich auch kümmern müssen. Er ist vor dem Fest zu mir gekommen.«

»Was hast du ihm angetan?«, fragte sie ängstlich.

»Noch geht es ihm gut. Ich habe ihn nur eingesperrt. Aber du musst verstehen, dass wir die Entscheidung jetzt treffen müssen, denn noch können wir alles zu einem guten Ende bringen.«

Nun war es Agathe, die in die Ferne blickte. »Ich habe schlechte Nachrichten für dich, Berthold«, sagte sie schließlich. »Genau genommen sind es drei. Die erste: Ich werde mich auf keinen Fall auf das Spiel eines Mörders einlassen.«

Irrgang wich von ihr zurück.

»Die zweite: Du wirst noch heute Nacht die Wahrheit sagen, und zwar nicht *deine* Version davon.«

Jetzt schaltete Irrgang auf Gegenwehr. »Ach, und was veranlasst dich zu dieser kühnen Behauptung, meine Süße?«

»Die Tatsache, dass du Gerhard nicht so sicher eingesperrt hast, wie du anscheinend glaubst.« Sie zeigte mit dem Finger Richtung Wald, von wo aus sich auf den vier Zufahrtsstraßen etwa zehn Fahrzeuge in hoher Geschwindigkeit mit Blaulicht dem Monte Kaolino näherten. Agathe nickte zum Parkplatz, auf dem bereits weitere drei Einsatzfahrzeuge mit geöffneten Türen standen.

Irrgang starrte Agathe entsetzt an.

»Das wäre die dritte schlechte Nachricht.«

Panisch schubste Irrgang sie zu Boden, rannte zu dem Maschendrahtzaun, kletterte behände darüber und verschwand auf der unbeleuchteten Seite des Monte Kaolino.

Agathe setzte ihm nach. Der Zaun war für sie kein großes Hindernis, schwieriger war es, Irrgang bei Nacht zu folgen. Ihre Augen gewöhnten sich erst langsam an die Dunkelheit, und beim Laufen sank sie immer wieder tief in den Sand ein. Als sie schemenhaft vor sich den Flüchtenden erkannte, mobilisierte sie ihre gesamten Kraftreserven und lief, so schnell sie konnte. Dann bremste sie abrupt ab, denn wenige Meter vor ihr stand Berthold Irrgang und keuchte. »Das hat nun wirklich keinen Sinn, Berthold!«, rief Agathe. »Wo willst du denn jetzt hin?«

»Nirgendwohin.«

Agathe ging zu ihm und realisierte, dass sie am Abgrund einer der Gruben standen, in denen der Kaolinsand abgebaut wurde. Vor ihnen ging es an die hundert Meter in die Tiefe. Auch Agathe kämpfte noch mit Sauerstoffmangel. »Erzähl es mir, Berthold«, presste sie hervor. »Erzähl mir, wie das alles gekommen ist.«

Irrgang blickte in den Abgrund, als er sagte: »Ich habe dich angelogen, Agathe.«

»Das ist mir mittlerweile klar.«

»Nein, ich meine nicht das mit den Morden. Sondern damals, als ihr, du und Gerhard, mich zum zweiten Mal in meiner Firma besucht habt. Da hat er mir unterstellt, dass ich das Brauereigelände vom Grabinger dringend brauchen könnte, und ich habe gesagt, man könne so eine Firma in der heutigen Zeit überall hinstellen. Das war gelogen. Ich brauchte das Grundstück tatsächlich.«

»Warum?«

»Wegen der Felsenkeller. Sie sind ideal, um die Rechner zu kühlen und die Daten vor Zugriff durch Fremde zu schützen.«

»Warum bist du nicht nach Amerika zurückgegangen, nachdem Grabinger dein Angebot abgelehnt hatte, wenn dort doch angeblich alles so viel leichter ist?«

Irrgang drehte sich kurz zu ihr um. »Nach all den Erkenntnissen, die ich dort drüben – formulieren wir es mal so – gesammelt habe, hätten die amerikanischen Behörden wohl wenig Wert auf meine Anwesenheit gelegt.«

»Was soll das heißen?«

»Ich habe Forschungsergebnisse gestohlen, Agathe. So zumindest nennen es die da drüben.«

»Und wie nennst du es?«

»Ich habe meine Chance ergriffen. Ich habe die Gunst der Stunde genutzt.«

»Es scheint, du hast im Land der alternativen Fakten viel gelernt.«

Irrgang wandte sich wieder ab. »Jedenfalls kann ich nicht mehr in die USA einreisen. Für meine Firma gab es nur einen logischen Sitz, und zwar meine Heimat.«

Agathes Gehirn lief auf Hochtouren. »Also gut, dann hast du also versucht, die Brauerei zu kaufen, aber Johannes Grabinger lehnte ab.«

»Er wollte seinen Betrieb ausbauen, um die Brauerei wieder konkurrenzfähig zu machen.«

»Er war dir also im Weg und musste deshalb beseitigt werden, so weit kapiere ich das. Aber wie bist du auf die Idee mit den Rachemorden gekommen? Welche Rolle spielte Erich Bösl dabei?«

Plötzlich schallte die Stimme von Gerhard Leitner durch die Nacht: »Die Rolle des Sündenbocks!«

Agathe und Berthold Irrgang schreckten zusammen.

Leitner näherte sich ihnen vom Gipfel her. »Die beiden waren nämlich Schulfreunde, dein Berthold und der Erich. Richtig dicke Spezln«, erklärte er. »Du, Berthold, hast den Erich damals vor den Mönchen und den Mitschülern in Schutz genommen. Seit der Zeit war er dein Dackel, der genau das getan hat, was du von ihm verlangt hast, stimmt's nicht?«

Irrgang war kein schlechter Verlierer. Er wusste, dass seine Trümpfe nie mehr stechen würden, und gab erhobenen Hauptes zu: »Das trifft es ziemlich genau. Ich habe euch erzählt, was damals im Internat vorgefallen ist. Das war keine Lüge. Und die Vorfälle waren nur die Spitze des Eisberges. Als ich gesehen habe, dass sich der Erich nicht wehren kann, habe ich ihm geholfen. Es war wirklich nicht meine Absicht, ihn zu meinem Diener zu machen, aber bald hat er angefangen, sich so zu verhalten. Ob ich es wollte oder nicht. Ich habe ihm mehrmals gesagt, er solle aufhören, mir den Speichellecker zu machen, aber vergeblich.«

»Und damit hat er sich um die Hauptrolle in deinem Plan beworben?«, fragte Leitner. »Um die des angeblichen Mörders?«

Irrgang blickte Agathe an, als wollte er sie um Hilfe bitten. »Jeder hat von dem Plan profitiert. Ich habe es dir doch gerade erklärt.«

»Bis auf Erich. Der hat nichts mehr davon, weil er tot ist!«, blaffte Leitner.

»Ich hoffe, dass er jetzt in Frieden ruhen kann«, sagte Irrgang tonlos. »Wenn er schon nicht so leben konnte.«

Leitner bohrte nach: »Du hast ihm diesen Floh mit den Rachemorden ins Ohr gesetzt, stimmt's?«

»Ja.«

»Um den einzigen für dich relevanten Mord in dieser Todesserie auf den Wallfahrtsbergen zu vertuschen. Den an Johannes Grabinger.«

»Richtig«, sagte Irrgang wie beiläufig.

»Und was ist schiefgelaufen?«, fragte Agathe. »Sag es mir, Berthold!«

Als Irrgang zu Boden sank, wollte Agathe zu ihm laufen, aber Leitner hielt sie zurück, um zu vermeiden, dass er sich mit ihr in die Tiefe stürzte.

Irrgang setzte sich so hin, dass seine Beine über dem Abgrund baumelten. »Keine Angst«, sagte er. »Ich werde niemanden mit nach unten nehmen. Aber wir sollten die Zeit nutzen, bis uns die Cops hier finden. Also, was ging schief? Erich bekam kalte Füße, das ging schief. Nachdem wir beschlossen hatten, Heinrich Merz, also Bruder Georg, gemeinsam im Turm der Mariahilfkirche zu töten, luden wir ihn unter dem Vorwand ein, mit der Vergangenheit abschließen zu wollen. Er folgte uns auf den Berg, und wir überredeten ihn, mit uns den Turm zu besteigen, um uns dort oben zu unterhalten. Wir schlossen ihn auf halber Höhe in eine Kammer ein, zusammen mit einer Kohlensäurepatrone. So eine, die auch in Mineralwasseraufsprudlern verwendet wird. Wir mussten nur den Verschluss abmachen und dann warten.«

Agathe fragte angewidert: »Warten?«

»Ja, bis der Tod eintritt.«

Agathe wurde schlecht.

»Das ist nicht so grausam, wie es sich vielleicht anhört«, beteuerte Irrgang. »Im Gegenteil. Die Kohlensäure macht zuerst sogar sehr euphorisch.«

»Hat sich Bruder Georg denn nicht gewehrt, als er gemerkt hat, dass ihr ihn einsperren wolltet?«, fragte Leitner.

Irrgang erwiderte nichts.

»Ich vermute, ihr habt ihm irgendwann gesagt, warum er in Wirklichkeit mit euch den Kirchturm besteigen sollte. Nämlich, damit ihr an ihm Rache nehmen konntet.«

»Du hast natürlich recht, Gerhard. Schließlich wollte ich, dass Erich zusammen mit mir die Mordserie begeht. Also musste ich nicht nur ihm, sondern auch den möglichen Opfern vormachen, dass die früheren Misshandlungen das Motiv für unser Tun waren.«

»Ist er nicht panisch geworden?«, fragte Agathe.

Leitner ging ein Licht auf. »Jetzt verstehe ich. Deswegen seid ihr um genau diese Zeit, um kurz vor sieben mit ihm da rauf. Das Vesperläuten ...«

»Die Glocken sind eine Etage über der Kammer angebracht.«

»Und wie lange dauert es, bis bei Vergiftung durch Kohlensäure der Tod eintritt?«, fragte Leitner.

»Etwa fünf Minuten.«

»Also so lange, wie die Glocken läuten.«

»Exakt. Es bekam niemand etwas davon mit. Aber Erich ist plötzlich durchgedreht. Er wollte die Tür wieder öffnen und Bruder Georg befreien.«

»Und du hast ihn daran gehindert?« Agathe sah Irrgang ungläubig an.

»Natürlich! Du weißt doch, was für mich auf dem Spiel stand. Aber dann stürzte Erich plötzlich die Holztreppe zu der Kammer hinauf, um die Tür aufzureißen! Versteht ihr, was los gewesen wäre, hätte ich ihm seinen Willen gelassen? Bruder Georg wäre am Leben geblieben und hätte uns beide in den Knast gebracht. Also wollte ich Erich von der Tür wegreißen, aber dieser Idiot hat sich gewehrt. Zum ersten Mal in seinem Leben und dann ausgerechnet gegen mich! Wir haben gerangelt, und plötzlich ist Erich gegen eines der Turmfenster geprallt. Es gab nach, und Erich war verschwunden.«

»Er ist nach draußen gefallen?«, fragte Leitner.

»Kerzengerade nach unten. Auf den Zaun. Er hatte keine Überlebenschance.«

»Wo Alfred ihn hängen sah«, flüsterte Agathe.

»Was ist dann passiert?«, fragte Leitner.

»Nun, Georg war ja gut aufgehoben, also lief ich nach unten und hinter die Kirche und nahm Erich vom Zaun. Ich hakte ihn unter, als wäre es ein Betrunkener, und ging mit ihm ein paar Meter in den Wald, wo ich ihn unter einem Busch versteckte. Anschließend habe ich die Blutspuren am Zaun mit den Bierresten der rumstehenden Masskrüge weggespült.«

»Das war äußerst riskant«, warf Leitner ein.

»Hatte ich denn eine andere Wahl, wenn ich meinen Plan zu Ende bringen wollte? Und ich bringe alles, was ich begonnen habe, zu Ende, Gerhard.« Irrgang blickte in den Abgrund, als wählte er sich dort unten eine geeignete Stelle für seinen späteren Aufprall aus. »Da niemand Erich vermisste, war ich erst mal sicher. Ich bin wieder auf den Turm und habe Bruder Georgs Leiche aus der Kammer gezogen. Von der Empore aus gibt es einen Verbindungsgang zur Orgel, wo ich die Leiche dann drapiert habe. Der Gottesdienst war zu dem Zeitpunkt vorbei, und die meisten Festbesucher wollten sich nicht die Kirche anschauen. Als das erledigt war, setzte auch ich mich wieder an den Tisch und wartete auf den Moment, da man Bruder Georgs Leiche entdecken würde.«

»Was ist mit Erich Bösl passiert?«, fragte Leitner.

»Den habe ich noch in der gleichen Nacht durch den Wald zu meinem Wagen geschleppt, der auf der anderen Seite des Berges stand.«

»Und wo ist er jetzt?«, wollte Agathe mit Abscheu in der Stimme wissen.

»Berthold ist doch ein begeisterter Jäger«, setzte Leitner zur Schlussfolgerung an. »Mich würde es nicht wundern, sollten wir Erich Bösl in der Kühlung in seiner Garage finden.«

»Ihr findet ihn tatsächlich dort«, meinte Irrgang anerkennend.

Agathe musste würgen.

»Ich vermute mal, er sollte beim letzten Bergfest auf dem Mausberg gefunden werden?« Leitner sah Irrgang auffordernd an.

»Richtig. Auf dem Weg von der Wallfahrtskirche nach Mausdorf steht ein einsamer Stadel mitten im Acker. Dort hätte ich ihn hineingelegt und dann den Schuppen angezündet.«

»Das wäre die größtmögliche Bühne für deinen letzten Akt gewesen. Sämtliche Besucher des Bergfestes wären Zeugen des Brandes gewesen.«

»Außerdem wäre der Todeszeitpunkt nicht mehr festzustellen gewesen, wohl aber die Identität des Toten.«

Agathe hatte ihre Fassung wiedergewonnen. »Aber so weit waren wir noch nicht«, warf sie mit fester Stimme ein. »Erst kam der Mord auf dem Annaberg!«

Irrgang rekapitulierte seine Tat wie ein Geschichtslehrer die Völkerschlacht bei Leipzig. »Das war eigentlich keine schwere Aufgabe. Als ich an diesem Abend auf dem Annaberg ankam, schaute ich gleich am Ausschank der Grabinger-Brauerei vorbei und sagte kurz Hallo.«

»Und?«, stieß Agathe hervor.

Irrgang lächelte verschmitzt. »Und warf dabei mehrere volle Bierkrüge am Ausschank um.«

»Wozu?«, fragte Agathe.

Leitner brummte: »Damit der nasse Untergrund gut den Strom leiten würde.«

Irrgang hob einen Daumen. »Ganz genau. Ich hatte Erich in der Vorbereitung unserer Mordserie aufgetragen, eine Stromweiche auf bestimmte Weise umzubauen, sodass man die Belegung der Leitungen im Inneren der Stromkabel mit einem Schalter verändern konnte. Diese Weiche hatte ich am Vorabend zwischen den Kasten für den Starkstrom und den Durchlaufkühler geklemmt. Damit war normaler Betrieb möglich, doch ich brauchte nur die Weiche umzustellen, und schon führte der Nullleiter Strom, und die Erde ging durch den Zapfhahn.«

Für Agathe waren das böhmische Dörfer, sie blickte Leitner fragend an.

»Damit hat er dafür gesorgt, dass der Strom anstatt durch die vorgesehenen Leitungen durch den Körper des Zapfers floss«, erklärte er.

»Stimmt. Mit einem kleinen, ferngesteuerten Funkrelais, das jeder bei Elektro-Conrad kaufen kann, konnte ich den Hahn unter Strom setzen und wieder entschärfen. Elektrikerwissen, erstes Ausbildungsjahr. Übrigens, Agathe, weil du dich immer schwergetan hast, mir zu glauben, dass einige Marktführer aus der Oberpfalz kommen: Elektro-Conrad ist Europas größtes Versandhaus für Elektronik. Und weißt du, wo die ihren Sitz haben?«

Agathe wartete wortlos auf die Antwort.

Irrgang deutete mit dem Zeigefinger in nordwestliche Richtung. »Gleich da unten in Hirschau.«

»Dann kam das Frohnbergfest in Hahnbach und damit der dritte Tote«, sagte Leitner, als Agathe schwieg. »Aber Erich wird die E-Mail mit dem Bekennerschreiben wohl nicht mehr abgeschickt haben.«

»Ich gehe davon aus, dass der Account von Erich Bösl von

dir verwaltet wird?«, sagte jetzt Agathe. »Die E-Mail hast du also auch verfasst?«

Irrgang lächelte höflich als Antwort.

Leitner schlug sich mit der Hand auf den Oberschenkel. »Mir kam der Text gleich zu verschwurbelt vor. Der hat für mich einfach nicht zu dem Bild gepasst, das ich von Erich Bösl gewonnen hatte.«

Irrgang tat ein wenig beleidigt. »Ein bisschen künstlerische Freiheit musst du einem kreativen Kopf wie mir schon zugestehen, Gerhard.«

»Und wie hast du den dritten Mord begangen?«, fragte Agathe.

»Als ihr beide ins Hotel gefahren seid, war Bruder Vinzenz schon lang in Bertholds Gewalt«, schlussfolgerte Leitner. »Ich nehme an, dass Bruder Vinzenz nicht mit dem eigenen Auto angereist ist, sondern mit der Bahn. Du hast ihn am Bahnhof abgeholt, nicht wahr?«

»Wieder richtig«, bestätigte Irrgang. »Ich traf ihn am Amberger Bahnhof und hätte ihn zuerst gar nicht wiedererkannt, so mager war er. Es hieß, er habe Krebs. Von daher hätte er eh nicht mehr lange gehabt.«

Leitner preschte vor. »Und dann hast du ihm das gleiche Zeug verabreicht wie mir!«

»Ketamin, ja. Aber bei Bruder Vinzenz hatte ich Zeit, es genauer zu dosieren. Bei dir ist mir das leider misslungen, sonst wärst du immer noch im Reich der Träume.«

»Dann hast du Bruder Vinzenz nachts auf den Frohnberg in den Beichtstuhl der Kirche geschafft, während ich noch im Hotel darauf wartete, dass er endlich hereinspazieren würde?«, fragte Agathe und gab sich die Antwort gleich selbst. »Natürlich, eine andere Gelegenheit hattest du nicht, weil wir uns ja schon für den nächsten Morgen zu unserer absolut unsinnigen Erich-Bösl-Suchaktion verabredet hatten.«

Irrgang stand wieder auf. »Ihn in die Kirche zu schleppen, war das eine. Ich bin nachts mit dem Auto so nah wie möglich an den Waldrand gefahren und habe ihn in die Kirche gebracht.

Natürlich hatte ich Angst, dass man ihn im Beichtstuhl finden könnte, bevor sich mir die Möglichkeit bot, ihn unbemerkt zu erstechen. Aber die Beichte wird während des Frohnbergfestes nicht abgenommen, und die meisten Besucher kommen ja eh nur zum Saufen dorthin.«

Agathe führte fort: »Und dann bist du, bevor du unseren Kaffee geholt hast, in die Kirche gegangen und hast dem bewusstlosen Bruder Vinzenz das Messer, das du bei dir trugst, in den Kehlkopf gerammt.«

»Schmerzfreier geht's nicht.« Irrgang zuckte mit den Schultern. »Ketamin wird in der Medizin als Narkotikum angewendet.« Er stellte sich nah an den Abgrund.

Agathe und Leitner sahen sich an: Sollten sie reagieren?

»Das wird knapp«, sagte Irrgang. »Könnte gerade hoch genug sein.«

Agathe versuchte, das Gespräch am Laufen zu halten. »Auf dem letzten Bergfest sollte das vierte und letzte Opfer dann also Erich Bösl selbst sein. Und du wolltest ihn wirklich verbrennen?«

Irrgang wandte sich ihr zu. »Das war der ursprüngliche Plan.«

Leitner trat an Agathes Seite und spielte ebenfalls auf Zeit. »Aber in dem Stadel hätte man bestimmt zwei Leichen gefunden, nicht wahr? Oder was hattest du mit mir vor?«

»Vielleicht. Vielleicht wäre es auch ein schöner Autounfall geworden.« Zu Agathe sagte er: »Meine Entscheidung hing in weiten Teilen davon ab, wozu du dich entschließend würdest, meine Süße.«

»Du hast im Ernst gedacht, dass ich deine Komplizin werden würde?«, fragte Agathe. »Dass ich als Mitwisserin glücklich und zufrieden weiterleben könnte, als wäre nie etwas geschehen?«

»Natürlich hat er damit *nicht* gerechnet«, warf Leitner ein. »Nach meinem Besuch wusste er schließlich ganz genau, dass du über kurz oder lang zwei und zwei zusammenzählen würdest.«

»Und dann wären es am Schluss drei verbrannte Leichen in dem Schuppen gewesen«, flüsterte sie.

»Aber das alles ist jetzt nicht mehr wichtig«, sagte Irrgang und drehte sich wieder zum Abgrund. »Hier endet heute eine große Geschi…« Weiter kam er nicht.

Leitner spurtete aus dem Stand los und verpasste Irrgang mitten in seiner großen Abschiedsrede einen Bodycheck, der ihn von den Füßen riss. Beide Männer landeten auf dem Boden, und Irrgang japste hilflos nach Luft. Leitner rappelte sich auf, kniete sich auf ihn, drehte ihn auf den Bauch und seinen Arm im Polizeigriff hinter den Rücken. Irrgang jaulte vor Schmerz auf. Leitner sah zum Gipfel, von wo aus sich vier Lichtkegel näherten. »Hierher!«, schrie er. »Hier unten sind wir!«

Wenige Augenblicke später legten die Polizeibeamten Berthold Irrgang Handschellen an und führten ihn den Berg wieder hinauf. Die Gäste standen in Trauben zusammen und verfolgten fassungslos das Schauspiel. Nach einer kurzen Talfahrt im Wüstenschiff brachte ein Polizeiwagen Irrgang zur Kripo nach Amberg, wo der Abend für ihn endete.

33

Agathe kam sich reichlich albern vor, als sie eine gute Stunde nach Leitners Auftauchen auf dem Monte Kaolino in ihrem Abendkleid im Dienstzimmer der Kriminalpolizei Amberg saß. Ihre Füße schmerzten, weil sich einige Körner des weißen Sandes in ihre Schuhe verirrt hatten und bei jedem Schritt an ihrer Haut rieben.

Hauptkommissar Deckert saß an seinem Schreibtisch. Er trug ebenfalls Freizeitkleidung, allerdings legere: kurze Hose und T-Shirt. »Ich war auch schon im Wochenende, Frau Viersen«, sagte er, als er ihren Blick bemerkte. »Normalerweise komme ich nicht in Räuberzivil ins Amt.«

»Schon in Ordnung. Ich habe mich ja auch nicht für die Inspektion so in Schale geworfen.«

Der Kripobeamte ging die Notizen durch, die er während der Aussagen der Versicherungsdetektive gemacht hatte. »Sie haben beide verdammtes Glück gehabt. Der Mann war wohl zu allem entschlossen.«

»Kaum verwunderlich«, sagte Agathe, »wenn man bedenkt, was für ihn auf dem Spiel stand.«

»Wollen Sie sich wirklich nicht im Krankenhaus durchchecken lassen?«, fragte Deckert Leitner. »Immerhin haben Sie ein sehr starkes Betäubungsmittel verabreicht bekommen.«

Leitner erwog eine Sekunde lang, das Angebot anzunehmen, sagte aber dann: »Ich glaube, das Gröbste ist vorbei.«

Der Hauptkommissar stimmte ihm zu. »Es scheint, dass Sie nicht allzu viel von dem Zeug im Körper hatten. Laut unserem Arzt kann man es über die Mundschleimhaut aufnehmen, aber eben nicht so gut wie durch eine Injektion.«

Leitner war neugierig. »Wie hieß die Droge noch mal? Ke ... Ke ...«

»Ketamin«, vervollständigte Deckert. »Ein legal in der Medizin angewandtes Narkosemittel. Manche konsumieren es auch illegal als Droge, weil es angeblich den angenehmen Effekt hervorruft, sich so zu fühlen, als würde man aus seinem Körper herausfliegen und über sich selbst schweben.«

»Also, angenehm kann ich das Gefühl nicht nennen«, warf Leitner ein, relativierte aber dann. »Wenn man es aus Vergnügen zu sich nimmt, mag das vielleicht stimmen, aber nicht, wenn Sie mit dem Zeug im Körper auf dem Boden des Waschraums eines mehrfachen Mörders liegen und mitbekommen, dass Sie selbst das nächste Opfer sein sollen.«

»Das kann ich mir denken«, sagte der Hauptkommissar mechanisch, offenbar in Gedanken ganz beim Fall Irrgang.

Auch ihm scheint daran gelegen zu sein, schnell wieder zu den normalen Aktivitäten eines lauen Samstagabends zurückzukehren, dachte Leitner und meinte plötzlich, einen leichten Geruch nach Barbecue wahrzunehmen.

»Ich stelle mich auf eine umfangreiche Untersuchung ein, wenn das stimmt, was Ihnen Herr Irrgang vorhin erzählt hat, Frau Viersen«, sagte Deckert.

»Was genau?«

»Das mit dem Diebstahl in den Vereinigten Staaten. Wir werden mal unsere Kollegen drüben anfunken. Würde mich nicht überraschen, wäre Herr Irrgang nicht wegen der Krankheit seiner Mutter wieder nach Deutschland zurückgekehrt, sondern weil ihm da drüben das Eis zu dünn geworden ist.«

Es entstand eine Pause, und Agathe kostete es sichtbar Überwindung, die nächste Frage zu stellen. »Hat man Erich Bösls Leiche schon gefunden?«

»Die Kollegen sind gerade eben erst aus Sulzbach-Rosenberg zurückgekehrt.«

»Und?«

»Er war in der Kühlung, so wie Herr Irrgang es ausgesagt hat.« Da Hauptkommissar Deckert merkte, dass Agathe an diesem Abend nicht die Härteste im Nehmen war, fügte er an: »Überhaupt hat Herr Irrgang sehr gut mit uns kooperiert. Er hat ein umfassendes Geständnis abgelegt.«

»Dafür bedurfte es wohl auch keiner großen Überredungskunst«, brummte Leitner. »Er hat uns ja schon vorhin auf dem Monte alles erzählt. Aber mich würde etwas anderes interessieren: Was passiert denn jetzt eigentlich mit seiner Firma?«

»Ohne Geschäftsführung wird der Betrieb wahrscheinlich veräußert werden«, antwortete Deckert sachlich. »Herr Irrgang wird in den nächsten Jahrzehnten als Chef nicht verfügbar sein.«

»Dann steht er jetzt im wahrsten Sinne des Wortes vor dem Abgrund?«, fragte Agathe.

Der Kriminalbeamte winkte ab. »So würde ich es nicht sehen. Herr Irrgang ist kein armer Mann. Er wird zwar logischerweise seine Firma BI-Technologies aufgeben müssen, hat aber schon im Vorfeld ein beachtliches Vermögen angehäuft, das mit den Morden nichts zu tun hat. Sein Geld kann er also behalten.«

Leitner sah auf. »Woher wissen Sie das so genau?«

»Er hat uns freiwillig seine finanzielle Situation dargelegt.«

»Wieso das denn?« Agathe war verwundert.

»Nun, ich nehme an, weil er daran eine Bitte geknüpft hat.«

»Die da wäre?« Leitner runzelte die Stirn.

Hauptkommissar Deckert durchsuchte seine Unterlagen. »Ach, hier ist es ja. Es geht darum, dass er für die Zukunft zwei monatliche Dauerüberweisungen in beträchtlicher Höhe einrichten will.«

»Wer sind die Empfänger?«, fragte Leitner.

»Die eine ist eine gewisse Lena Bösl –«

»Das ist seine Schwester. Die Schwester von Erich Bösl, meine ich. Ich habe sie kennengelernt«, warf Leitner ein.

»Und die andere eine Frau Sandra Walther.«

»Bösls Ex-Frau«, vervollständigte Leitner. »Irrgang will also weiterhin für die zwei Menschen sorgen, die durch seine Taten den größten Schaden erlitten haben.«

»Tja«, brummte Deckert, »sie sind eben nicht alle schlecht, die Mörder. Freilich gibt es unter ihnen solche, mit denen man nicht im selben Raum sein möchte, aber dann wiederum andere, die als vollendete Gentlemen durchgehen würden. Herr

Irrgang gehört wohl zu den Letzteren. Sie haben ihn ja etwas näher gekannt, nicht wahr, Frau Viersen?«

Als Agathe schwieg, sagte Leitner etwas schroffer als beabsichtigt: »Gibt es sonst noch etwas, Herr Kommissar, oder können wir uns dann verabschieden?«

Deckert ging flink nochmals die Aussageprotokolle durch, klappte aber nach wenigen Sekunden den Aktendeckel zu. »Ich glaube, für heute haben wir alles erörtert. Sie können nach Hause fahren, wenn Sie wollen.«

Agathe und Leitner erhoben sich, desgleichen der Hauptkommissar. Als sie gemeinsam zur Tür hinausgingen, sagte Deckert noch: »Bei uns im Garten war heute großes Familiengrillen angesagt. Da war natürlich niemand begeistert, dass ich in der Nacht noch mal wegmusste. Aber ein Gutes hatte es: Ich musste meinen nervigen Schwager nicht länger ertragen. Vielleicht ist er inzwischen gegangen.« Alle drei schmunzelten. »Und für Sie geht es jetzt auch nach Hause?«, fragte der Kommissar Leitner, als sie den Haupteingang passierten.

»Ja, nach Schwandorf. Mein Bett ruft.«

»Und Sie?«, fragte Deckert Agathe, weil er nicht wusste, dass sie und Leitner sich eine Wohnung teilten.

Daher waren sowohl Gerhard Leitner als auch Hauptkommissar Deckert überrascht, als sie Agathe flüstern hörten: »Ich fahre nicht nach Schwandorf. Ich fahre nach Hause. Nach Lübeck.«

34

Zehn Tage nach Berthold Irrgangs Verhaftung waren die Tageszeitungen wieder voll von Artikeln zu den Themen, über die man normalerweise in den Sommermonaten lesen konnte. Die Übertragungswagen und TV-Teams hatten die Oberpfalz verlassen, als keine Neuigkeiten zu den Bergfestmorden mehr auftauchten.

Direkt nach Irrgangs Geständnis auf dem Monte Kaolino hatte sich Agathe entschlossen, den ihr zustehenden Urlaub zu nehmen und nach Lübeck in ihre alte Heimat zu fahren. Als sie nach einer Woche wieder mit dem Zug Richtung Bayern unterwegs war, schrieb Leitner ihr per SMS, dass er sie am Amberger Bahnhof abholen würde.

Ihre Begrüßung war kurz, dann fuhr Leitner nach Gebenbach und bog dort in Richtung Mausdorf ab. Bald standen sie am Fuß des Mausbergs und betrachteten das bunte Treiben des Festbetriebes.

»Ich weiß nicht, ob das so eine gute Idee ist, Gerhard«, sagte Agathe. »Ich bin eigentlich in den Urlaub gefahren, um die Bergfeste für eine Weile zu vergessen.«

»So ein Blödsinn. Wenn man vom Pferd fällt, muss man sofort wieder aufsteigen, sonst wird man es nie wieder tun.«

Tief im Inneren wusste Agathe, dass ihr Kollege recht hatte. Also stapften sie nebeneinander wortlos den Kreuzgang hinauf und suchten sich auf dem Plateau neben der Kirche einen Platz in der Sonne. Nachdem die ersten Schlucke Bier durch beider Kehlen geronnen waren, zeigte Agathe auf einen Holzschuppen in ein paar hundert Meter Entfernung. »Glaubst du, dass Berthold mit dem Stadel, den er anzünden wollte, den da gemeint hat?«

»Kann schon sein. Ich bin auf jeden Fall froh, dass er noch steht. Und dass heute auf dem Mausbergfest garantiert keine Leiche mit von der Partie sein wird.«

Agathe ließ den Moment vorbeiziehen. »Apropos ›mit von der Partie‹: Wie geht es eigentlich deinen beiden Damen?«

Leitner grinste vergnügt. »Zurzeit mache ich eine kurze Sommerpause. Aber ich denke, dass wir uns in Richtung Herbst wieder einmal ... austauschen werden. Wie war es denn bei dir im Norden auf diesem Sektor?«, wollte er wissen, als Agathe feixte.

Noch immer grinsend nahm sie einen Mundvoll Bier und wechselte dann das Thema. »Da war Weinfurtner, dieser Spießer von einem Polizeibeamten, doch wirklich mal nützlich.«

Leitner lachte befreit. »Das muss echt ein Anblick gewesen sein, wie ich durch die geschlossene Badtür diesen Roboter angeplärrt habe.«

»Nichts ahnend, dass in der Notrufzentrale ausgerechnet dein alter Freund sitzt.«

»Zum Glück war er es. Der hat nämlich, wie er es gewohnt ist, meine Anweisungen schnell und getreu ausgeführt. Die Streife, die er zu meiner Befreiung geschickt hatte, war keine fünf Minuten nach unserem Telefonat da.«

Agathe wurde wieder ernst. »Und mit der Polizei bist du dann nach Hirschau zur Party gefahren?«

»Ja. Die Beamten wollten natürlich zuerst nicht, dass ich mitkomme. Weil ich doch kein Profi und meine Kollegin in Gefahr sei und ich nach dem Ketamin eigentlich ins Krankenhaus gehört hätte.«

»Warum haben sie dich dann doch mitgenommen?«

»Weil ich ihnen glaubhaft versichert habe, dass nur ich genau wüsste, wo sie Irrgang stellen könnten.«

Agathe runzelte skeptisch die Stirn. »Das wollte ich dich schon die ganze Zeit fragen: Wieso hast du uns auf dem Monte Kaolino so schnell gefunden? Du hattest doch keine Ahnung, wo wir waren.«

»Zuerst nicht, aber dann ...« Er warf sich in Pose. »Unterschätz mich nicht, schließlich bin ich seit geraumer Zeit Detektiv.«

»Gerhard!«, drohte sie ihm lächelnd.

»Schon gut. Es gab eigentlich nur eine Möglichkeit.«
»Das erkläre mir bitte.«
»Zu Fuß gelangt man bloß auf einer Seite auf den Berg, nämlich auf der, wo das Wüstenschiff entlangläuft.«
»Und?«, fragte Agathe.
»Dass man von dort oben in der Dunkelheit die Blaulichter der eintreffenden Polizei sehen würde, konnte ich mir ausrechnen. Um zu wissen, dass Berthold dann die Flucht antreten würde, brauchte ich auch keine Wahrsagerin. Und dafür hätte er nie den einzigen Weg gewählt, den die Beamten hinaufsteigen würden. Er musste also versuchen, über die abgewandte Seite des Berges zu entkommen, und auf der blieben ihm neben dem Weg, der sich auf dem eingezäunten Betriebsgelände nach unten zum Abbaugebiet schlängelt, nicht viele Alternativen.«
Agathe nickte und bestellte, als eine Bedienung an ihren Tisch kam, sechs Bratwürstchen mit Kraut zum Teilen. Nachdem sie serviert worden waren und sie die ersten beiden verputzt hatte, fragte sie: »Wie geht es denn jetzt mit der Brauerei vom Grabinger weiter?«
»Heinz Grabinger hat sich nun doch entschlossen, das Lebenswerk seines Bruders fortzuführen. Übrigens in Übereinstimmung mit seiner Schwägerin, wenn es stimmt, was man mir erzählt hat. Nur Jochen Dunk ist weg vom Fenster. Dem haben sie gekündigt.«
»Geschieht ihm recht. Aber dann bleibt die Brauerei ja erhalten. Das ist doch eine gute Nachricht.«
Leitner schluckte erst seinen Bissen Bratwurst hinunter, bevor er antwortete: »Es sieht sogar so aus, als ginge der Grundstücksdeal jetzt umgekehrt vonstatten.«
»Grundstücksdeal?«
»Na, der Irrgang wollte doch unbedingt die Brauerei haben, aber jetzt scheint es so, als würde sich die Brauerei das Grundstück der Computerfirma unter den Nagel reißen. Dann können sie sich fit machen für den harten Konkurrenzkampf.«
»Und ... Berthold? Hast du etwas von ihm gehört?«

»Hast du denn in Lübeck kein Fernsehen geschaut?«
Agathe schüttelte den Kopf.

»Der war von A bis Z geständig, aber das nützt ihm bei vierfachem Mord natürlich auch nicht viel. Er wird sein Leben hinter Gittern verbringen, das ist mal sicher.«

Agathe tupfte mit einem Stück Semmel den Sauerkrautsaft und den Rest Senf auf. »Mir tut Erichs Schwester leid«, sagte sie. »Die Lena.«

Leitner zuckte mit den Achseln. »Mei, als ihr Bruder noch gelebt hat, hat er sie auch nicht besonders oft besucht. Selbst als sich ihr Verhältnis gebessert hatte. Aber wir wissen ja jetzt, dass es ihr an nichts fehlen wird.«

»Wegen Erich, wie … ich meine, wie ist er denn …?«

»Er war eingewickelt in Zellophan und muss noch sehr gut beieinander gewesen sein. Wahrscheinlich wegen der Kälte.«

»Grausig«, flüsterte Agathe.

Und Leitner erwiderte: »Schwoab's oine!«

Sie runzelte die Stirn.

Er erklärte: »Das sagen wir, wenn wir etwas mit einem Schluck Bier hinunterspülen wollen.«

Agathe sah ihn dankbar an und hob ihr Glas. Eine ganze Weile sprachen beide kein Wort und beobachteten die anderen Gäste.

»Ich würde gern noch ein Bier trinken«, sagte Agathe schließlich.

»Kein Problem, lass es dir schmecken. Ich fahre heute.«

Wenig später kam die Bedienung und brachte Leitners Mineralwasser und einen frischen Krug Bier für Agathe.

Sie betrachtete ihn nachdenklich. »In der letzten Woche oben in Lübeck habe ich etwas sehr Merkwürdiges an mir festgestellt.«

»Und zwar?«

»Ein sehr seltsames Gefühl. Ein Gefühl, mit dem ich nie und nimmer gerechnet hätte.«

»Und weiter?«

Agathe atmete mehrmals aus und ein und sah dann Leitner

in die Augen. »Heimweh. Ich hatte Heimweh nach der Oberpfalz.«

Leitner brauchte keine Worte, um zu zeigen, dass er sie verstanden hatte. Der tiefe Blick, den er mit ihr tauschte, war genug.

Danksagung

Ich danke allen Menschen, die mir bei der Entstehung dieses Buches geholfen haben. Namentlich ergeht besonderer Dank an Michael Schickram für die vielen aufschlussreichen und äußerst amüsanten Gespräche sowie an Mia Süß für die »Sulzbach-Rosenberger Erklärungen«.
Außerdem danke ich meiner Familie für ihre unendliche Geduld.

Fabian Borkner
KIRWATANZ
Broschur, 304 Seiten
ISBN 978-3-7408-0166-3

Als auf der bekanntesten Kirwa im Landkreis Schwandorf eine Leiche im Gülletank gefunden wird, muss Agathe Viersen, Versicherungsdetektivin aus Norddeutschland, tief in die kriminelle Vergangenheit einer Oberpfälzer Kleinstadt und ihrer Bewohner eintauchen. Der Zufall führt sie mit dem Musikanten Gerhard Leitner zusammen – und geradewegs in ein dunkles Geflecht aus Erpressung, Drogen und Intrigen …

www.emons-verlag.de